신에게는 손자가 없다

신에게는 손자가 없다

초판 1쇄 발행 • 2011년 9월 30일
초판 4쇄 발행 • 2012년 12월 13일

지은이/김경욱
펴낸이/강일우
책임편집/이상술
펴낸곳/(주)창비
등록/1986년 8월 5일 제85호
주소/413-120 경기도 파주시 회동길 184
전화/031-955-3333
팩시밀리/영업 031-955-3399 · 편집 031-955-3400
홈페이지/www.changbi.com
전자우편/lit@changbi.com

ISBN 978-89-364-3719-0 03810

신에게는 손자가 없다

◆
김경욱
소설집
◆

창비

차 례

신에게는 손자가 없다 ◆ 007

러닝 맨 ◆ 035

99% ◆ 061

허리케인 조의 파란만장한 삶 ◆ 101

하인리히의 심장 ◆ 129

연애의 여왕 ◆ 169

태양이 뜨지 않는 나라 ◆ 195

혁명기념일 ◆ 229

아버지의 부엌 ◆ 255

해설 • 권희철 ◆ 279

작가의 말 ◆ 299

수록작품 발표지면 ◆ 300

신에게는 손자가 없다

이 도시에서만 수백개의 수도계량기가 동파된 월요일 아침, 김형태는 부동산중개소 문을 열려다 흠칫 굳어버렸다. 손잡이 부근에 구멍이 나고 잠금장치가 풀려 있었다. 구멍 주위에는 그슬린 흔적이 역력했다. 김형태는 뒷걸음으로 물러나 간판을 올려다보았다. 은성부동산. 김형태의 미간에 팬 골이 깊어졌다. 김형태는 문을 밀치고 황망히 사무실 안으로 들어갔다. 책상 서랍을 여는 손길이 다급했다. 십만원권 자기앞수표 일곱 장은 얌전히 포개져 있었다. 지난 금요일 성사시킨 건으로 받은 돈이었다. 은행 영업이 끝나 임시로 넣어둔 것이었다. 안도의 숨을 내쉰 뒤 김형태는 사무실을 둘러보았다. 18K 금을 입힌 홀인원 기념 트로피도 새로 들여놓은 LCD텔레비전도 제자리 그대로였다.

김형태는 쏘파에 주저앉아 정면을 바라보았다. 벽이 휑했다. 동네 지적도와 인근 아파트단지 상세도가 걸렸던 자리였다. 김형태는 탁자 아래 선반에서 전화번호부를 꺼내 펼쳐보고 전화를 걸었다. 전화를 받은 곳은 경찰서가 아니라 열쇠가게였다. 열쇠장이를 부른 뒤 김형태는 사설경비업체의 경비구역임을 알리는 표찰을 문에서 떼어냈다. 근처 저택 담벼락에서 몰래 뜯어온 것이었다.

이 도시에서만 수백개의 수도계량기가 동파된 월요일 아침, 강지선은 누구보다 먼저 교정에 들어섰다. 먼저 온 사람이 한 명 있었다. 교장이었다. 교장은 날마다 가장 일찍 출근해 맨 나중에 퇴근했다. 출근하자마자 하는 일은 교장실 문을 활짝 열어놓는 것이었다. 겨울이라고 예외일 수는 없었다. 교무실로 가기 위해서는 교장실 앞을 지나쳐야 했다. 교장은 누가 언제 출근하는지 제 손금 보듯 훤했다. '그 일'이 있은 후 강지선은 누구보다 일찍 출근했지만 교장보다 먼저 나오지는 않았다. 교장이 자신의 출근시간을 확인할 수 없을 테니까.

교장실 앞을 지나기 전 강지선은 옷매무새를 다듬고 심호흡을 했다. 교장실 안쪽을 돌아보며 인사도 했다. 교장은 책상 앞에 꼿꼿이 앉아 신문을 활짝 펼쳐 읽고 있었다. 흰 면장갑을 낀 채. 교장은 돋보기 너머로 눈을 치떠 출입문 쪽을 일별하고 곧장 신문으로 시선을 떨어뜨렸다.

교무실에서 나온 강지선은 텅 빈 교실에 들어가기 전에도 심호흡을 해야 했다. 아이들이 가득 찬 교실에 들어서는 것보다는 나았다. 아이들의 게으른 눈빛에서 강지선은 종종 지옥을 보았다. 서른두 명의 아이들은 서른두 개의 지옥을 의미했다. 강지선은 이번 학년이 끝나기만을 학수고대했다. 새학년이 시작되어 또다른 지옥을 맞닥뜨릴지라도. 시간은 지옥불조차도 견디게 하니까. 누군가의 말대로 신은 인간을 채찍이 아니라 시간으로 다스리니까.

기간제교사인 강지선의 수중에는 채찍이랄 것도 없었다. 강지선에게 허락된 시간은 본래 담임이 출산휴가에서 돌아올 때까지뿐이었다. 아이들도 그 사실을 잘 알고 있었다. 아이들은 모르는 게 없었다. 애들이 뭘 알겠어요?라고 말하는 것은 그애들의 부모다. 모든 죄악의 근원. 아이들은 제가 무슨 짓을 하는지 알고 있다. 저희가 안다는 걸 모르더라도 아는 건 아는 것이다. 아이들은 '강지선 땜'이라고 불렀다. '쌤'을 잘못 발음하는 줄 알았다. 아이들은 혀가 덜 여물었으니까. '땜'이 '땜빵'의 약자라는 사실을 강지선은 최근에야 알게 되었다.

자물쇠가 뜯긴 교실 문을 본 강지선의 눈이 커졌다. 교실로 들어가 제 책상 서랍부터 뒤져보았다. 애당초 값나가는 물건은 없었다. 학생 신상카드가 사라졌다. 강지선은 자신에게 들이닥친 또 하나의 불행 앞에서 이를 악물었다. 누가 무엇 때문에 훔쳐갔는지는 관심 밖이었다. 교장의 귀에 이 사실이 들어가면 안된다는 생각뿐이었다.

이 도시에서만 수백개의 수도계량기가 동파된 월요일 아침, 아파트 관리사무소 앞에서 열쇠를 꺼내던 고만석의 눈이 휘둥그레졌다. 열쇠구멍이 휑했다. 손가락이 들어갈 정도의 구멍이 뚫려 있고 구멍 가장자리는 거뭇거뭇했다. 고만석은 황급히 문을 밀고 들어갔다. 책상은 서랍이 열려 있었지만 캐비닛은 멀쩡했다. 고만석은 캐비닛 다이얼을 이리저리 돌리고 문을 열었다. 위스키 세 병, 금거북 한 개, 홍삼쎄트 세 개, 씨가 한 상자. 모두 무사했다. 아파트 시공사와 인테리어업자에게 받은 선물이었다. 아파트 관리비 지출에 관한 서류도 멀쩡했다. 공개되면 곤란한 은밀한 장부까지.

재작년 말 신규입주한 새 아파트단지였지만 하자보수 민원이 꼬리를 물었다. 지하주차장 벽에 금이 갔고 욕실 천장에서 물이 듣는 집이 적지 않았다. 급기야 입주민대표회의가 꾸려졌고 한 달 동안의 실랑이 끝에 시공사가 일년 동안 무상보수해주기로 했다. 무상보수 기간 동안 공사소음 잦을 날이 없었지만 여태 고쳐야 할 것이 수두룩했다. 관리비에 특별수선비 항목을 추가해야 했다. 입주민들은 입이 튀어나왔지만 고만석은 재미가 짭짤했다. 업자가 공사비 부풀리는 것을 눈감아주는 댓가를 톡톡히 챙겼다.

캐비닛을 닫은 후 고만석은 외투 안주머니에서 로또복권을 빼냈다. 옆동네 편의점에 일부러 들러 산 것이었다. 1등 당첨자가 세 번이나 나온 곳이었다. 캐비닛 비밀번호를 새로 산 로또복권 번호로 바꾸고 책상 서랍을 정리했다. 입주민 주차스티커 발급대장이 보이지 않았다. 돈이 될 리 없는 물건이었다. 고만석은 서랍을 다시 샅샅이 뒤졌다. 사라진 게 돈 되는 물건이 아니었기에 더 철저히 체크했지만 찾을 수 없었다. 고만석은 가져간 사람보다 가져간 이유가 더 궁금했다.

이 도시에서만 수백개의 수도계량기가 동파된 월요일 아침, 사내는 두 통의 전화를 걸었다. 먼저 전화를 넣은 곳은 퀵써비스 사무실이었다. 몸이 불편해 오늘은 쉬어야겠다고 했다. 거짓말이었다. 아니, 몸은 늘 불편했다. 오후만 되면 다리가 붓고 눈이 침침했다. 요즘은 대낮에도 눈앞이 어둑어둑할 때가 있었다. 며칠 전 마포대교를 건널 때였다. 갑자기 눈앞이 캄캄했다. 스쿠터를 세우자 경적과 욕설이 쏟아졌다. 차가 밀려서 목숨을 건질 수 있었다. 그러니 몸이 불편하다는 말은 새빨간 거짓말은 아니었다. 연말이라 가뜩이나 일손이 달리는 판에 당신까지 그러면 어쩌느냐는 푸념이 따가웠다. 오후에라도 나와줄 수 없느냐고 물어왔다. 어렵겠다고 사내는 대답했다. 거짓말이 아니었다. 오늘은 해야 할 일이 있었다. 언제 끝낼 수 있을지 알 수 없었다. 인간이 벌이는 일에 과연 끝이라는 게 있을까? '끝' 운운하는 자를 사내는 믿지 않았다. 그것은 모든 것을 시작한 분의 입에서나 나올 수 있는 말이니까.

두번째로 전화한 곳은 학교였다. 아이가 아파서 갈 수 없겠다고 했다. 역시 거짓말이었다. 아니, 계집애는 늘 아팠다. 천식을 앓았고 감기를 달고 살았으니 이 또한 새빨간 거짓말은 아니었다. 어디가 어떻게 아프냐고 물어왔다. 예상치 못한 질문이었다. 사내는 답이라도 구하려는 것처럼 계집애 쪽을 빤히 바라보았다.

계집애는 잔뜩 웅크린 채 눈을 감고 누워 있었다. 바비인형을 꼭 쥐고서. 재작년 크리스마스에 아들이 선물로 사준 것이었다. 사내는 계집애가 자고 있는지 깨어 있는지 분간할 수 없었다. 눈을 감았지만 깨어 있기도 했고 눈을 뜬 채 졸기도 했다. 의사는 '외상 후 스트레스 장애'라 했다. 어려운 말이었다. '피티에스디'라고도 했다. 역시 어려운 말이었다. 가운을 입은 자들은 말을 어렵게 했다. 상대가 단박에 알아들으면 권위가 땅에 떨어질 것처럼.

'외상'거래는 일절 안한다고 사내는 항변했다. 거짓말이었다. 계집애는 외상을 밥 먹듯 했다. 하루는 동네 슈퍼 여자가 사내를 불러세우고 외상값은 언제 갚을 거냐고 다그쳤다. 무슨 소리냐고 사내가 반문하자 슈퍼 여자는 두툼한 공책을 들이댔다. 외상장부였다. 거래내역이 이틀에 한 번꼴로 적혀 있었다. 초코우유, 꿀맛 꽈배기, 가나안 초콜릿, 딸기맛 캐러멜, 알프스 캔디…… 단것 일색이었다. 일찍이 괴멸을 맞은 세상에 창궐했던 죄악의 이름 같았다. 사내는 제 눈을 의심하지 않을 수 없었다. 뭐든 사달라고 조르는 법이 없는 아이였다. 아이에게 어찌 외상을 터주었느냐고 사내가 버럭 소리치자 슈퍼 여자는 엄마가 갚을 거라 했다며 언성을 높였다. 사내는 말문이 막혔다. 며느리는 아이를 낳고 시름시름 앓다 죽었다. 본래 약골이었다. 사내가 보기에 계집은 앓기 위해 태어난 족속 같았다. 그날밤 사내는 한동안 입에 대지 않던 소주를 홀짝이며 중얼거렸다.

—아버지, 오늘은 좀 취해야겠습니다. 아무래도 아이에게 마귀가 들러붙은 것 같습니다.

사내는 전화를 끊고 계집애의 어깨를 흔들었다. 계집애는 한참만에 기척했다. 이번에는 자고 있었던 것이다. 계집애의 눈꼬리에 졸음이 주렁주렁 매달려 있었다.

—오늘은 학교에 안 가도 돼.

사내가 말했다. 계집애는 표정에 변화가 없었다.

—밥 먹자.

개다리소반을 옮기며 사내가 말했다. 계집애가 눈을 비비며 개다리소반 앞으로 다가와 젓가락을 집었다.

—뭐 빠뜨린 것 없니?

계집애는 눈을 감고 두 손을 모았다. 젓가락을 손바닥 사이에 끼운 채. 사내는 눈을 감고 신께 기도했다. 일용할 양식을 허락해줘서 고맙다고. 사내와 계집애는 젓가락질을 시작했다. 말은 없었다. '그 일'이 있은 후 계집애는 말을 잃었다.

계집애는 깨작거리다 젓가락을 내려놓았다.

—약 먹으려면 억지로라도 먹어야 해.

사내는 계집애 앞에 놓인 밥그릇에 국자로 라면국물을 떠주었다. 면 위에 얹혀 있던 달걀노른자도. 숟가락으로 터뜨리자 덜 익은 노른자가 밥알 사이로 흘러내렸다. 계집애는 노른자가 흘러내리는 모양을 멍하니 지켜봤다. 하품도 했다. '외상 후 스트레스 장애'라고 말한 의사가 처방한 약을 먹은 뒤로 계집애는 시도때도없이 졸았고 깨어 있을 때도 눈빛이 흐리멍덩했다.

—밥도둑 줄까?

사내의 말에 계집애가 고개를 끄덕였다. 사내는 쪽방 문을 열고 나가 부엌 선반에 놓인 봉지를 가져와 계집애의 밥 위에 주둥이를 대고 흔들었다. 깨를 섞어 볶은 김가루가 우수수 떨어졌다. 사내로서는 대단한 선심이었다. 밥을 든든히 먹여야 했다. 계집애에게는 힘든 일이 기다리고 있었으니까. 계집애가 그릇을 비우자 사내는 바나나도 까주었다. 역시 이례적인 선심이었다. 계집애는 바나나를 두 손으로 움켜쥐고 야금야금 먹었다. 뜻밖의 행운이 손아귀에서 빠져나갈까봐 눈을 희번덕거리며. 무리 잃은 원숭이 새끼 같았다. 바나나 때문에 기분이 좋아졌는지 평소와 달리 약도 선선히 삼켰다. 파란 약 두 알, 빨간 약 한 알, 노란 약 한 알. 파란 것은 천식약이고 나머지는 '외상' 어쩌고저쩌고 한 의사가 처방한 것이었다. 말하자면 영혼의 상처를 치료하는 약이냐고 사내가 묻자 의사는 뜸을 들인 뒤 대꾸했다. 그렇다고 할 수도 있겠네요. 배웠다는 놈들은 늘 그런 식으로 말했다. 뱀 같은 혀, 미꾸라지 같은 말. 사내도 알약을 먹었다. 혈당강하제였다.

사내가 계집애의 눈앞에 카드를 한 장씩 내밀었다. A4 용지 크기의 빳빳한 카드 한귀퉁이에는 증명사진이 붙어 있었다. 사내는 계집애의 눈동자를 유심히 살폈다. 동공이 커지는 순간을 놓치지 않기 위해 눈을 부릅떴다. 계집애의 눈동자를 그리 가까이 들여다본 것은 처음이었다. 검정인 줄 알았는데 갈색이었다. 불에 구운 흙처럼 검붉은 색깔. 제 어미의 눈동자처럼. 제 머리털과 색이 다른 눈동자를 가진 가엾은 종자들. 사내는 한숨을 내쉬었다. 한때 프랑스 군대가 주둔했던 열대의 나라에서 숱하게 보았던 죽음의 빛깔이 떠올랐다. 말라붙은 피의 색깔 말이다.

어떤 사진 앞에서 계집애의 눈동자가 부풀고 눈꺼풀이 파르르 떨렸다. 백주에 모습을 드러낸 악몽. 갈색의 악몽. 사내는 왼손이 눈치채지 못하게 하려는 것처럼 카드를 오른쪽에 가만히 내려놓았다. 열다섯 장의 카드를 모두 보았을 때 계집애는 와락 울음을 터뜨렸다. 사내는 계집애를 품에 안고 등을 쓸어주며 웅얼거렸다.

―울면 안돼. 울면 안돼. 싼타 할아버지는 우는 애들엔 서언물을 안 주신대. 싼타 할아버지는 알고 계신대. 누가 착한 앤지 나쁜 앤지.

가슴팍에서 시큼한 냄새가 올라왔다. 계집애가 먹은 것을 게워냈다. 달걀노른자를, 밥도둑을, 바나나를. 계집애는 뱃속을 비우고 나서도 한동안 기를 쓰며 헛구역질을 해댔다. 더 게워내야 할 것이 남아 있는 것처럼.

사내는 다시 잠으로 달아난 계집애를 내려다보았다. 잔뜩 웅크린 계집애는 엄지를 입에 문 채 색색거렸다. 병든 짐승처럼 잠만 잔다고 하자 의사가 그리 말했다. 잠으로 달아나는 거라고. 사내는 이해할 수 없었다. 정글로 달아나고 땅굴로 달아난다는 말은 들었지만 잠으로 달아난다는 말은 금시초문이었다. 무엇이 무서워 달아나는 거냐고 묻자 의사는 이렇게 대답했다.

―알아봐야죠.

며칠 후 다시 찾아갔을 때 의사는 그림을 보여주었다. 도화지에 검정 색연필로 그린 그림이었다. 검게 칠한 원통의 양끝에 갈퀴가 무성했고 갈퀴와 원통 한쪽 끝을 가르는 긴 선이 그어져 있었다. 무엇처럼 보이느냐고 의사가 물었다. 피복이 벗겨진 전선 같기도 했지만 자신이 없었다. 사내가 머뭇거리자 의사는 도화지를 시계

방향으로 90도 돌리며 말했다.

—나무를 그려보라고 했더니 이렇게 그렸더군요.

아이는 딴 세상의 나무를 그린 것일까. 사내는 그런 나무를 본 적이 없었다. 나무는 인간에게 신성을 보여주기 위해 빚어진 피조물이라고 말한 것은 대학물 먹은 분대장이었다. 포격으로 초토가 된 숲에서 홀로 푸르게 서 있던 나무를 사내는 본 적이 있다. 나무는 부활한 예언자처럼 멀쩡하게 서 있었다. 기적이었고 계시였다. 사내는 무릎을 꿇었다. 전투헬멧을 벗었고 화염방사기도 내려놓았다. 그리고 울었다. 사내의 울음은 많은 일의 시작에 불과했다. 유령처럼 일어나는 잿더미와 콩 볶는 듯한 총소리, 폭발음과 열기, 척추까지 파고드는 뜨거운 통증, 사내의 등에 돋아난 붉은 잎사귀들. 그리고 군의관의 말.

—운 좋은 줄 알아. 화염방사기를 지고 있었다면 통구이가 됐을 거야.

나무는 기적이고 계시다. 아니다, 기적은 나무고 계시 또한 나무다. 사흘간의 혼수상태에서 깨어났을 때 사내는 분대장의 말을 믿게 되었다. 뱀처럼 배를 깔고 엎드린 채.

사내는 분대장에게 물었다. 왜 나무는 다리가 하나이고 인간은 다리가 둘인가. 분대장은 대답했다.

—나무는 다리가 하나라서 뿌리내릴 수 있어. 인간은 다리가 둘이라서 떠돌아야 하는 거야. 죽음을 맞을 때까지 떠돌다 어느 나무 아래 묻히는 거지. 한줌 거름이 되기 위해.

분대장의 말은 언제나 수수께끼였다. 틈만 나면 수첩에 뭔가를 끼적거리던 분대장은 수류탄 파편에 맞아 한쪽 다리를 잃고 귀국선에 올랐다.

사내는 계집애의 그림을 망연히 들여다보았다. 검은 나무. 나뭇잎 하나 피워내지 못한 검은 나무. 아이는 갈색의 악몽이 아니라 검은 악몽을 꾸는지도 몰랐다.

—이 나무는 병들었습니다. 어쩌면 이미 죽었는지도 모르겠군요. 검정은 죽음이나 슬픔을 의미합니다. 특이하게도 땅속의 뿌리까지 그렸군요. 불안해하고 있습니다. 나뭇잎은 하나도 그리지 않았네요. 불모. 마음이 황폐해졌다는 뜻입니다. 가지와 뿌리가 아주 흡사합니다. 그림을 백팔십도 돌려보면 까맣게 칠한 줄기도 땅속에 박혀 있는 것처럼 보입니다. 남근에 대한 공포를 읽을 수 있습니다.

—남근이라면?

—남자의 성기 말입니다.

—자지를 무서워한다고요? 내 손녀가?

—뭐, 그렇게 표현할 수도 있겠군요.

—왜요?

사내가 따로 치워둔 카드는 세 장이었다. 열다섯 장에서 추려낸 세 장. 사내는 한 장씩 유심히 살폈다. 카드 한쪽 상단에 붙은 사진을 노려볼 때 사내의 미간에 팬 골이 꿈틀댔다. 세 명의 사내애는 약속이라도 한 것처럼 환하게 웃고 있었다. 악의라는 것을 품어본 적 없는 자들이나 지을 법한 미소. 열살짜리가 어른에게 보여줄 수 있는 가장 천진한 미래. 사내는 종잡을 수 없었다. 혹시 아이는 제 맘에 드는 놈들을 고른 게 아닐까. 계집애는 여전히 엄지를 입에 문 채 끙끙거렸다.

—괜찮아. 이젠 괜찮아.

사내는 계집애의 등을 토닥이며 중얼거렸다.

의사의 지시에 따라 계집애는 안이 훤히 들여다보이는 방으로 들어갔다. 알파벳이 새겨진 색색의 고무판이 바닥에 깔려 있고 한쪽 벽을 통째 차지한 수납장에 온갖 장난감이 가득한 방이었다.

가운을 입은 여자와 계집애의 인형놀이를 사내는 밖에서 지켜보았다. 가운 입은 여자가 남자 어른 모양의 인형을 들고 바비인형에게 말을 붙였다. 계집애가 바비인형의 고개를 가로로 저었다. 바비인형의 손가락이 어딘가를 가리켰다. 인형이 잔뜩 담긴 플라스틱 바구니였다. 가운 입은 여자가 플라스틱 바구니에서 인형을 꺼낼 때마다 계집애의 바비인형이 도리질쳤다. 바비인형이 고개를 끄덕였을 때 가운 입은 여자의 손에는 사내애 인형이 들려 있었다. 이제 사내애 인형이 바비인형에게 말을 걸었다. 계집애가 굳은 얼굴로 사내애 인형까지 움켜쥐었다. 사내애 인형이 바비인형의 치마를 들추고 손을 집어넣었다. 이번에는 가운 입은 여자의 얼굴이 굳어졌다. 계집애는 플라스틱 바구니에서 사내애 인형을 두 개 더 꺼냈다.

카드에는 많은 것이 적혀 있었다. 아이의 신상에 관한 거의 모든 것. 주소, 연락처, 보호자의 이름과 직업, 가족, 친구, 장래희망. 사내애들은 모두 같은 아파트에 살았다. 사내는 동과 호수를 쪽지에 적었다. 재작년 새로 들어선 무슨무슨 궁전이라는 아파트단지. 멀쩡한 마을을 부수고 지은 새로운 마을. 사내가 살고 있는 쪽방촌에도 새 마을이 들어설 예정이었다.

구청에서 통보한 퇴거시한이 지난 지 보름이었다. 엊그제 가스가 끊겼다. 조만간 전기를 끊을 거라는 소문이 가파른 골목까지 꾸역꾸역 기어올라왔다. 그래도 버티면 물을 끊을 것이다. 궁전을 지어올리기 위해서 말이다. 아들놈도 어디선가 궁전을 짓고 있을 것이었다. 아들은 취중에만 전화했다. 아들에게는 휴대전화가 없어서 연락해오기만을 기다려야 했다. 전화할 때마다 거처가 바뀌었다. 용인이라고도 했고 동탄이라고도 했고 신탄진이라고도 했고 의정부라고도 했다. 사내는 몸은 성하냐고 물었고 계집애는 언제 올 거냐고 물었다. 사내에게는 죄송하다고 했고 계집애에게는 미안하다고 했다. 용인에서도 동탄에서도 신탄진에서도 의정부에서도 죄송하고 미안했다.

교장이 주선한 자리에서 가해 아이들의 보호자들은 사내에게 죄송하다고도 미안하다고도 하지 않았다. 사내자식들이 호기심에 그럴 수도 있지 않겠느냐고 했고 계집애가 칠칠맞지 못해서 그런 거 아니냐고도 했다. 떠들어봐야 계집애의 장래에도 득 될 게 없을 거라고도 했다. 너무 당당해서 사내는 자신이 죄를 짓고 불려온 것 같았다. 보호자들 중 한 명이 흰 봉투를 사내에게 내밀었다. 성의를 모은 거라면서. 보호자들의 차 앞유리에는 똑같은 스티커가 붙어 있었다. 새로 생긴 아파트단지의 주차스티커였다.

그날밤 사내는 뜬눈으로 밤을 지새웠다. 흰 봉투에는 백만원권 자기앞수표 여섯 장이 들어 있었다. 새 보금자리를 얻을 수 있는 금액이었다. 전기도 물도 끊길 염려가 없는 곳. 사내는 흰 봉투를 앞에 두고 소주 두 병을 비웠다.

—아버지, 제가 어떻게 하길 바라십니까? 시험을 내셨으면 답도 주셔야지요. 두 개의 주사위를 던져서 행운의 숫자가 나오면 이 돈은 제 것입니다.

사내는 주머니에서 주사위를 꺼냈다. 모서리가 반질반질한 두 개의 주사위. 하나는 눈이 모두 육이고 다른 하나는 눈이 모두 일이었다. 분대장이 주고 간 것이었다.

—이 주사위의 비밀을 모르는 자에게 칠의 눈은 행운이겠지만 그것을 아는 자에게는 의지라네. 실은 주사위를 만든 자의 의지라고 할 수 있지. 주사위를 만든 자의 의지가 주사위를 던진 자의 손을 통해 드러나는 거야. 세상에는 세 부류의 사람들이 있다네. 행운에 목매는 자, 의지를 맹신하는 자, 더 큰 의지의 도구임을 깨닫는 자. 이 전쟁은 행운에 목매는 자들과 의지를 맹신하는 자들이 벌이는 싸움이야. 행운에 목매는 자의 목이 맨 먼저 달아나지. 그다음에는 의지를 덜 믿는 자의 차례고. 누가 마지막까지 살아남을 것 같나? 의지를 가장 맹신하는 자? 아니야, 더 큰 의지의 도구임을 깨닫는 자야. 책임감으로부터 자유로우니까. 책임감이 없는 자들은 가족을 파괴하지만 책임감이 과도한 자들은 이 세상을 파괴하지. 나는 확신을 얻었네. 신은 이 전쟁의 무의미를 보여주기 위해 내 한쪽 다리를 앗아갔다는 확신 말이야.

분대장의 다리를 날려버린 수류탄은 겁에 질린 신참이 떨어뜨린 것이었다.

사내는 주사위를 높이 던졌다. 주사위는 방바닥을 데굴데굴 구르다 멈췄다. 주사위를 내려다보는 사내의 미간이 좁아졌다. 한 개는 눈이 여섯이었지만 다른 하나는 눈이 닳아서 지워졌다. 사내는 눈이 지워진 주사위를 집어 살펴보았다. 다른 면의 눈은 모두 건재했다.

사내는 무릎을 꿇고 떨리는 목소리로 중얼거렸다.

—아버지, 마귀의 유혹에 귀가 솔깃했던 어린 양을 용서하십시오. 아버지의 뜻에 따르겠습니다.

다음날 동이 트기 무섭게 사내는 학교를 찾아갔다. 이른 시각이었지만 교장실 문은 활짝 열려 있었다. 교장은 책상 앞에 꼿꼿이 앉아 신문을 활짝 펼쳐들고 있었다. 흰 면장갑을 낀 채. 사내는 흰 봉투를 교장의 책상에 내려놓았다. 돋보기 너머로 교장의 눈이 가늘어졌다. 액수가 작아서 그러느냐고 교장이 물었다. 얼마가 들었는지 아는 것처럼 말했다. 사내는 돈으로 해결될 문제가 아니라고 했고 교장은 돈을 받지 않는다고 해결되는 것도 아니라고 했다. 사내가 가해 아이들의 이름을 알려달라고 요구하자 교장은 펄쩍 뛰었다.

—형제님, 원수를 사랑하라는 거룩한 말씀을 기억하십시오. 어린애들이 무슨 짓을 저지르는지 모르고 행한 일 아닙니까? 예수님께서 십자가에 못 박혀 돌아가실 때 뭐라 하셨습니까? 주여, 용서

하소서. 저들은 저희가 무슨 짓을 저지르는지도 모르나이다. 형제님, 부디 모든 것을 용서하시어 주님의 금과 같은 뜻이 이 땅에 찬란히 빛나도록 하십시오. 할렐루야.

교장은 사내가 교회에 나간다는 사실까지 알고 있었다. 대체 어디까지 뒷조사를 한 것일까. 교장은 모든 것을 알고 있는 것 같았다. 장기판에 놓인 하찮은 적수의 말을 바라보는 듯했다. 마음만 먹으면 언제든 해치울 수 있는. 사내도 그걸 느꼈고 교장도 사내가 느끼고 있다는 것을 아는 듯했다. 사내는 교장에게 등을 돌리며 마음속으로 기도했다.

—아버지, 아버지의 이름을 욕되게 하는 저 바리새인을 용서하시더라도 저놈의 더러운 주둥이는 용서치 마소서. 저자는 제가 무슨 말을 지껄이는지 잘 알고 있습니다.

프로게이머, 백댄서, 성형외과 의사. 카드에 적힌 사내애들의 장래희망이었다. 사내는 나머지 카드 더미에서 계집애의 것을 찾았다. 장래희망란에는 피겨스케이팅 선수라고 적혀 있었다.

벌이 없으면 죄도 없다. 교장실을 나서는 사내의 머릿속에는 그런 생각이 들끓었다. 소득없이 경찰지구대를 나설 때도 마찬가지였다. 만 열세살이 안된 아이에게는 형사책임을 물을 수 없다고 했다. 부모에게도 마찬가지라는 것이었다. 죄는 있는데 벌은 없다니! 이것은 사마리아인의 나라가 아니다. 사내의 심장은 용서가 아니라 폭주를 갈구하는 마음으로 벌떡댔다. 열대의 정글 어딘가에 부비트랩처럼 도사린 굴 앞에 섰을 때처럼.

땅굴 입구가 발견되면 굴 안쪽으로 수류탄을 굴려넣었다. 뭐든 새로 이름붙이기를 좋아했던 분대장은 '군밤'이라 불렀다. '군밤'이 굴 안쪽에서 터지면 다음은 '불나방'이 날아오를 차례였다. 깊은 어둠을 향해 화염방사기가 불을 뿜으면 더 깊은 어둠이 타는 냄새가 진동했다. 열대의 눅눅한 어둠과 그것이 감춘 것들이 타는 냄새. 심장이 타는 냄새를 맡기도 했다. 온몸에 불이 붙어 새카맣게 타버린 주검. 작고 호리호리하던 남자는 맨발이었다. 한쪽 발에 엄지발가락이 없었다. 잘려나간 자국이 뭉툭했다. 모든 것을 태운 화염도 표정을 태우지는 못했다. 죽음을 오랫동안 지켜봐온 자의 허무하고 쓸쓸한 표정. 죽음 앞에도 죽음 뒤에도 다만 죽음뿐이라고 말하는 것 같은. 생이나 사랑 같은 것은 죽음과 죽음 사이에 꾸는 백일몽이라고 말하는 듯한.

사내는 엄지발가락이 없던 발을 오래도록 잊을 수 없었다. 부모를 욕되게 하고 친구를 배신하고 여자를 등쳐먹었을 테지. 빌어먹을 빨갱이 새끼. 도박판에서 속임수를 쓰다 발가락이 잘렸을 거야. 손가락 대신 발가락을 잘라달라며 질질 짰겠지. 병신새끼. 사내는 꿈속까지 쫓아오던 발을 몰아내기 위해 남자가 저질렀을 악행의 연대기를 밤마다 머릿속에 적어내려갔다. 남자가 엄지발가락이 없었기 때문에 죽었다고 확신하게 될 때까지. 남자는 사내가 죽인 첫 번째 적이었다. 지옥 끝까지 밀쳐냈다고 믿었던 전쟁은 바로 등뒤에 붙어 있었다. 어쩌면 사내 자신이 지옥 끝으로 밀려난 것인지도 몰랐다. 한 가지는 분명했다. 전쟁은 아직 끝나지 않았다는 것.

행운에 목매는 자들은 지도를 들여다보지 않는다. 지도를 꼼꼼히 들여다보는 것은 의지를 믿는 자의 몫이다. 벌이 없으면 죄도 없다는 의지를 벼리며 지도를 뚫어지게 보고 있는 자는 전쟁을 벌이려는 자다. 벌이 없으면 죄가 없는 것과 마찬가지로 지도가 없으면 전쟁도 없으니. 사내는 자신의 심장에서 소용돌이치는 신의 분노를 느꼈다. 이제 사내는 자신이 더 큰 의지의 도구임을 믿어 의심치 않았다.

사내의 수중에는 두 장의 지도가 있었다. 먼저 동네 지적도부터 살폈다. 무슨무슨 궁전이라는 이름의 아파트단지 진입로와 출입구를 확인했다. 경찰지구대와 소방서에 붉은 펜으로 가위표를 쳤다. 눈이 침침했다. 눈앞에 거대한 가위표가 쳐진 듯했다. 사내는 탄식을 내뱉었다.

—아버지, 아직은 안됩니다.

사내는 문갑 서랍을 열고 만년필처럼 생긴 물건을 꺼냈다. 채혈기였다. 일회용 바늘이 담긴 비닐팩도 꺼냈다. 비닐을 뜯고 바늘을 꺼내 채혈기 말단에 밀어넣었다. 뚜껑을 끼우자 바늘 끝을 덮고 있던 플라스틱 탭이 떨어져나갔다. 채혈기 몸통에 달린 작은 레버를 밀어 바늘이 파고들 깊이를 정했다. 바늘을 점점 깊이 찔러넣어야 했다. 피가 끈끈해져 몸 구석구석까지 돌지 못한다는 것이었다. 눈이 어두워지는 것도 그 때문이라 했다. 채혈기를 손가락에 대고 버튼을 누르자 벌에 쏘인 듯 따끔했다. 서랍에서 스톱워치처럼 생긴 물건도 꺼냈다. 혈당측정기였다. 일회용 채혈지를 꺼내 혈당측정기의 주둥이에 끼워넣고 피를 묻혔다. 피가 혈당측정기 안으로 빨려들어가자 삐 소리가 나고 액정에 숫자가 떴다. 345. 사내의 표정이 어두워졌다.

문갑 서랍에서 인슐린 앰풀과 일회용 주사기를 꺼냈다. 마지막 인슐린이었다. 노란 고무줄도 꺼냈다. 왼소매를 걷어올리고 팔뚝에 고무줄을 감고 이와 오른손으로 매듭을 팽팽하게 조였다. 앰풀의 목을 따고 주사기로 인슐린을 뽑아올렸다. 주먹을 쥐자 정맥이 희미하게 떠올랐다. 바늘을 깊이 찔러넣고 약을 주입했다. 약은 많은 것을 주었고 더 많은 것을 앗아갔다. 혼곤한 여유를 주었고 두려움과 죄의식을 앗아갔다. 열대의 전장에서 그랬던 것처럼.

사내는 정신을 가다듬으며 아파트단지 상세도를 내려다보았다. 적의 근거지에 크게 가위표를 쳤다. 사내의 분노는 지도 바깥에 있었고 전쟁은 지도 위에 있었다. 의지로서의 전쟁은 지도 위에만 존재했다. 지도를 바꾸려는 외곬의 의지. 지도 바깥에는 행운을 기대하는 자들의 불행과 불행에 익숙한 자들의 불행만 있었다. 드물게 찾아오는 행운조차 죽음의 형태를 띠고 나타났다. 육체적 죽음이든 영혼의 죽음이든. 언제나 그랬다.

사내는 연탄구이 삼겹살집에서 저녁을 먹었다. 얼마 만의 외식인지 알 수 없었다. 사내는 소주만 비웠고 계집애는 고기만 집어먹었다. 사내는 연탄을 한줌 떼어내 비닐봉지에 담았다. 빈 소주병도 배낭에 넣었다. 사내는 계집애를 집에 데려다주고 홀로 정찰에 나섰다. 시선을 끌지 않기 위해 스쿠터도 집에 두고 갔다. 무슨무슨 궁전이라는 아파트단지 안으로 들어가기는 처음이었다.

초소는 두 개였다. 아파트 입구 쪽에 하나 뒷문 쪽에 나머지 하나. 경비들은 너나없이 목을 잔뜩 움츠린 채 책상 앞에 우두커니 앉아 있었다. 그곳에서 지켜야 할 것은 제 목뿐이라는 듯이. 지하주차장은 두 개였고 입구에는 초소가 없었다. 사내는 주차장으로 잠입했다. 주차장은 거대한 땅굴 같았다. 서늘한 어둠, 띄엄띄엄 세워진 콘크리트 기둥, 천장 구석구석에 박힌 감시카메라. 사내는 감시카메라의 위치와 각도를 쪽지에 적었다. 두 개의 목표물 위치도 확인했다. 지하에 하나 지상에 하나였다. 나머지 하나는 아직 복귀 전이었다.

마침내 심판의 어둠이 밝아왔다. 사내는 계집애를 일찌감치 재웠다. 사내가 재운 것이 아니라 잠이 재웠다. 어쩌면 약이 재웠는지도 몰랐다. 사내는 부엌에 쭈그린 채 빈 소주병에 깔때기를 꽂았다. 등유가 든 플라스틱 통 주둥이를 깔때기에 기울였다. 한 병을 채우자 동나고 말았다. 사내는 석유풍로 위에 얹힌 냄비를 치우고 주유구의 마개를 돌려 떼어냈다. 석유풍로를 들어올려 주유구가 깔때기 위에 오도록 기울였다. 검붉은 녹이 섞인 등유가 줄줄 흘러내렸다. 흘러내리는 등유를 지켜보는 사내의 표정이 사뭇 진지했다. 마지막으로 사내는 입고 있던 메리야스를 찢어 소주병 주둥이를 틀어막았다.

네 개의 소주병을 나란히 세워놓고 사내는 담배를 입에 물었다. 사내가 확보한 차번호는 세 개였다. 네번째 소주병은 교란용이었다.

사내는 부엌 한쪽에 치워둔 아들의 휴대용 산소용접기로 담배에 불을 붙였다. 토치 끝에서 파란 불꽃이 너울너울 춤췄다. 전쟁을 앞두고 치르는 의식처럼. 사내는 담배를 천천히 빨았다. 의식은 계속됐다. 사내는 방으로 들어가 비키니 옷장에서 군복을 꺼내입었다. 옷이 헐렁했다. 벨트를 바짝 조였고 펄렁거리는 바짓단을 양말 안에 우겨넣었다. 점퍼를 다시 걸치고 배낭을 챙겨 방을 나섰다.

사내는 연탄쪼가리를 잘게 부숴 양은사발에 담았다. 그 위에 꿀을 떨어뜨리고 조물조물 버무려 얼굴에 발랐다. 계집애의 손거울을 보며 구석구석 발랐다. 거울에 비친 사내는 북구의 동화에 등장하는 암흑의 전사 같았다. 인간의 무기로는 결코 죽일 수 없는 흑마술의 전사. 사내는 안전모를 쓰고 고글과 마스크도 착용했다. 아들이 용접할 때 쓰던 물건들이었다. 이제 사내는 동화 속 암흑의 전사가 아니라 세계이성의 역사가 끝장난 뒤 벌어진 인류 최후 전쟁의 탈영병 같기도 했다. 사내는 소주병을 배낭에 넣고 어깨에 둘러멨다. 배낭이 묵직했다. 화염방사기라도 짊어진 것처럼.

공삼시, 어둠이 가장 혹독해지는 시각 사내는 무슨무슨 궁전이라는 이름의 아파트단지 근처에 당도했다. 아파트단지 입구에서 스쿠터 시동을 껐다. 우주의 모든 별들이 시동을 끈 것처럼 적막했다. 사내는 스쿠터를 세워두고 아파트단지 담벼락에 오줌을 갈겼다. 정글에서 그랬던 것처럼. 출동 전 대원들은 나란히 서 적진 쪽을 향해 바지춤을 내렸다. 분대장의 지시였다. 전장에서 오줌 누다 머리에 총 맞기 싫으면 오줌보를 깨끗이 비워야 한다는 것이었다. 오줌줄기가 가장 멀리 나가는 사람이 선두에 서기로 했다. 분대장의 오줌줄기가 가장 멀리 뻗어갔다. 매번 그랬다.

사내는 스쿠터를 끌고 아파트단지에 침투했다. 입구 초소의 경비는 책상 앞에 앉아 졸고 있었다. 사내는 어떤 동 근처에 스쿠터를 세워두고 되짚어 걸어갔다. 사내에게는 그저 '어떤' 동이 아니었다. 장래희망이 성형외과 의사인 사내애가 사는 동이었다. 두번째 작전지역.

사내는 장래희망이 프로게이머와 백댄서인 사내애들이 사는 동 앞에서 걸음을 멈췄다. 건물 앞 주차장에는 목표물이 없었다. 저녁 정찰 때 확인하지 못한 목표물. 둘 중 하나였다. 여태 복귀하지 않았거나 지하주차장에 있거나. 사내는 지하주차장 쪽으로 이동했다. 사내는 어떤 제지도 받지 않고 지하주차장으로 들어갔다. 그것은 행운도 의지도 섭리도 아니었다. 99퍼센트의 게으른 무관심과 1퍼센트의 더 게으른 무관심 덕이었다.

사내는 주차장 진입로를 타고 지하로 민첩하게 내려갔다. 주차장은 땅굴 속처럼 캄캄했다. 어둠의 심지에서 적의가 검게 타올랐다. 사내는 손전등을 켰다. 주머니에서 꺼낸 쪽지에 손전등을 겨눠 감시카메라의 위치를 재차 확인했다. 사내는 세시 방향으로 열 걸음 걸었다. 단호하고 신속하게. 주차된 차의 번호판을 손전등으로 하나씩 비추면서. 열 걸음 뒤 멈추고 몸을 오른쪽으로 돌렸다. 감시카메라는 등뒤에 있었다. 아홉시 방향으로 열다섯 걸음 걷고 멈추며 왼쪽으로 돌아 감시카메라를 등졌다. 정찰 때 확인하지 못한 목표물은 보이지 않았다. 사내는 열한시 방향으로 아홉 걸음 걷고 콘크리트 기둥 뒤에 숨었다.

기둥 뒤에서 사내는 소주병을 틀어막은 메리야스 쪼가리에 라이터로 불을 붙였다. 사내는 첫번째 목표물을 향해 소주병을 던졌다. 병이 차 전면 유리창에 부딪혀 깨지면서 불꽃이 피어났다. 요란한 경적이 터져나왔다. 도난경보음이었다. 도난경보음은 사내의 머릿속에도 지도에도 없었다. 지도에 없는 적을 상대할 수는 없었다. 사내는 지체없이 몸을 돌려 주차장 입구 쪽으로 퇴각했다. 배낭 속에서 소주병이 잘그락거렸다. 지상에 올라왔을 때 사내는 숨을 가쁘게 몰아쉬었다. 사내는 마스크를 벗고 호흡을 고르며 두번째 공격지점으로 이동했다.

장래희망이 성형외과 의사인 사내애의 동 앞에 도착해 주변을 살폈다. 움직이는 것은 바람뿐이었다. 사내는 소주병을 틀어막은 메리야스 쪼가리에 불을 붙이고 두번째 목표물을 향해 던졌다. 병이 퍽 깨지면서 불꽃이 동심원을 그리며 퍼져나갔다. 주위를 둘러보던 사내는 유리창에 수상쩍은 스티커가 붙은 차 앞으로 걸어갔다. 뿔 달린 악마의 얼굴이 그려진 붉은 스티커였다. 악마는 날카로운 이를 드러낸 채 아가리를 쩍 벌리고 있었다. 악마의 형상 밑에 영어가 적혀 있었지만 사내로서는 요령부득이었다. 이런 문구였다. Be the Reds! 세번째 소주병을 던지고 사내는 돌아섰다. 사내의 등뒤에서 경보음이 요란했다.

스쿠터를 타고 아파트 뒷문을 빠져나오며 사내는 중얼거렸다.

—아버지, 이제 좀 쉬어야겠습니다.

다음날 아침 눈을 뜨기 무섭게 사내가 한 일은 텔레비전을 켠 것이었다. 텔레비전은 먹통이었다. 전기가 끊긴 것이다. 사내는 트랜지스터라디오를 켰다. 아침뉴스를 듣는 내내 사내의 얼굴은 삼엄했다. 뉴스가 끝나도록 무슨무슨 궁전이라는 아파트단지는 등장하지 않았다. 사내의 인상이 구겨졌다. 라디오를 끄고 사내는 두 통의 전화를 걸었다. 먼저 전화한 곳은 학교였다. 아이가 아파서 오늘도 쉬어야겠다고 말했다. 이번에는 거짓이 아니었다. 계집애의 몸이 불덩이였다. 전기장판은 식은 쇠처럼 싸늘했다. 내일은 방학식날이니 꼭 와야 한다고 했다. 두번째 전화를 넣은 곳은 퀵써비스 사무실이었다. 몸이 불편해 오늘도 쉬어야겠다고 말했다. 이번에는 거짓이 아니었다. 발이 붓고 눈이 침침했다. 몸도 뜨거웠다. 뜻밖에 전화기 저쪽은 잠잠했다.

—여보세요?

—영원히 푹 쉬세요.

전화가 끊겼다. 사내는 끙 소리를 내며 부엌에 나가 쌀을 씻어 냄비에 안치고 수돗물을 부었다. 죽을 끓일 셈으로 물을 넉넉히 부었다. 냄비를 석유풍로에 얹었다. 풍로 심지에 불을 붙이고 화력조절 레버를 최대로 밀었지만 불꽃은 시득시득했다. 등유가 간당간당했다. 모든 게 간당간당했다. 물마저 끊기면 더는 버틸 수 없을 것이었다.

계집애는 숟가락질할 기력도 없어 보였다. '밥도둑'도 계집애의 죽을 훔치지는 못했다. 사내는 계집애의 이마를 짚어보았다. 펄펄 끓었다. 사내의 손이 펄펄 끓는지도 몰랐다.

—아무래도 병원에 가야겠네.

사내가 말했다. 누구에게 하는 말인지 모호했다. 당연히 대꾸는 없었다. 애당초 대꾸를 기대하고 한 말도 아니었다.

간밤의 사내에게는 세 개의 차번호가 있었고 아침의 사내에게는 세 곳의 병원이 있었다. 세 개의 차번호 중 두 개는 불탔고 세 곳의 병원에는 불타는 두 개의 몸뚱이가 찾아갈 것이었다. 사내는 계집애를 들쳐업고 가파른 골목길을 더듬더듬 내려갔다. 먼저 들른 곳은 소아과였다. 늘 가던 병원은 근처 재래시장 입구에 있었지만 무슨무슨 궁전이라는 아파트단지 상가의 소아과까지 일부러 찾아갔다. 상가로 들어가면서 사내는 아파트단지 쪽을 흘끔거렸다.

소아과 대기실에서 털코트 입은 여자 둘이 수다를 떨고 있었다. 사내는 여자들의 대화에 귀를 쫑긋 세웠다. '불'이라는 말은 전혀 들리지 않았고 '선물'이라는 말은 자주 들렸다. 사내는 계집애에게 주사를 맞히고 약을 받았다. 약을 받으면서 사내는 별일 없었느냐고 물었고 간호사는 별일도 다 있다는 표정을 지어 보였다. 크리스마스까지 이틀 쉰다며 사흘치를 줬다. 모레가 크리스마스였다. 아들에게서는 온다간다 연락이 없었다. 어디에 있는지도 가물가물했다. 동탄인지 신탄진인지 용인인지 의정부인지 헛갈렸다. 전화를 하지 않는 걸 보면 술을 입에 대지 않는 모양이었다.

상가에서 빠져나온 사내는 간밤에 다녀온 곳이 맞나 확인하는 것처럼 코앞의 아파트단지를 한참 바라보았다. 다음에 들를 곳은 '외상' 어쩌고저쩌고 하던 의사가 있는 병원이었다. 버스를 타고 삼십분 후 하차해 지하도로 내려갔다. 지하도에 내려선 사내는 얼어붙은 듯 걸음을 멈췄다. 눈앞이 어둑어둑했다. 사내는 눈앞의 어둠이 걷히기를 잠자코 기다렸다. 전에도 그랬으니까. 하지만 모든 것을 앗아가는 시간도 이번만큼은 눈앞의 어둠을 쉬이 몰아내지 못했다. 사내의 무릎이 후들거렸다. 두려움 때문이었다. 영영 빛을 보지 못할지도 모른다는 두려움.

스스로 빛나지 않는 존재인 인간에게 어둠은 언제 찾아오고 언제 물러나는가. 스스로 빛나지 않는 사내에게 어둠은 찾아왔다 물러가는 것이 아니었다. 어둠은 늘 있었다. 찾아왔다 물러갔다 다시 찾아오는 것은 빛이었다. 사내는 이제 아주 오래 기다려야 하는지도 몰랐다. 나무처럼, 한그루 나무처럼. 말을 잃은 계집애를 등에 업은 채.

쇠처럼 단단해지는 어둠속에서 수많은 소리가 돋아났다. 발소리, 구세군의 종소리, 크리스마스 캐럴, 동전 부딪치는 소리, 침 삼키는 소리, 짧게 들이쉬는 숨소리, 길게 내쉬는 숨소리, 눈 깜박이는 소리, 심장 덜컥거리는 소리, 운명의 주사위가 구르는 소리, 지하철에서 쏟아져나온 군중 같은 시간이 어깨를 치며 지나가는 소리. 그리고 가냘프고 앳된 목소리.

—할아버지.

—그래.

—할아버지, 괜찮아?

—괜찮아.

—할아버지, 누구 기다려?

—응.

—누구?

—누구.

—힘들어?

—괜찮아.

—노래 불러줄까?

—그래.

—울면 안돼. 울면 안돼. 싼타 할아버지는 우는 아이엔 서언물을 안 주신대요. 싼타 할아버지는 알고 계신대. 누가 착한 앤지 나쁜 앤지. 오늘밤에 다녀가신대.

러닝 맨

은재에게서 전화가 왔을 때 나는 붉게 달궈진 물건을 조몰락거리고 있었다. 낙방을 알리는 이메일로 구겨진 기분을 달래던 참이었다. 최종면접에서 고배를 마신 것만 벌써 열한번째였다. 요즘은 서류심사에서 걸러지기도 했다. 취업 사수생이라 이거지. 작년부터였을 것이다. 면접관들은 졸업하고 뭘 했는지를 꼬치꼬치 캐물었다. 들여놓을 제품의 유통기한을 확인하는 매장 매니저처럼. 절정을 음미하지 못한 게 억울해 입맛만 다시며 나는 휴대폰을 집어 들었다.

"어디야?"

"옥수역이에요."

"벌써?"

"목소리가 왜 그래요?"

"운동중이었어. 싸이클 머신."

"빨리 나오세요."

나는 서둘러 샤워를 하고 옷을 걸쳤다. 전신거울로 입성을 체크하는 것으로 외출준비는 오케이. 무심코 구두에 발을 집어넣다 말고 나는 신발장에서 운동화를 꺼냈다. 엊그제 산 나이키 러닝슈즈였다. 운동 삼아 동네나 한바퀴 돌려고 장만한 건데 요 며칠 비가 오락가락하는 바람에 가격표도 떼지 않은 채 신발장에 처박아두었다. 운동화 끈을 매며 나도 모르게 중얼거렸다. 하이킹이라. 스스로의 목소리에 나는 움찔했다. 계약기간도 채우지 못하고 고시원을 도망치듯 빠져나온 것은 전적으로 중얼거리는 소리 때문이었다. 복도에서 맞닥뜨려도 인사는커녕 눈조차 맞추는 법 없는 부스스한 사내들은 컴컴한 화장실에서 볼일을 보며 웅얼대곤 했다. 그뿐이 아니었다. 방음이 부실한 벽 너머에서 들려오는 혼잣말 소리 때문에 잠을 설치는 밤이 부지기수였다. 나는 두려웠다. 그들처럼 되어버릴까봐.

문밖으로 나서자 부신 햇살에 눈이 절로 가늘어졌다. 손으로 차양을 만들고 사위를 둘러보았다. 허공에 길게 드러누운 옥수역사 지붕이 하늘의 밑자락을 질끈 잡아당겼다. 팽팽해진 푸른 하늘은 거대한 빗자루로 쓱쓱 쓸어낸 듯 구름 한점 없었다. 사진 찍기에 더없이 좋은 날이었다. 참! 가장 중요한 걸 빠뜨릴 뻔했다. 나는 냉큼 방으로 돌아가 카메라를 챙겼다. 로모 LC-A. 대학졸업 기념으로 나 자신에게 선물한 것이었다. 블로그에 사진 올린 지도 꽤 된 터라 녹슨 철제계단을 밟고 내려가는 걸음이 가벼웠다. 최종면접에서 열한번째 떨어졌지만 휘파람까지 술술 나올 지경이었다. 인재도 몰라보는 미친 면접. 더 미친 휘파람.

옥수역 아래 서 있던 은재가 나를 발견하고 손을 흔들었다. 은재는 후드 달린 폴로 재킷에 짧은 진스커트 차림이었다. 검정 양말을 무릎까지 올려신었고 검은색 퓨마 축구화를 착용했다. 『논노』나 『유행통신』을 뒤적이며 벤치마킹했겠지. 또렷한 이목구비 때문인지 균형잡힌 몸매 때문인지 은재는 나이보다 성숙해 보였다. 이미 생물학적 성장의 정점에 도달했다고나 할까.

내가 다가가자 은재가 싱긋 웃었다. 치열교정기가 서늘하게 반짝였다. 은재는 아차 싶은 표정으로 서둘러 입을 다물었다. 책 한 권을 가슴에 꼭 안고 있었다. 체 게바라 평전이었다. 별일도 다 있다 싶었는데 좋아하는 밴드가 존경하는 인물이란다.

날씨를 화제 삼아 시답잖은 인사를 나눈 뒤 한강 쪽으로 걸음을 옮겼다. 레슨이 일찍 끝났나보다고 말했더니 개교기념일인데 제대로 놀지도 못한다며 푸념을 늘어놓았다. 은재는 비올라를 배우고 있었다.

집이 어디냐는 갑작스러운 물음에 나는 독서당길 언덕의 낡은 건물 사이에 새로 들어선 고층 오피스텔을 엉겁결에 지목했다. 오리떼 속의 백조 같은 말쑥한 건물을 은재는 한참 바라보았다. 투자할 건물을 보러 다니는 사람 같은 폼이었다. 실제로 은재는 벌써 아파트 한 채의 주인이다. 재개발이 확정된 잠실의 주공아파트가 은재 명의로 되어 있었다. 그것 말고도 은재네는 아파트를 몇채 더 갖고 있는 눈치였다.

"몇호?"

은재가 배시시 웃으며 물었다.

"알아서 뭐 하게."

"칫."

은재의 입술이 뾰족해졌다.

나는 도로를 건너 한강 둔치로 향했다.

"우리 자전거 타요."

"자전거?"

은재가 손가락으로 가리킨 곳에 자전거 대여소가 보였다.

"그런 차림으로?"

은재는 그새 자전거 대여소로 쪼르르 달려갔다.

구청에서 운영하는 대여소였다. 조립식 건물 출입문에는 현상수배 전단이 큼지막하게 붙어 있었다. 강남 일대의 고급 주택가와 아파트단지에서 잇달아 발생한 부녀자 납치강도 사건의 용의자였다. 최근 범행의 희생자는 파주 인근 야산에서 시신으로 발견되었다. 현금인출기 감시카메라에 잡힌 영상을 캡처해 출력한 거라 해상도가 신통치 않았다. 게다가 야구모자를 눌러쓰고 마스크까지 착용한 터라 인상을 식별하기 어려웠다.

전단을 훑어보던 은재의 얼굴이 굳어졌다. 파주 인근 야산에서 발견된 희생자가 같은 아파트에 살았다고 했다.

"미친개는 몽둥이가 제격인데."

"미친개는 물을 무서워한다던데. 그래서 미친개한테 물리면 걸리는 병이 고……"

"공수병."

내 지적에 은재는 얼굴을 붉혔다. 초등학교 3학년 때 미국으로 건너갔다 고등학교 1학년 때 돌아온 은재는 우리말이 서툴렀다. 또래에 비해 어휘가 빈곤했는데 특히 한자어는 젬병이었다. 나에게 국어과외를 받는 것도 그 때문이었다. 은재가 남들은 못 가 안달인 유학을 중도에 접은 이유를 나는 모른다. 공부도 신통치 않은 녀석이 왜 돌아왔느냐고 언젠가 물었다가 말없이 눈물만 뚝뚝 떨어뜨리는 바람에 적잖이 당황하기도 했다. 은재는 귀국하자마자 비올라를 배우기 시작했다.

"어렸을 때 개한테 쫓기다 하천에 빠져 죽을 뻔했어요. 그후로 물이 무서워졌죠. 나, 공수병인가봐요."

은재가 이마를 찌푸리며 말했다.

자전거 대여소는 썰렁했다. 하긴, 수요일 오후 세시에 자전거 빌리겠다는 사람들로 복닥거리는 쪽이 더 이상하겠지. 입구 바로 안쪽에 작은 부스가 보였다. 초로의 사내가 스토브 앞에 웅크리고 앉아 꾸벅꾸벅 졸고 있었다. 은재가 창을 두드리자 사내는 화들짝 놀라며 눈을 떴다. 자전거를 빌리고 싶다고 했더니 주민등록증을 맡기고 아무거나 골라가라 했다. 시간당 삼천원이고 십오분마다 천원 추가란다. 대여료는 자전거를 반납할 때 지불하면 된다는 것이었다.

"해 지기 전에는 반납해야 돼. 조심해. 해가 짧아져서 순식간에 어두워지니까."

자전거를 끌고 나가는데 사내가 등에 대고 소리쳤다.

이 동네로 이사온 지 일년이 다 되어가지만 한강변에 나오기는 처음이었다. 나는 옥수역과 연결된 다리 이름도 알지 못했다. 은재도 사정은 마찬가지였다. 대학에 입학하면서 상경한 나야 그렇다지만 서울 토박이인 은재의 무지는 뜻밖이었다. 한강에는 다리가 너무 많을뿐더러 굳이 강을 건널 일이 별로 없다는 변명이었다. 귀국 후 강을 건넌 게 이번이 세번째란다.

다리 아래 공터에는 갖가지 운동기구가 설치되어 있었지만 이용하는 사람은 없었다. 강을 따라 난 자전거도로도 텅 비기는 마찬가지였다. 도로변에는 치잣빛 들꽃 위로 고추잠자리 편대가 선회했고 웃자란 억새풀이 살랑살랑 허리를 흔들었다. 그 너머로 검푸른 강물이 소리없이 흐르고 있었다. 가까이서 보니 강물의 빛깔은 더 짙고 어두웠다. 그만큼 가을하늘은 유난히 맑고 투명해 보였다. 로모 카메라로 찍어낸 사진처럼.

광각렌즈의 결함 때문에 로모 카메라로 찍은 사진은 귀퉁이가 어둑어둑했다. 터널 효과였다. 주변부의 왜곡으로 피사체가 도드라져 독특한 분위기의 이미지를 얻을 수 있었다. 내 블로그에 올린 사진을 보고서 은재는 멋지다며 자기도 찍어달라고 성화였다. 은재는 최고의 고객이니 사진 찍어주는 정도의 써비스는 아깝지 않았다. 은재 엄마는 다음주에 친구 아들을 소개해주겠다고 했다.

은재는 벌써 자전거 앞에서 포즈를 취하고 있었다. 나는 카메라를 꺼내 렌즈 커버를 열고 거리를 가늠한 뒤 셔터를 눌렀다.

"쏘우 큐트!"

은재는 카메라를 낚아채 요리조리 뜯어보며 감탄사를 날렸다.

"소련 스파이들이 썼다는 카메라치고는 귀엽네요!"

"케이지비 연구소의 광학박사가 제작한 건 맞지만 스파이들이 썼다는 건 낭설일 거야. 생각해봐. 스파이에게는 정보의 정확성이 무엇보다 중요할 텐데 기껏 찍은 사진이 모서리는 시커멓고 피사체도 실제와 다른 느낌을 준다면 어쩌겠어? 스파이들이 예술할 일 있어?"

"와우! 똑똑한 오빠, 사진 한 장 더 부탁해요."

"원래 사람은 안 찍는데 너니까 특별히 봐준다."

"왜 사람은 안 찍어요?"

"난 사물만 찍어. 이 녀석으로 찍으면 사물에도 영혼이 있는 것처럼 느껴지거든. 카메라가 영혼을 불어넣기라도 한 것처럼 말이야. 게다가 사물은 과묵하고 의젓해서 혼잣말을 중얼거리지도 않고 사진 보내달라고 보채지도 않거든. 사진 동호회 까페에서 내 별명이 사물놀이야."

"사물에 영혼을 불어넣는 카메라! 역시 오빠는 유니크해."

그때였다. 요란한 음악소리가 달려드는가 싶더니 콩 볶는 듯한 트로트 메들리가 쌩 지나갔다. 싸이클 선수 복장의 노인이 탄 자전거가 빠르게 하류 쪽으로 멀어졌다. 사내가 작은 점이 되도록 트로트 메들리는 귓전에 쟁쟁했다. 나는 상류 쪽을 향해 출발했다.

"오빠 달려."

은재가 내 허리춤을 붙들며 소리쳤다. 은재의 달콤한 체취가 콧잔등을 간질였다. 영화 속의 연인이라도 된 기분이었다. 처음에는 중심을 가누지 못해 비틀거렸지만 차츰 속도가 붙었다. 코스모스다. 갈대숲 좀 봐. 저기 두루미. 은재가 끊임없이 조잘거리는데다 시시각각 바뀌는 풍경 덕에 지루할 새가 없었다. 뺨을 스치는 서늘한 공기마저 상쾌해서 페달을 밟는 다리에 힘이 절로 실렸다.

저만치 앞서 달리는 사내가 눈에 들어온 것은 억새밭을 막 빠져나왔을 때였다. 사내는 팔꿈치를 옆구리에 척 붙인 채 짧고 빠른 발놀림으로 달리고 있었다. 자전거와의 간격이 좁혀짐에 따라 사내의 뒷모습이 차츰 또렷해졌다. 강원도 산간에는 서리가 내렸다는데 여태 반팔에 반바지 차림이었다. 게다가 소매를 어깻죽지까지 돌돌 말아올렸다. 셔츠 등짝에는 7자가 커다랗게 찍혀 있었다. 붉은색 상의에 흰색 하의면 맨체스터 유나이티드 유니폼인가? 등번호 위쪽에는 흰 조각천으로 글자가 꿰매져 있었다. 성×조기축구회. 두번째 글자는 실밥 자국만 어렴풋했다. 사내는 야구모자를 쓰고 흰 면장갑을 꼈다. 중키에 날렵한 체형인데 팔뚝과 허벅지만 유독 굵었다. 검정 양말 위로 고스란히 드러난 딴딴한 정강이에는 곱슬곱슬한 털이 무성했다. 까무잡잡한 피부 때문인지 꽤 다부진 느낌이었다.

쉿쉿. 사내가 짧게 끊어 내뱉는 숨소리가 선명할 정도로 가까워졌다. 가만, 운동화는 내 것과 비슷했다. 뒤꿈치 윗부분에 로고가 자그맣게 새겨져 있었다. 로고의 철자가 이상한 것 같아 유심히 들여다보다 하마터면 자전거 앞바퀴가 사내의 발과 엉길 뻔했다. 나는 급히 브레이크를 잡았다.

사내는 자전거도로 중앙에 칠해진 노란 선을 물고 달렸다. 바로 곁에 보행로가 닦여 있는데도 굳이 자전거도로를 고집하는 것도 못마땅한데 한복판을 차지하고 달리는 게 영 거슬렸다. 도로 가장자리로 달리면 사내를 비켜갈 수도 있었지만 왠지 그러고 싶지 않았다. 나는 호기롭게 경적을 울렸다. 찌링찌링. 사내는 중앙선에서 한치도 비켜나지 않았다. 찌링찌링찌링. 나는 신경질적으로 경적을 울렸다. 사내는 뒤도 돌아보지 않고 여전히 중앙선을 밟으며 달렸다. 치미는 화를 삭이며 나는 사내의 오른쪽으로 파고들었다. 상판대기나 확인할 요량으로 곁눈질을 했지만 깊게 눌러쓴 야구모자와 입을 가린 마스크 때문에 여의치 않았다. 사내는 목에 깁스라도 한 것처럼 전방만 똑바로 바라보며 내달렸다.

추월하기 위해 페달을 세게 밟았지만 사내는 좀체 앞자리를 허락하지 않았다. 사내의 발놀림도 빨라진 것이다. 페달 돌리는 속도가 급박해짐에 따라 사내의 발도 더욱 분주해졌다. 사내와 나는 맹훈련중인 선수와 코치처럼 전력을 다해 나란히 달렸다. 얼마나 그렇게 달렸을까. 내 마음 저 깊고 후미진 곳에서 붉디붉은 적의가 고개를 쳐들 무렵 사내가 스르르 밀려났다. 사내를 추월한 뒤에도 나는 속도를 늦추지 않았다. 후련함보다는 찜찜함이 뒤통수를 간질였다. 뒤를 돌아보고 싶은 마음이 굴뚝같았지만 꾹 참았다.

"봤어요?"

사내와의 기묘한 레이스 내내 숨죽이고 있던 은재가 입을 열었다.

“팔뚝에 새겨진 문신. 똥덩어린 줄 알았는데 자세히 보니 뱀이었어요.”

나는 백미러에 시선을 던졌다. 사내는 저만치서 묵묵히 달려오고 있었다. 중앙선을 잘근잘근 밟으며.

응봉역과 서울숲으로 나뉘는 갈림길이 나타났을 때 나는 서울숲을 택했다. 사진을 찍기에 그쪽이 더 나을 듯싶었다. 서울숲 쪽으로 갈라져나간 길 끝에는 천을 건너는 다리가 놓여 있었다. 다리를 건너자 자전거도로가 다시 나타났다. 말굽 모양의 커브길을 돌아나가니 한강이 바투 다가섰다. 강물이 발치까지 밀려들어 강 위를 달리는 기분이었다. 내 옆구리를 붙든 은재의 손아귀에 힘이 들어가는 게 느껴졌다.

나는 자전거를 세우고 사진을 몇장 찍었다. 다리 너머 빌딩숲 위로 우뚝 솟은 남산과 타워를 집중 겨냥했다. 어떤 사진이 나올지 궁금했다. 날이 맑아서 노을이 근사할 테니 해 질 무렵 찍으면 더 멋진 사진을 얻을 수 있으리라. 불 밝힌 전동차라도 지나가면 금상첨화일 테고. 날이 어서 저물기를 나는 고대했다.

두툼한 콘크리트 교각 위에 주홍색 트러스를 얹은 다리를 지나는데 성수대교라고 은재가 아는 체했다.

“다리 이름은 모른다며?”

“어떻게 잊을 수 있겠어요. 저 다리 무너지기 십분 전에 지나갔는데. 엄마가 양수 터져서 앰뷸런스에 실려갈 때 곁을 지키던 외할머니 품에 안겨 있었어요. 얼마나 정신이 없었던지 외할머니는 삐

삐의 반팔 셔츠를 나에게 입혔지 뭐예요. 삐삐는 기르던 강아지 이름이에요."

"다리 무너질 때는 가을 아니었나?"

"뭐예요? 내가 라이어라는 건가요?"

"그게 아니라……"

"요즘도 외할머닌 나만 보면 우리 강아지 우리 강아지 그래요."

성수대교를 지나자 또다른 다리가 보였다. 평범한 다리였다. 나도 은재도 이름은 몰랐다. 마포대교, 금문교, 성산대교, 뽕뇌프 다리…… 우리는 아는 다리 이름을 번갈아 대며 시시덕거렸다. 그때 오토바이가 뒤쪽에서 달려와 부앙 스쳐지나갔다. 그 서슬에 자전거가 비틀거렸다. 쓰러지려는 쪽으로 핸들을 꺾어서 무너진 중심을 겨우 수습했다. 개가 낑낑거리며 오토바이에 질질 끌려가고 있었다. 누렁개는 오토바이 꽁무니에 묶인 쇠줄에 매달린 채 버둥거렸다. 오토바이와 개는 순식간에 시야에서 사라졌다.

"테러블. 어떻게 개를 묶고 달릴 수 있죠?"

"봤어? 네 발이 모두 허공에 떴어."

"가엾은 누렁이."

"못 봤구나. 붕 날았는데."

"근데 나 무서워요."

"뭐가?"

"내가 말만 하면 기다렸다는 듯 눈앞에 나타나요. 개 이야기 하니까 개가 나타났잖아요. 오빤 이런 적 없어요?"

"우연의 일치일 뿐이야. 만에 하나 그게 사실이라면 아까 그놈

얘기는 하지 마라. 다시는 보고 싶지 않으니까."

"누구? 뱀……"

은재가 말꼬리를 흐리는가 싶더니 뭔가가 옆에 쓱 나타났다. 맨체스터 유나이티드 유니폼, 아니 성 뭐라는 조기축구회 유니폼을 입은 사내였다. 호랑이도 제 말 하면 온다더니. 찬물이라도 뒤집어쓴 것처럼 등골이 서늘했다.

사내가 내 오른편을 치고 들어왔다. 쉿쉿. 끊어서 내뱉는 숨소리도 여전했고 상체를 꼿꼿이 세운 채 팔의 움직임을 절제하는 폼도 한결같았다. 나는 다시 한번 사내의 얼굴을 힐끗 훔쳐보았다. 이번에도 역시 야구모자와 마스크 때문에 콧등만 보였다. 사내는 여전히 전방만 똑바로 응시하며 달렸다. 사내를 떨어뜨리기 위해 다리에 힘을 주었지만 페달은 묵직했다. 완만한 오르막에 들어서 있었던 것이다. 빌어먹을! 하필 이럴 때. 엄습하는 낭패감에 나는 입술을 깨물었다.

사내에게 추월당하는 건 시간문제였다. 하지만 사내는 오버페이스를 경계하는 노련한 마라토너처럼 선불리 앞으로 나서지 않았다. 심지어 둔해진 자전거에 보조를 맞추기 위해 일부러 속도를 늦추는 것 같기도 했다. 머리털이 곤두서고 겨드랑이에 식은땀이 흥건했다. 나는 마른침을 삼켰다. 자전거를 확 세워버릴까 싶었지만 놈도 걸음을 멈추면 어쩔 것인가? 그리되면 그야말로 막다른 골목이었다. 눈빛을 감추는 자들과 막다른 골목은 피하는 게 상책이었다. 더구나 눈빛을 감추는 자를 막다른 골목에서 맞닥뜨리는 건 상상하기도 싫었다.

쉿쉿. 놈의 숨소리가 기어간 자리마다 오소소 소름이 돋았다. 오르막은 점점 가팔라졌다. 페달을 억지로 찍어누를 때는 허벅지가 터져나가는 듯했고 페달이 보란 듯 다시 떠오를 때는 장딴지가 부르르 떨렸다. 단말마의 신음을 삼키기 위해 나는 이를 앙다물어야 했다. 마침내 오르막의 끝이 보였다. 나는 엉덩이를 바짝 치켜들고 상체를 앞으로 숙인 채 젖먹던 힘까지 쥐어짜 페달을 밟았다. 모래밭을 달리는 기분이었다.

마침내 자전거가 앞으로 쏠리기 시작했다. 비칠거리던 자전거는 잔뜩 독이 올라 거침없이 내달리기 시작했다. 페달이 절로 돌아갔다. 처지지 않으려는 듯 놈도 바짝 피치를 올렸다. 쉿, 쉿, 쉿. 놈의 숨소리가 거칠어지는가 싶더니 상체는 격하게 흔들리고 팔동작은 눈에 띄게 커졌다. 계속 그 페이스로 달려봐라. 숨통이 터지고 근육이 뭉개질 테니. 나는 내심 쾌재를 불렀다. 놈은 더 버티지 못하고 속절없이 뒤로 밀렸다.

강력한 속도를 얻은 자전거는 쏜살처럼 내달렸다. 으아아아아아! 나도 모르게 고함이 터져나왔다. 빽빽한 공기가 소용돌이치며 입안으로 밀려들었다. 페달이 미친 듯 회전하는 서슬에 놀라 나는 두 발을 떼고 말았다. 핸들이 바르르 떨렸다. 주변의 사물이 일그러지고 도로가 부풀어오르는 것 같았다. 더럭 겁이 몰려왔다. 눈을 질끈 감고 싶은 충동을 가까스로 억누르며 나는 핸들을 꽉 움켜쥐었다. 도로가 텅 빈 게 그나마 다행이었다. 내리막이 끝나고 나서도 자전거는 한참을 내달렸다. 도로변의 들꽃과 관목이 휙휙 지나갔다. 길가에 세워진 자전거도, 벗어둔 헬멧도, 비탈진 풀밭에 기대앉은 싸이클 선수 차림의 노인도, 노인의 손에 들린 검은 빛깔의 즙이 담긴 비닐팩도, 비닐팩에 꽂힌 빨대도, 귀에 익은 트로트 메들리도 휙휙 지나갔다. 설마. 트로트 메들리를 꽝꽝 울리며 달리던 노인은 분명 강 하류 쪽으로 사라지지 않았던가. 뭔가에 홀린 기분이었다. 나는 고개를 세차게 흔들며 페달을 거칠게 밟아댔다. 숨이 턱밑까지 차오르도록 밟고 또 밟았다.

"오빠, 이젠 괜찮아요."

맞아, 은재가 뒤에 타고 있었지. 나는 한데서 오줌이라도 눈 것처럼 진저리치며 엉덩이를 안장에 붙였다. 어느새 또다른 다리가 눈앞에 나타났다. 낡고 추레한 게 산전수전 다 치르고 전역날짜만 손꼽아 기다리는 노병 같았다. 뒤를 돌아보았지만 놈은 보이지 않았다.

나는 벌떡거리는 가슴을 쓸어내리며 천천히 다리 밑을 빠져나갔다. 왼쪽에 드넓은 잔디밭이 강변도로까지 펼쳐졌다. 뚝섬유원지라는 표지판이 눈에 들어왔다. 한산하기는 거기도 마찬가지였다. 먼지만 풀풀거리는 풀밭 한쪽의 운동장을 지키는 것은 바람에 허청허청 날리는 검은 비닐봉지뿐이었다. 주변의 생명체를 강이 모두 삼켜버린 것일까. 도심 한복판이라는 게 믿어지지 않을 정도로 적막했다.

또다른 다리가 저만치 보였다. Y자 모양의 교각과 트러스가 이색적인 복층의 다리라면 청담대교일 것이었다. 야경 사진이 멋지기로 유명한 다리였다. 내가 가입한 로모 사진 동호회 까페 회원

중에는 매일 청담대교 사진만 찍어 올리는 치도 있었다. '청담일기'라나 뭐라나. 다리도 다리지만 청담대교는 다리에 진입하는 램프도 이채로웠다. 가늘고 긴 기둥들이 받치고 있는 좁은 길이 다리를 향해 부드럽게 휘어지며 다가서는 자태가 우아해서 설치미술품처럼 보였다. 나는 다리를 지나 자전거를 세우고 주변 풍경을 카메라에 담았다.

은재가 출출하다며 간이매점으로 나를 잡아끌었다. 즉석 카레라이스로 아침 겸 점심을 때운 터라 매점으로 향하는 내 발걸음도 부산해졌다. 나는 간이매점에서 컵라면, 캔맥주, 쏘시지를 샀다. 경비 차림의 매점 사내가 휴대용 가스버너에 물주전자를 올렸다. 사내의 벗어진 이마가 번들번들했다. 두꺼운 안경알 탓에 어디를 보는지 가늠할 수 없었지만 왠지 은재 쪽을 흘낏거리는 것만 같았다.

"아저씨, 물 끓는데요!"

내가 퉁명스럽게 소리쳤다. 컵라면에 뜨거운 물을 부으며 사내가 나를 노려보는 듯했다. 어안렌즈에 비친 것처럼 부풀고 이지러진 눈알은 노골적인 적대감을 감추지 않았다.

나는 은재와 함께 강둑 계단 아래쪽에 자리를 잡았다. 라면이 익기를 기다리다 자리에서 일어나 도로변에 세워둔 자전거를 들쳐메고 내려왔다. 지나가는 사람도 없는데 뭐 하러 힘들게 그러느냐는 은재의 핀잔에는 대꾸하지 않았다.

은재가 배낭에서 도시락과 보온병을 꺼내더니 짠, 하며 키티가 그려진 분홍색 도시락 뚜껑을 열었다. 도시락에는 김밥이 오밀조밀 담겨 있었다. 깨까지 듬뿍 뿌려 제법 그럴듯했다.

나는 김밥 한 개를 집어먹었다. 은재가 눈을 빛내며 내 입을 주시했다. 그럴싸한 모양과 달리 맛은 형편없었다. 밥알은 고슬고슬하지 못해 엉겨붙었고 속에 든 재료는 간이 배지 않아 밍밍했다. 게다가 고소하지 않고 들큼한 게 참깨가 아니라 들깨를 뿌린 모양이었다. 무늬만 김밥이었다.

"내가 직접 말았는데 어때요?"

은재가 궁금해 죽겠다는 표정으로 물었다.

"맛있어. 언제 이런 걸 배웠어? 지금까지 먹어본 것 중 최고야."

내가 엄지를 치켜들자 은재의 얼굴이 환해졌다.

"인터넷 뒤져 따라한 건데, 다행이다."

"너도 먹어."

"얼마 되지도 않는데 오빠 다 먹어요. 난 커피나 마실래요."

"커피도 직접 타온 거야?"

"아니요, 스타벅스에서 샀어요. 근데 정말로 먹어본 것 중 베스트예요?"

"오빠가 언제 거짓말하는 것 봤어? 환상적이야. 김밥천국에서 산 게 아닐까 의심이 들 정도로."

"그런 천국도 있어요?"

"나는 컵라면도 먹을 거니까 김밥 좀 먹어."

"괜찮아요."

"혼자 먹기 아까운데……"

"우리 이따 저거 타요."

은재가 범선 모양의 수상 레스또랑 주위에 무리지어 떠 있는 오리배를 가리키며 말했다.

"촌스럽게."

"재밌을 것 같은데……"

나는 입을 꾹 다물었다. 은재도 더는 보채지 않았다.

강둑 가장자리 여기저기에는 중년의 사내들이 낚싯대를 강에 드리운 채 졸거나 소주를 홀짝이고 있었다. 사내들은 하나같이 추레했다. 몇은 이쪽을 흘끔거리기도 했다. 나는 그들의 비릿한 시선이 불쾌했지만 못 본 척했다.

강 건너에는 찍어낸 듯 엇비슷한 아파트가 성벽처럼 죽 늘어서 있었다. 그것은 난공의 요새처럼 보였다. 그렇다면 강은 성벽으로의 접근을 차단하는 해자일 테지. 저 깊고 넓은 해자 건너, 저 단단하고 높은 성벽 너머에 은재의 집이 있다. 은재가 다니는 학교가 있고 은재가 순례하는 학원들이 있고 은재가 즐겨 찾는 백화점과 레스또랑이 있다. 나는 일주일에 두 번 해자를 건너 은재에게 국어를 가르치러 간다. 과외 첫날 아파트 경비는 몇호에 가는지, 뭘 하러 가는지, 누구를 가르치는지 시시콜콜 따졌다. 인터폰으로 은재네와 통화까지 하고서야 의심의 눈초리를 거둬들였다. 그리고 의례적인 질문이라는 듯 차번호를 물었다. 방문 차량은 한 시간을 세워두더라도 경비실에 신고해야 한다는 것이었다. 차가 없는데요. 내 대답에 경비는 한쪽 입꼬리를 끌어올리며 야릇한 미소를 지었다. 내 몸 어디에선가 악취를 풍기는 진물이 흐르는 게 아닌가 싶게 만드는 미소였다. 그뒤로는 경비실 창에 내걸린 '순찰중'이라는 표찰이 더없이 반가웠다.

"근데 아까 우리 따라오던 그 남자……"

"그놈이 뭐?"

"자꾸 내 허벅지를 흘끔거리더라고요. 스커트 자락 끌어내리느라 죽는 줄 알았어요."

"그러게 미니스커트 입고 무슨 자전거를 탄다고 난리야!"

내가 버럭 소리쳤다. 보온병 뚜껑에 부은 커피를 홀짝이던 은재의 눈이 휘둥그레졌다. 입술을 실룩거리는 게 금방이라도 울음을 터뜨릴 것 같았다. 나는 은재의 어깨에 손을 얹으며 부드럽게 말했다.

"그 말을 왜 이제 하는 거니? 그때 바로 말했으면 좋았을 텐데."

"말했으면?"

은재가 나를 빤히 쳐다보며 물었다.

"또라이 새끼. 작살을 내야지. 어딜 감히……"

"정말?"

"당연하지. 오빠 못 믿어? 야 이놈들아! 뭐 하는 짓이야?"

초등학생으로 보이는 조무래기 셋이 오리배를 향해 짱돌을 던지다 말고 이쪽을 돌아보았다. 한 녀석이 나를 째려보며 중지를 치켜 올렸다.

"쥐방울만한 놈들이!"

내가 고함치며 자리에서 벌떡 일어서자 조무래기들이 원숭이처럼 끽끽, 소리를 지르며 유원지 쪽으로 달아났다.

"오빠가 참아요."

내 바짓자락을 잡으며 말리는 은재의 목소리가 한결 누그러졌다. 나는 맥주캔을 따서 목을 축였다.

"근데 아파트 지하주차장에서 납치된 그 아줌마, 같은 통로에 살았나봐요. 엘리베이터에서 봤거든요. 레슨 받으러 가는 길이었는데 엘리베이터가 멈추자 걸어나오더라고요. 다 내려온 줄 알았나봐요. 오빠도 알다시피 우리집은 이층이잖아요. 다시 엘리베이터에 올라타며 이러는 거예요. 젊은 것들이 벌써부터 편한 것만 알아서. 기가 막혀서. 내가 이층 사는 데 보태준 거 있어요? 비올라 매고 계단 내려가는 게 얼마나 힘든데. 그러잖아도 레슨 그만두겠다고 했다 엄마한테 왕창 깨지고 나온 길이었다고요. 호강에 겨워 그런다며 차도 태워주지 않아 택시 타고 가야 할 판이었는데. 나는 엘리베이터에서 내리면서 중얼거렸죠. 귀신은 뭐 하나 몰라. 다음날 그 아줌마 납치됐다는 뉴스 보고 심장이 멎는 줄 알았지 뭐예요. 근데 엄만 어디 가서 그 아줌마 얘기 하지 말래요."

"왜?"

"집값 떨어진다고요."

은재가 맥주캔을 뺐더니 벌컥벌컥 마셨다.

"근데 그때 내가 한 말 들었을까요?"

"………"

은재는 맥주를 마지막 한 방울까지 마셔버렸다. 나는 쏘시지 껍질을 벗겨서 건넸다. 은재는 쏘시지를 한입 베어물더니 미간을 모으며 말했다.

"쏘시지 맛이 뭐 이래?"

슬슬 돌아가자는 은재의 말이 귀에 들어오지 않은 건 저만치 다리 아래에서 하얗게 주름을 잡으며 흘러내리는 강물 때문이었다. 사진으로만 본 잠실대교의 수중보였다. 기왕 여기까지 왔는데 그냥 돌아서기 아까웠다. 하루가 다르게 싸늘해져 언제 다시 나올지 기약할 수 없는데다 아직 필름이 남아 있기도 했다. 몇컷 더 찍고 돌아가면 얼추 노을에 물든 청담대교를 카메라에 담을 수 있을 터였다. 나는 근사한 저녁을 사겠다는 약속으로 은재의 마음을 돌렸다. 나와 은재는 다시 자전거에 올라탔다. 나는 자꾸 백미러를 들여다봤다. 백미러 속에는 텅 빈 길뿐이었다.

뚝섬유원지를 벗어나고 얼마 못 가서 은재가 배가 아프다는 바람에 자전거를 멈춰야 했다. 입에 안 대넌 맥주를 거침없이 마시더니 탈이 난 모양이었다. 아무리 둘러보아도 화장실은 없었다.

"급하면 억새풀숲에 들어가 볼일 봐."

"미쳤어요? 숙녀가 황당그렁한 곳에서 어떻게 엉덩이를 까요?"

"횅댕그렁한 곳이겠지."

"칫."

자전거에서 내린 은재는 왔던 길을 되짚어 걸었다.

"어디 가?"

"아까 보니까 매점 옆에 화장실이 있었어요."

"태워다줄게."

"코앞인데요 뭘. 볼일 보고 매점 근처에 있을 테니까 사진이나 얼른 찍고 와요. 혼자라면 더 빨리 다녀올 수 있을 거 아네요. 벌써 해도 많이 기울었는데."

"괜찮겠어?"

은재는 등을 보인 채 손을 흔들었다. 볼일도 볼일이지만 소풍놀이도 슬슬 지겨워질 때가 된 것이다. 뭐든 진득하게 붙들고 늘어지는 법이 없는 은재는 과외선생도 액세서리 바꾸듯 갈아치웠다. 국어만 해도 내가 벌써 다섯번째였다. 그나마 석 달을 넘긴 건 내가 처음이었다.

은재 말대로 해가 부쩍 기울었다. 빛바랜 태양은 다리 상판까지 주저앉았다. 나는 자전거에 올라타 길을 재촉했다. 페달을 밟을 때마다 자전거는 시원스레 앞으로 나아갔다. 은재만 아니었다면 놈을 떼어놓기 위해 그리 진땀을 흘릴 것까지는 없었을 텐데. 자전거가 쭉쭉 나아가니 마음까지 홀가분했다.

잠실대교에 도착했을 때는 땅거미가 내려앉고 있었다. 자전거를 도로에 세워두고 다리와 주변의 풍광을 서둘러 찍었다. 다리 북단에 설치된 다섯 개의 수문 중 가장자리 두 개만 물을 내보내고 있었다. 물살이 급했다. 급하게 흘러내린 물은 완만하게 흘러내린 물과 섞이지 못하고 강어귀에서 저희끼리 부대껴 소용돌이치며 거품을 토했다. 며칠 오락가락한 비에 강물이 불었는지 물소리가 제법 거셌다.

자전거도로 아래로 자갈밭이 보였다. 자갈밭은 강의 옆구리를 파고들며 부챗살 모양으로 넓게 펼쳐져 있었다. 수중보를 가까이에서 찍을 요량으로 나는 자갈밭에 내려섰다. 조무래기 셋이 자갈밭 끝에서 물수제비를 뜨고 있었다. 오리배를 겨냥해 돌을 던지던 녀석들이었다. 돌이 사라진 곳 근처에는 검정 점퍼 차림의 사내가 허리까지 물에 잠긴 채 낚싯대를 잡고 서 있었다. 순식간에 피어나는 동심원을 징검다리 삼아 날아가는 돌이 점점 사내를 향해 육박했다. 돌이 사내에게 근접할 때마다 조무래기들이 낄낄거렸다.

"이 자식들!"

내가 소리쳤다. 조무래기들이 이쪽을 돌아보더니 누가 먼저랄 것 없이 일제히 돌을 집어던졌다. 나는 얼결에 몸을 피했다.

"뭐야?"

등뒤에서 날카로운 외침이 들려왔다. 교각 근처의 자갈밭에 날선 씰루엣의 사내들이 무쇠솥을 둘러싸고 앉아 있었다. 무쇠솥 아래에서는 장작불이 게걸스레 혀를 날름거렸고 주변에는 빈 소주병들이 널려 있었다. 사내들이 적의를 가득 담은 눈으로 나를 쳐다보았다. 무리 중 하나가 등을 긁적이며 자리에서 일어섰다.

"제가 그런 게 아니고……"

뒤를 돌아보았지만 조무래기들은 어느새 온데간데없었다.

"씹새, 죽고 싶냐?"

사내가 나를 향해 으르렁거렸다. 금방이라도 달려들 기세였다. 탁탁 불꽃을 날리며 타오르는 장작불의 서슬 때문인지 사내들의 눈빛이 몹시 사나워 보였다. 나는 주춤주춤 물러섰다. 물러서다 돌부리에 걸려 엉덩방아를 찧고 말았다. 쇠를 긁는 듯한 웃음이 메마른 대기 속으로 음산하게 울려퍼졌다. 등을 긁적이던 사내가 눈을 희번덕거리며 비칠비칠 걸어오다 근처에 세워둔 오토바이와 함께 넘어졌다. 새된 웃음소리가 다시 날아들었다. 쇠줄을 매단 오토바이! 누렁개를 끌고 달리던 오토바이였다. 개는 보이지 않았다.

넘어졌던 사내가 자갈밭에 내려앉은 엷은 어둠을 들추며 부스스 일어났다. 나는 자전거도로를 향해 내달렸다. 발을 내디딜 때마다 발밑에서 잔돌이 튀어올랐다. 자전거에 날듯이 올라타 허둥지둥 페달을 밟았지만 맥없이 주저앉은 자전거는 꾸물거릴 뿐이었다. 부질없이 헛심만 쓰다 자전거를 세우고 살펴보니 뒷바퀴의 공기주입구가 열려 있었다. 마개는 보이지 않았다.

"씨팔!"

나는 자전거를 질질 끌며 달렸다. 제멋대로 돌아가는 페달이 자꾸 정강이를 걷어찼다. 통증을 느낄 겨를도 없이 나는 앞만 보고 달음박질쳤다. 온몸이 땀에 젖도록 한참을 달렸다. 페달에 툭툭 차인 정강이가 얼얼했다.

사위가 순식간에 어두워졌다. 불시에 들이닥친 어둠에 놀란 가로등이 화들짝 얼굴을 붉혔다. 다행히 오토바이 소리는 들리지 않았다.

무심결에 뒤를 돌아본 나는 그 자리에 얼어붙을 뻔했다. 헐벗은 나무 그림자가 쭈뼛쭈뼛 드리워진 중앙선을 밟으며 놈이 달려오고 있었다. 야구모자를 눌러쓰고 마스크를 끌어올린 채. 상체를 꼿꼿이 세우고 팔꿈치를 옆구리에 갖다붙인 자세 그대로. 그놈이 분명했다. 그늘진 놈의 눈자위가 인광처럼 번뜩였다. 놈이 나와의 거리를 빠르게 좁혀왔다.

나는 자전거를 내팽개치고 냅다 뛰기 시작했다. 죽기 아니면 까무러치기였다. 쉭쉭. 놈의 숨소리가 목덜미를 잡아챌 것만 같았다. 나는 심장이 터져라 달렸다. 입이 헤벌쭉 벌어지고 안면근육이 부르르 떨렸다. 이제 불과 십여 미터까지 따라붙었지만 놈은 스타트 라인에 선 마라토너처럼 쌩쌩해 보였다. 지옥 끝까지라도 쫓아올 태세였다.

화사하게 불을 밝힌 청담대교가 성큼 다가섰다. 노을의 잔광이 교각 발치에서 출렁였다. 범선 모양의 레스또랑은 간판 네온만 겨우 밝혔을 뿐 어둠속으로 뉘엿뉘엿 가라앉고 있었고 부근 강둑에서 낚시를 하던 사내들도 모두 철수한 뒤였다. 매점은 문을 닫았고 간이화장실은 문이 활짝 열려 있었다.

은재는 어디로 갔을까? 무엇이 놈의 심기를 건드린 걸까? 대체 놈은 누구인가? 꼬리를 무는 의문이 딱딱해진 관자놀이를 쪼아댔다. 이곳, 거대도시의 한복판에서 정체를 알 수 없는 놈에게 영문도 모른 채 린치를 당한다 해도 도움을 청할 사람도, 납득할 수 없는 불운을 증언해줄 사람도 없었다. 결국 나는 놈에게 덜미가 잡힐 것이었다. 절망이 사지 구석구석까지 퍼져나갔다. 발이 떨어지지 않았다.

그때였다. 선상 레스또랑 주변에 옹기종기 떠 있는 오리배가 눈에 번쩍 들어왔다. 나는 강둑 계단을 우르르 내려가 선착장으로 달렸다. 선착장 난간에 묶인 밧줄의 매듭을 닥치는 대로 풀어헤치고 오리배에 허겁지겁 몸을 던졌다. 나는 페달을 잽싸게 밟아댔다. 매일 싸이클 머신에 올라 단숨에 십 킬로미터를 주파한 몸이었다. 뭡박질은 몰라도 페달 밟는 것만큼은 자신있었다. 오리배가 강물을 가르며 쑥쑥 나아갔다. 다른 오리배들은 물살에 밀려 뒤뚱뒤뚱 떠내려갔다. 선착장에도 강둑에도 놈은 보이지 않았다. 필시 저 불길

한 어둠속 어딘가에 도사린 채 노려보고 있으리라.

은재의 행방이 궁금해 주머니를 뒤져 휴대폰을 찾았지만 허사였다. 집에 두고 온 모양이었다. 카메라도 없었다. 어디쯤에서 떨어뜨린 걸까? 나는 필사의 도주로를 되짚어보았다. 어둠이 켜켜이 쌓이는 자전거도로는 아무 일도 없었다는 듯 고즈넉하기만 했다.

다리 위로 전동차가 덜컹거리며 지나갔다. 전동차는 퇴근하는 사람들로 만원이었다. 일과를 무사히 마쳤다는 나른한 안도와 느긋한 피로가 뿜어내는 훈김이 환한 차창을 노랗게 물들였다. 전동차는 어릴 적 보았던 만화영화의 은하철도처럼 레일의 끝자락을 딛고 허공으로 솟아오를 것만 같았다. 돈만 있으면 영원한 생명도 살 수 있다는 저 머나먼 은하계의 별을 향해. 그러나 손에 잡힐 듯 레일 위를 미끄러진 노란 빛줄기는 강 건너 견고한 성벽 밑으로 자취를 감췄다. 전동차를 떠나보낸 강 위의 거대한 구조물은 버려진 행성의 우주정거장처럼 고적했다. 나는 꾸역꾸역 페달을 밟았다. 강 건너는 아직 아득하기만 했다.

99%

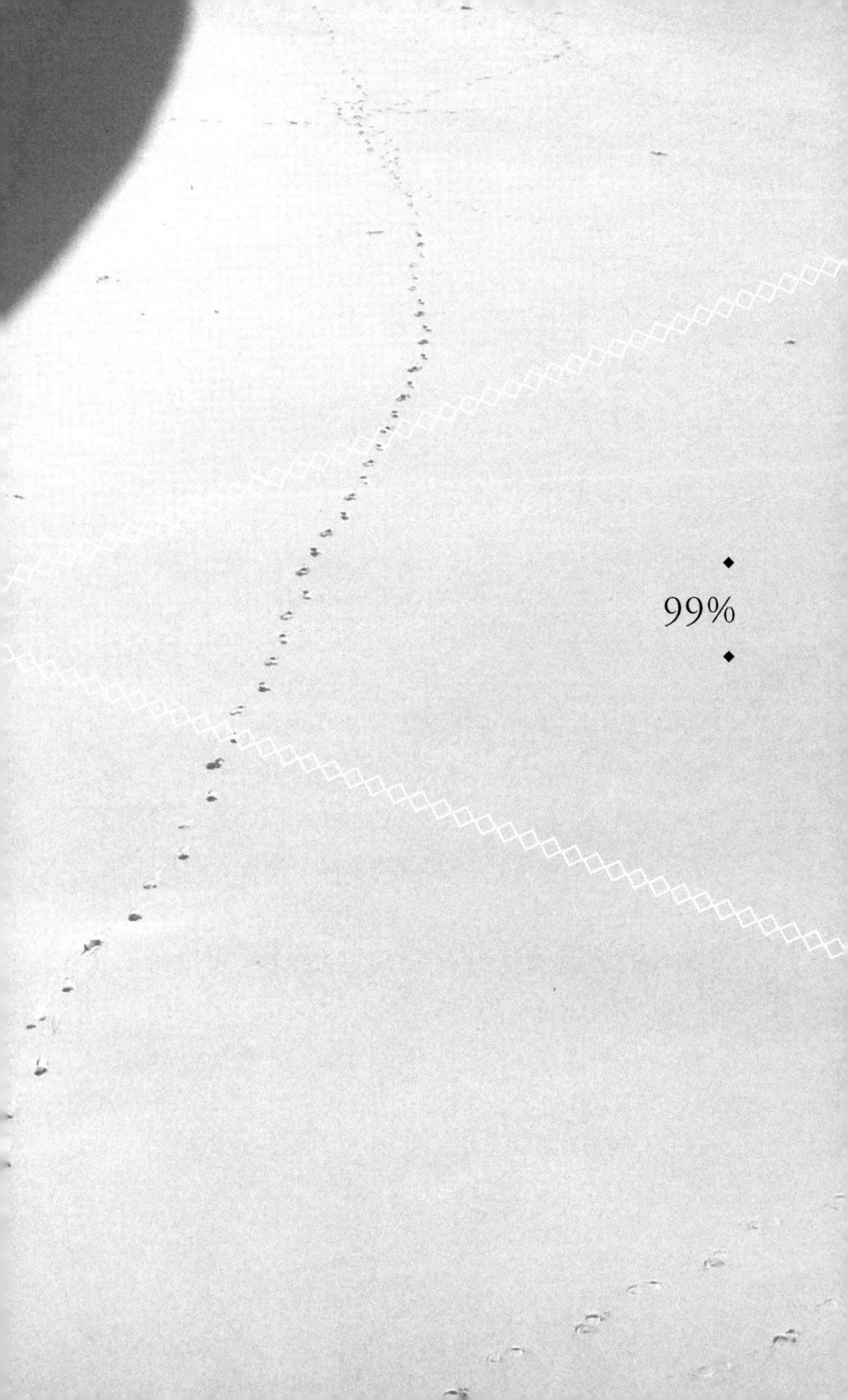

단것이 먹고 싶어질 때가 있다. 쓸 만한 아이디어 하나 건지지 못한 채 밤을 꼬박 샜을 때, 광고기획안 프레젠테이션 결과를 초조하게 기다릴 때, 참을 수 없이 궁금한 것이 생겼을 때 내 머릿속 난쟁이는 악다구니를 써댄다. 단것을 달라고. 그럴 땐 초콜릿이 효과 만점이다. 입안에서 녹아내린 초콜릿의 달콤함이 심장을 달구고, 달궈진 심장이 뇌 구석구석까지 피를 퍼올리면 내 머릿속 난쟁이도 거짓말처럼 온순해진다. 초콜릿 중에서도 아몬드가 씹히는 게 제격이다. 씹히는 맛도 맛이려니와 견과류가 두뇌활동을 촉진한다지 않는가. 그를 처음 보았을 때도 내 머릿속 난쟁이는 단것을 달라고 아우성이었다. 누군가를 대면했을 때 초콜릿 생각이 간절하기는 처음이었다. 별일도 다 있다 싶었다.

그는 출현부터 파격적이었다. 사상 최악의 황사가 맹위를 떨치던 지난 초봄의 어느 월요일 아침이었다. 사장이 그를 직접 데리고 다니며 소개했다. 지난해 말부터 그의 영입에 관한 소문이 파다했으므로 내 반응은 올 것이 왔다는 정도였다. 작년 상반기의 광고수주 실적이 기대치에 크게 밑돌자 인력 재배치다 체질개선이다 말이 무성했다. 사실 회사의 고전은 새삼스러운 일이 아니었다. 광고업계도 갈수록 양극화가 심해졌다. 큰 건은 방대한 인적 네트워크와 탄탄한 자금력으로 무장한 몇몇 대형회사가 독식했다. 소규모 회사들은 톡톡 튀는 아이디어로 승부를 걸 수 있는 틈새시장을 집중공략했다. 문제는 우리 회사처럼 어중간한 규모의 업체였다. 비슷한 규모의 다른 회사와의 합병 이야기도 흘러나왔지만 인원감축의 칼바람이 몰아칠 거라는 예상이 지배적이었다. 한번 잘리면 경력자도 재취업이 어려운 시류 탓에 나남없이 붙박이처럼 책상을 지켰다. 밥 먹는 것보다 싸우나를 더 좋아하는 제작국장조차 구내식당에 꼬박꼬박 얼굴을 내밀었다. 나도 최대한 몸을 움츠렸다. 미선과의 메씬저질도 삼갔다. 총무부 직원인 미선과는 사내 자전거 동호회에서 가까워져 사귀게 되었다. 미선과의 관계는 대외비다.

광고계의 떠오르는 마이다스, 자본주의의 심장 미국에서 잔뼈가 굵은 국제통…… 평소 아랫사람 칭찬에 인색한 사장의 언사라고 믿어지지 않는 상찬에 낯이 간지러울 지경이었다. 하지만 사장 곁에 선 그는 당당하고 여유로운 표정이었다. 시원시원한 이목구비는 도회적이고 스마트한 인상을 풍겼다. 사장은 대처에서 공들여

데려온 전학생을 소개하는 교장처럼 들떠 있었다. 나를 교실에 데려가 인사시켰던 G시의 고등학교 교장이 문득 떠올랐다.

본래 B시에서 고등학교를 다니던 나는 택시를 몰던 아버지가 사고로 운전대를 잡을 수 없게 되자 학비 면제, 숙소 제공, 장학금 지급 등의 조건을 내건 인근 섬, G시의 사립학교로 전학했다. 학업을 계속하기 위해서는 달리 방법이 없었다. 내가 전학간 학교는 탄탄한 재정을 바탕으로 인근의 우수학생을 스카우트하는 데 적극적이었다. 특히 서울대에 합격하는 학생에게는 졸업까지의 등록금을 전액 지원했다.

B시에서도 역사와 전통을 자랑하는 명문고를 수석으로 입학한 나에 대한 각별한 기대를 교장은 다른 학생들 앞에서 숨김없이 드러냈다. 교장이 직접 전학생을 소개하는 것도 이례적인데다 교장의 입에서 튀어나오는 칭찬의 말이 너무 찬란해 나 자신도 고개를 들기 어려울 정도였다. 마…… 장차 이 학교의 보석이 될 인재를 제군들에게 소개할 수 있게 되어 무척 기쁘다. 마…… 제군들 앞에서 있는 김군은 명문 B고를 수석으로다 입학한 수재로서……

스티브 킴이라고 합니다. 잘 부탁드립니다. 그는 일일이 악수를 청했다. 같은 인사말을 건네며 내게도 손을 내밀었다. 그와 악수를 하는 순간 나는 뜻밖의 기시감에 사로잡혔다. 혹시 전에 만난 적 있나요? 내가 묻자 그는 눈을 빠르게 깜박거렸다. 글쎄요, 제가 워낙 평범한 인상이라 종종 그런 얘기를 듣곤 합니다만. 그가 미소를 지어 보이며 대답했다. 슬쩍 드러난 치아는 희고 가지런했다.

—벌써 줄서는 거예요? 그렇게 안 봤는데……

미선이 메씬저로 말을 걸어왔다.

—무슨 소리야?

—스티브 킴한테 아는 체했다면서요?

—누가 그래?

—회사에 모르는 사람이 없어요.

—말도 안돼.

—만난 적 있냐고 물었다면서요?

—그거랑 줄서는 거랑 뭔 상관이야?

—그게 그거죠. 근데 정말 아는 사이예요?

—몰라.

—모르면서 아는 체했으니 줄선 거 맞네. 그 나이에 고문이라니! 그러고 보니 대리님이랑 동갑이네요.

—바쁘다.

—오늘 점심 때 스빠게띠 어때요?

나는 메씬저 창을 닫아버렸다. 서랍에서 초콜릿 바를 꺼내 한입에 우겨넣고 우적우적 씹었다. 그는 벌써 회사의 뉴스메이커가 된 모양이었다. 당치 않은 뒷말도 나에 대한 관심이 아니라 그에 대한 관심에서 비롯된 것이겠지. 점심을 먹으면서도 자판기에서 커피를 뽑아 마시면서도 사람들의 화제는 단연 그에 관한 것이었다. 그가 지나간 곳마다 이야기꽃이 만발했다. 완전 꽃미남이야. 아메리칸 스타일이라 매너가 명품이야. 여자들은 주로 그의 단정한 외모와 세련된 매너에 대한 품평을 늘어놓았다. 남자들은 그의 직급에 대해 한마디씩 했다. 아무리 실력파라도 제작고문은 너무 파격적인 거 아냐? 스티브 킴을 데려오려고 자리를 새로 만든 거래. 고졸 신인을 구원투수로 마운드에 올린 셈이군. 열 살이나 더 많은 국장은 어쩌라는 거야?

제작국장인 싸우나 박이 다가오자 모두 입을 다물었다. 담배 있는 사람? 싸우나 박이 손을 비비며 물었다. 아무도 대답하지 않았다. 웁스! 비흡연자들만 모있네. 하하. 최대리 너는 담배 피우잖아? 연초에 끊었습니다. 내가 대답했다. 독한 노무 자슥. 담배 끊는 넘한테는 딸아 주지 마라 그랬는데…… 하하. 너덜끼리 완전 무병장수해라 고마. 하하. 싸우나 박이 헛웃음을 날리며 돌아섰다. 부처님 가운데 토막도 속이 타겠지. 누군가 중얼거렸고 누가 먼저랄 것 없이 내 눈치를 살폈다. 회사 창립 멤버이면서 사장과 사석에서 호형호제한다는 싸우나 박은 나와 동향이었다. 게다가 신입시절 내 사수였던 인연으로 친근감을 감추지 않았다. 입사동기들 중 내가 가장 먼저 대리가 된 것과 싸우나 박의 우호적인 관심은 무관했다. 그러나 동기들의 생각은 달랐다. 그들은 술자리에서 취기를 알리바이 삼아 이런 말을 내뱉었다. 너한테는 싸우나 박이 있잖아. 나는 발끈하지 않을 수 없었다. 싸우나 박은 줄세우기 따위 모르는 양반인 거 알면서 왜 그래? 싸워야 할 때도 싸우지 않아서 이제는 싸우나? '싸우나 박'인 거 몰라. 어둑어둑한 복도 끝으로 걸어가는 싸우나 박의 뒷모습이 쭈그러진 빈 담뱃갑 같았다.

그날 오후 열린 제작회의에 그가 얼굴을 내밀었다. 모두 놀라는 눈치였다. 고문이 회의에? 게다가 출근 첫날 아닌가! 회사 분위기를 한시라도 빨리 익히고 싶어서 들어왔습니다. 개의치 마시고 평소대로 하십시오. 그가 좌중을 일별하며 말했다. 특유의 부드러운 미소를 지으며.

컵라면 광고 콘셉트를 잡기 위한 회의였다. 우리 회사가 두 씨즌째 맡고 있는 건인데 매출이 지지부진해 광고주가 다음 씨즌에는 광고회사를 갈아치울 거라는 첩보가 입수돼 비상이 걸렸다. 광고한 건 새로 물어오기가 별따기처럼 어려워지는 판이었다. 기왕의 건이 떨어지는 사태만은 필사적으로 막아야 했다. 회의실에는 전에 없이 팽팽한 긴장이 감돌았다.

주소비층의 취향에 맞춰 애니메이션으로 가자는 것부터 요즘 한창 주가가 오르는 비보이를 모델로 쓰자는 것까지 다양한 아이디어가 쏟아졌다. 나도 의견을 내놓았다. 컵라면 광고는 일반 라면 광고와는 달라야 합니다. 컵라면만의 장점이 무엇입니까? 어디서든 간편하게 즐길 수 있다는 것이죠. 만년설로 덮인 험준한 봉우리를 힘겹게 오르는 사람들을 보여줍니다. 정상을 눈앞에 두고 눈보라가 몰아쳐 텐트에 꼼짝없이 갇히게 됩니다. 혹한의 추위에 모두 이를 딱딱거리며 떨고 있죠. 얼어붙은 통조림을 따 허겁지겁 배를 채웁니다. 그때 셰르파가 눈을 끓입니다. 제 배낭에서 주섬주섬 컵라면을 꺼내 끓는 물을 부어 맛나게 먹습니다. 눈보라가 그치자 셰르파가 원정대를 끌고 봉우리 정상에 오릅니다.

회의실이 일순 적막해졌다. 회의실이 침묵에 빠져드는 경우는 두 가지다. 어처구니없는 의견이 튀어나왔을 때와 멋진 의견이 나타났을 때. 전자일 때는 의견을 낸 사람의 시선을 외면하지 않는다. 연민을 가장한 냉소를 담은 눈으로 쳐다보기 십상이다. 후자의 경우에는 시선을 애써 외면한다. 치명적인 독처럼 가슴속에 퍼져가는 질시를 들키지 않기 위해. 몇몇이 고개를 끄덕였다. 평소 독설에 가까운 신랄한 비판으로 악명높던 팀장도 토를 달지 않았다. 컵라면 원정대라…… 코믹한 분위기로 가도 좋겠군. 싸우나 박이 추임새를 쳐주었다.

오늘도 한 건 올렸구나 싶던 찰나 그가 입을 열었다. 다 아시겠지만 유럽의 지붕 알프스에서도 험하기로 유명한 융프라우라는 봉우리가 있어요. 해발 4156미터 높이를 자랑하며 만년설로 덮여 있는 곳이죠. '처녀의 어깨'라는 이름에서 알 수 있듯 여간해서 정상을 내주지 않는 곳입니다.

모두 어리둥절한 얼굴이었다. 분위기 파악하러 들어왔다더니 뜬금없이 웬 융프라우? 업계의 마이더스가 여태 회의 분위기 파악도 못했나? 내색은 못했지만 이런 의혹을 만지작거리는 눈치였다. 그는 주변의 뜨악한 시선은 아랑곳하지 않고 내처 말을 이었다. '처녀의 어깨'를 구경할 수 있는 전망대가 해발 3454미터에 설치되어 있는데 그곳에서 가장 많이 팔리는 먹거리가 바로 컵라면이죠. 한국 관광객들이 찾아서 갖다놨는데 매운맛에 익숙하지 않은 서양인들에게도 인기를 얻게 된 거, 모두 아실 겁니다. 이 사례에서 알 수 있듯 컵라면 시장은 아직 개척할 수 있는 여지가 많습니다. 해외에서 선전하는 모습을 보여줌으로써 오히려 내수를 부양할 수 있을 것입니다. 이참에 '세계인이 함께 즐기는 우리의 매운맛'이라는 콘셉트로 씨리즈 광고를 만드는 겁니다. 에스키모에게는 친구가 놀러 오면 가장 귀한 것을 내주는 풍습이 있죠. 한국 사람이 놀러 오자 에스키모가 컵라면을 내오는 겁니다. 이글루에서 함께 컵라면 먹는 모습을 보여주는 거죠. 나이아가라에서, 마추삑추에서, 만리장성에서, 에펠탑에서 현지인들이 컵라면을 맛나게 먹는 겁니다. 언제 어디서나, 세계인과 함께 즐기는 우리의 매운맛! 즉흥적으로 만들어낸 카피로 그는 자신의 긴 발언을 마무리했다.

브라보! 누군가 외쳤다. 박수가 터져나오기도 했다. 한국 사람들, 서양에서 조금만 인정받았다 싶으면 정신 못 차리는 심리를 파고드는 거로군요. 컵라면 광고의 새로운 지평을 열겠네요. 성동격서 전략이로군요. 해외 로케 때 따라가면 안될까요? 아! 마추삑추! 다투어 한마디씩 거들었다. 그는 여전히 미소를 머금은 표정이었다.

세상에서 가장 비싼 나무젓가락이 얼만지 아세요? 자신의 아이디어에 대한 반응이 만족스러운 듯 그는 말이 많아졌다. 융프라우 전망대에서 처음엔 한국 관광객들이 뜨거운 물을 달래서 줬죠. 이 사람들이 그 물로 뭔가를 맛나게 먹는 거예요. 셈 빠른 스위스 애들이 가만있을 리 없죠. 컵라면을 갖다놓고 팔기 시작했어요. 그런데 컵라면은 안 사고 뜨거운 물만 달라니까 데운 물도 팔기 시작했죠. 뜨거운 물은 3유로. 젓가락을 빠뜨리고 온 사람들이 종종 있었나봐요. 젓가락은 1유로를 받았죠. 그러니 컵라면을 더이상 가져오지 않더랍니다. 좌중에서 웃음이 터져나왔다.

융프라우는 해발 4158미터 아닌가요? 나도 모르게 튀어나온 말이었다. 웃음소리가 약속이라도 한 듯 동시에 멎었다. 모두 그의 눈치만 살폈다. 나와 그의 시선이 허공에서 팽팽하게 엉겼다. 뜨겁게 타오르는 듯한 그의 눈빛이 기억의 저 밑바닥에 앙금처럼 가라앉아 있던 뭔가를 건드렸다. 그런 눈빛을 나는 언젠가 보았던 것이다.

전학간 고등학교의 교장이 소개할 때 나를 쳐다보던 학생들의 눈빛에는 선망과 경계가 교차했다. 특히 내 시선을 사로잡았던 눈빛을 잊을 수 없다. 창가 맨 뒷자리에 앉은 녀석이었다. 시합 전 레퍼리가 주의사항을 일러주는 동안 상대의 눈을 쏘아보는 복서의 눈빛. 째진 눈에서 뿜어져나오는 형형한 빛은 영역을 침범당한 수컷의 적의와 자신의 것이 아닌 찬사에 대한 질투로 서늘했다. 그 눈빛의 주인공은 내가 전학오기 전까지 전교 1등을 도맡던 녀석으로 이름은 태만이었다. 김태만.

미스터 최는 기억력이 남다르군요. 본래 융프라우는 4158미터가 맞습니다. 그런데 이걸 어쩌죠? 최근에 정상의 빙하가 녹아서 2미터 줄었답니다. 지구온난화 때문이죠. 그가 미소를 지으며 말했다. 입꼬리가 살짝 치켜올라가 야비한 인상을 자아내는 미소였다. 고문님과 함께 일하게 되어 영광입니다. 누군가 외쳤다. 자리를 박차고 일어나며 박수치는 자도 있었다. 개선장군을 환영하는 로마 시민처럼 열광적으로. 세상을 조소하듯 치켜올라갔던 그의 입꼬리는 언제 그랬느냐는 듯 주저앉아 다소곳했다. 나는 단것이 먹고 싶어졌다.

그가 제안한 컵라면 광고 시안은 광고주를 매료시켰다. 물론 프레젠테이션도 그가 직접 챙겼다. 해외 로케에 대한 부담 때문에 회사 일각에서는 우려의 목소리가 있었지만 광고주는 흔쾌히 그의 손을 들어주었다. '세계인과 함께 즐기는 우리의 매운맛'이라는 카피에 감동먹었다는 후문이었다. 광고주는 그의 씨리즈 광고 제안을 전격 수용했다. 세계투어 씨리즈라면 대여섯 씨즌은 끌고 갈 수 있었다. 대박이었다.

그의 영입을 둘러싼 불만의 목소리는 쑥 들어갔다. 그의 약관은 조직의 역동성에 대한 증거로 미화되었고 베일에 싸인 영입과정은 키치적 상상력을 부추기며 극적인 성공 스토리를 거듭 찍어냈다. 사장이 경영권을 약속했다더라, 일곱 번이나 찾아갔다더라, 지리산에서 조난당했다 만난 사이다…… 사위 삼으려고 데려왔다는 이야기도 있었다. 확인되지 않은 무성한 소문은 확인할 수 없다는 이유 때문에 오히려 그의 화려한 등장을 빛냈다.

그는 점령군 사령관처럼 회사의 모든 회의에 참석했다. 처음에는 당혹스러워하던 사람들도 점차 당연한 일로 받아들이게 되었다. 다른 사람들의 안을 모두 들은 뒤 내는 그의 아이디어는 최종적이면서 결정적인 의견이 되어 광고제작에 백 퍼센트 반영되었다. 광고의 기본방향부터 모델까지 그의 의견대로 결정되었다. 그는 회사를 빠르게 장악해나갔다.

컵라면 광고계약 연장을 축하하는 회식자리는 그에 대한 아첨의 경연장이 되었다. 상식 밖의 인사라고 입에 거품을 물던 자들조차 그의 발랄한 재기와 능란한 화술에 찬사를 보냈다. 불과 얼마 전까지만 해도 나를 회사의 재주꾼, 아이디어 뱅크라고 치켜세우던 자들이었다. 여직원들은 그와 눈이라도 한번 맞추려 안달이었다. 미선도 그가 채워준 맥주를 단숨에 들이켜고 그에게 잔을 건넸다. 한 잔만 마셔도 얼굴이 화끈거린다며 술잔만 만지작거리던 미선이 말이다.

아이비리그를 졸업하고 MBA까지 딴 그의 화려한 이력이 화제에 올랐다. 미국에서 잠시 컨썰팅회사를 다니다 광고계로 자리를 옮겼다고 했다. 수입이 줄더라도 창의적인 일을 하고 싶어서였단다. 한국에 들어온 이유를 묻자 이런 답이 돌아왔다. 타임스퀘어에 걸린 우리나라 기업의 광고판을 보니 가슴이 뭉클하더군요. 기왕이면 조국의 물건을 팔고 싶었어요. 누군가는 고개를 끄덕였고 누군가는 박수를 쳤다.

사촌동생이 고문님 졸업한 대학교를 다니고 있어요. 그 학교 신입생 신고식이 별나기로 유명하던데 고문님 입학할 때도 그랬나요? 올해 입사한 카피라이터 정이었다. 그가 술로 목을 축인 뒤 입을 열었다. 제가 대학 다닐 때까지도 대인기피증이 있었어요. 방에만 틀어박혀 지낼 정도로 심각했답니다. 강의를 열심히 들었을 리 없죠. 학과에서 제 별명이 고스트였다면 알 만할 거예요. 오랜만에 전공수업에 들어갔는데 교수가 출석체크 전에 저를 보더니 한 번만 더 결석하면 학점을 줄 수 없다는 말을 스티브 킴에게 전하라고 하더군요. 농담이려니 싶어 어색하게 웃었는데 제가 스티브 킴이라고 말해주는 학생이 한 명도 없었어요. 둘러보니 혼자 웃고 있더군요. 갑자기 온몸에 소름이 돋았어요. 내가 정말 유령이 되어버린 걸까? 무서웠어요. 다음날 제 발로 걸어가 심리치료를 받기 시작했답니다. 왁자하던 분위기가 돌연 숙연해졌다. 죄송해요. 괜한 걸 물어서. 카피라이터 정이 눅눅해진 음성으로 말했다. 괜찮아요. 다 옛날 얘긴데요. 여러분, 혼자 놀지 마세요. 별로 재미없어요. 그의 농담에 얼굴들이 금세 풀어졌다.

초등학교 때 도미하셨다던데 한국말 아주 잘하시네요. 저는 고등학교 졸업하고 갔는데도 한국에 돌아오니 말이 어색해서 고생했는데. 유학파임을 자부심의 근거로 삼는 디자이너 강이 말했다. 미니 쿠퍼를 몰고 루이뷔똥만 고집하는 강이었다. 미선의 얼굴이 어두워졌다. 그녀가 자신을 촌닭 취급한다며 울분을 터뜨리던 미선이었다. 미선에게는 안됐지만 회사의 젊은 여직원 대부분은 강과 크게 다르지 않은 부류였다. 집안이 넉넉한 그들에게 취직은 애당초 생계를 위한 방편이 아니었다. 자신을 꾸미기 위해 돈을 벌고, 능력있는 남자가 낚이면 결혼할 수도 있지만 궁상맞은 결혼생활은 노 생큐다. 삶의 여유를 즐기고 일을 통해 자신의 가치를 높이는 커리어 우먼…… 폼나지 않는가. 90년대 광고계가 젊은 여성들의 주머니를 털기 위해 사용한 전략은 이제 구닥다리가 되었다. 환상이 아니라 현실이 되어버렸으니까.

언젠가 싸우나 박이 말했다. 쟤들은 우리랑 피가 달라. 성골이야. 냄새부터 다르잖아. 회사가 탄탄하게 자리를 잡은 이후 입사한 직원들은 집안도 짱짱하고 학벌도 좋았다. 입사 전부터 몰던 외제차로 출퇴근했고 영어 외에 또 하나의 외국어를 능숙하게 구사했다. 유학파이거나 수도권 명문대 출신 일색인 또래 사원들 틈에서 지방대 출신인 미선의 이력은 도드라졌다. 미선이 입사하자 뒷배가 든든하다는 소문이 돌 정도였으니까. 아버지가 지방 건설회사 대표라는 둥, 사채업계의 큰손이라는 둥, 사장의 친인척이라는 둥 설이 분분했지만 모두 사실무근으로 밝혀졌다. 미선의 아버지는 지방 시청의 공무원이었다. 미선의 출신성분이 밝혀지자 사장의 기이한 면접방식이 새삼 도마에 올랐다. 지리산에서 산장지기를 하다 내려와 창업했다는 사장은 신입사원 면접 때 생시를 묻고 손금을 들여다봤다. 미선을 보고서는 가는 곳마다 보화를 불릴 팔자라며 고개를 끄덕였다는 후문이다. 미선은 통장이 다섯 개나 된다.

어머니가 집에서는 한국말만 쓰게 했어요. 그가 자못 감회어린 표정으로 말했다. 모두 고개를 끄덕였다.

국내 굴지의 조선소가 들어서면서 돈과 사람이 몰려든 그 섬에서는 십중팔구 선박 엔지니어임이 분명한 벽안의 외국인들도 심심치 않게 볼 수 있었다. 그들의 국적은 영국, 그리스, 스웨덴 등 선박강국이 대부분이었다. 그들을 상대로 술장사를 하던 태만의 모친은 시도때도없이 영어를 섞어 말하곤 했다. 니 아버지 잡은 뭐꼬? 니 장래 호프는 뭐꼬? 태만의 모친은 섬에서 알아주는 미인이었다. 피부가 뽀얗고 눈매가 서글서글한데다 붙임성도 좋아 무뚝뚝하기로 소문난 영국 남자들조차 기꺼이 지갑을 열었다. 그러나 태만은 출생에 대해 이러쿵저러쿵 말이 많을 정도로 제 모친과는 딴판이었다. 태만에게는 아버지가 없었다. 아비가 참치잡이 원양어선을 탄다는 태만의 말을 믿는 사람은 아무도 없었다.

어느 초등학교를 다니셨죠? 내가 물었다. 그가 눈을 깜박이며 입을 열었다. 학교 입학하자마자 이민가서 잘 기억나지 않는군요. 미국에 도착했을 땐 시차 때문에 말 그대로 머리가 텅 비어버렸죠.

이 대목에서 그는 어깨를 으쓱거렸다. 하지만 미스터 최와 동문이 아니라는 것만은 장담할 수 있어요. 여기저기서 웃음이 터졌다.

술자리를 옮기는 틈을 타 미선의 손을 잡고 슬쩍 빠져나왔다. 둘이서 종종 가던 까페에 갔다. 나는 목이 말라 버드와이저 한 병을 단숨에 비웠다. 사실 컵라면 광고는 내 아이디어를 베낀 거야. 내가 말했다. 미선은 별 생뚱맞은 말을 다 듣는다는 얼굴이었다. 특별한 장소에서 컵라면을 먹는다는 발상은 내 머리에서 나온 거라고. 그 얘기를 하려고 빠져나온 거예요? 미선의 말꼬리가 은근하게 올라갔다. 미선이는 그때 그 자리에 없어서 잘 모를 거야. 모르긴 뭘 몰라요. 나도 들어서 다 알아요. 설산하고 북극하고 어떻게 같아요? 게다가 고문님 콘셉트의 핵심은 외국인들과 함께 컵라면을 먹는다는 거잖아요. 미선이 말했다. 설산이나 북극이나 그게 그거지. 그 광고의 독창성은 장소의 특수성이야. 이런 곳에서도 컵라면을 즐긴다,라는 느낌을 주는…… 게다가 셰르파나 에스키모나 이방인이긴 마찬가지야. 그러니까 스티브 킴이 내 아이디어를 베낀 거라고. 고문님 아이디어에서 중요한 것은 친구에게 가장 귀한 것을 대접하는 에스키모의 풍속 아닌가요? 그만큼 컵라면을 귀하게 여긴다는 설정 말이에요. 미선이 제 일인 것처럼 정색했다.

백보를 양보해서 베낀 게 아니라 쳐. 그래도 내 아이디어를 에스키모 버전으로 번안한 것에 불과해. 설마 다른 사람한테 이런 얘기 한 거 아니죠? 미선이 딱하다는 투로 말했다. 내가 억지라도 부린다는 거야? 고문님이 대리님 아이디어에서 영감을 얻었다고 해서 그게 무슨 문제죠? 아이디어 회의에서는 흔한 일 아니에요? 평소와 달리 미선도 선선히 물러서지 않았다. 문제는 모든 게 스티브 킴의 머리에서 나온 것처럼 호들갑을 떤다는 거야. 공을 인정받지 못해서 억울하고 섭섭한 거로군요. 나는 재킷을 벗었다. 나는 지금 억울함이나 섭섭함 따위를 얘기하는 게 아니라 진실을 말하는 거라고. 공을 인정해달라고 투정하는 게 아니라 진실에 눈을 뜨라고 촉구하는 거야. 상처받은 진실은 그 무엇으로도 보상할 수 없어. 상처받은 진실을 위로할 수 있는 건 오로지 진실뿐이야. 내 목소리가 높았는지 주위 사람들이 이쪽을 흘끔거렸다. 알았어요. 미선의 태도가 갑자기 누그러졌다. 미선은 내가 이런 식으로 말하는 것을 좋아했다. 아니나 다를까 미선의 눈빛이 경외로 반짝거렸다. 선택받은 자가 된 듯한 기분에 빠져들게 하는 저 눈빛. G시에서는 늘 나를 따라다녔던 동경과 흠모의 시선.

근데 스티브 킴 이상하지 않아? 갑자기 떠오른 생각을 내뱉듯 내가 말했다. 뭐가요? 미국에서의 얘기를 가급적 피하려는 것 같잖아? 특히 학창시절에 대해서는 지나치다 싶을 정도로 말을 아끼는 것 같고. 겸손한 거죠. 다른 사람들은 자랑하고 싶어서 안달일 텐데. 우리나라 사람들 외국 한번 나갔다 오면 천년만년 떠들잖아요. 자신의 치부를 솔직하게 털어놓는 모습을 보고 고문님 다시 보게 됐어요. 그쯤 성공한 사람이 그런 고백 하기 쉽지 않을 텐데. 출세에 눈먼 야심간 줄 알았는데 의외로 인간적이야. 자폐의 시련을 극복한 광고계의 기린아! 멋지다.

미선에게 속내를 내보인 게 후회스러웠지만 내친걸음이었다. 입학하자마자 이민갔다 해도 자기가 다니던 초등학교 이름을 모른다는 게 말이 된다고 생각해? 그럴 수도 있죠. 내 휴대폰 번호나 주소가 기억 안 날 때도 있거든요. 고문님 말대로 시차 때문에 머리가 텅 비었는지 누가 알아요? 시차 때문이래, 귀여워 후후. 그걸 말이라고 해? 농담이에요. 그런데 고문님 얘기라면 왜 그렇게 쌍심지를 켜요? 혹시 질투하는 거예요? 미선이 생글생글 웃으며 나를 쳐다보았다. 질투는 얼어죽을! 내 사전에 그런 말은 없어. 근데 언제부터 모셨다고 꼬박꼬박 고문님이야? 그리고 스티브 킴이 따라줄 때는 날름 잘도 마시더니 지금은 술 받아놓고 제사 지내? 고문이 주는 술은 꿀이고 대리가 주는 술은 독이냐? 질투하는 거 맞네! 싫지 않은 듯 생글거리는 미선을 보며 나는 가망없는 일을 시작하려는 자의 가슴을 짓누르는 아득함과 막막함에 진저리쳤다.

내 의구심을 비웃기라도 하듯 그는 승승장구했고 내 의심의 눈초리가 닿지 못할 곳으로 훌쩍 날아올라 찬란히 빛났다. 경쟁 PT를 한 번도 놓친 적이 없대. 7연승중이라지? 저번 회사를 나올 때 그쪽에서 난리가 났대. 오너가 보너스다 스톡옵션이다 솔깃한 제안을 들고 쫓아다녔대. 모두 뿌리치고 이쪽으로 넘어온 걸 보면 사장이 차기 경영권을 보장했다는 게 헛소리는 아닌가봐. 업계 사상 최연소 CEO의 탄생도 시간문제라고. 그는 신화의 주인공이 되어 가고 있었다.

그의 성취가 눈부실수록 내 의구심은 깊어만 갔다. 세계적인 다국적 컨썰팅회사에 다니던 사람이 불현듯 피를 끓게 한 애국심 때문에 기왕 일군 것들을 헌신짝처럼 내던지고 귀국했다는 것도 석

연치 않았다. 자기계발이다 새로운 도전이다 해서 멀쩡한 회사도 때려치우고 태평양을 건너는 세태 아닌가. 역주행이 따로 없다. 조국의 물건을 팔고 싶었다고? 웃기는 소리 마라. 시장에서 국경이 사라진 게 언젠데. 외국 자본 들여와 외국 노동력으로 만든 물건을 외국 모델을 내세워 광고하는 판에. 심지어 카피조차 외국어투성인데. 베일에 싸인 과거는 또 어떤가? 내 눈에는 들보처럼 확연한 그의 미심쩍은 구석들이 다른 사람들 눈에는 티끌만큼도 보이지 않는다는 사실을 납득하기 어려웠다. 오히려 석연치 않은 귀국의 동기는 가당치도 않게 시오니즘으로 미화되었고 불투명한 과거는 신화를 살찌우는 자양분이 되었다.

물론 그의 능력은 남달랐다. 특히 장애물이 나타났을 때 그의 재능은 무섭게 번뜩였다. 새로 제작한 우유 광고를 시연하는 자리였다. 새로운 하루가 움트는 적막한 새벽, 트레이닝복 차림의 젊은 여자가 도심을 힘차게 달린다. 잠시 후 집앞. 신문과 우유가 놓여 있다. 여자가 이마의 땀을 훔치며 우유 뚜껑을 따 맛나게 먹는다. 그리고 이어지는, 내가 만든 카피. 아침을 여는 우유로 당신의 하루가 거뜬합니다. 광고주의 표정이 신통치 않았다. 명색이 우유 광곤데 젖통이 저리 소박해서야…… 광고주가 소낙비라도 맞은 것처럼 중얼거리며 자리를 뜨자 우유회사 마케팅 관계자들도 썰물처럼 빠져나갔다.

저 정도믄 볼만하구만 노인네가 억수 밝히기는. 싸우나 박의 너스레에 모두 낄낄거렸다. 고객이 노라고 했는데 웃음이 나옵니까? 당신들 프로 맞아요? 자존심도 없어요? 그가 버럭 소리쳤다. 싸우나 박의 얼굴이 싸우나에서 나온 것처럼 벌게졌다. 보기 민망할 정도였다. 모델 가슴이 크다고 우유가 더 팔리는 것도 아닐 텐데…… 내가 중얼거렸다. 최대리, 당신이 팔아야 할 것은 우유가 아니라 우유 광고야. 그의 목소리가 가팔라졌다. 모델 가슴에 공사 좀 하고 다시 갑시다. 고문님 저…… 배우가 영화촬영 때문에 호주에 가 있는데요. 크리에이티브 디렉터 장이 기어들어가는 목소리로 말했다. 뜻밖의 난관이었다. 광고주가 오케이하기 전까지는 스탠바이 시켜야 되는 거 아닙니까? 일들을 어떻게 하는 겁니까? 여기가 대학생 광고 동아립니까? 그가 흥분하는 모습은 처음이었다.

어쨌거나 난감한 상황이었다. 무거운 침묵이 회의실을 짓눌렀다. 잠시 생각에 잠겼던 그가 입을 열었다. CG로 손질합시다. 프로덕션에 주문하세요. 볼륨감을 극대화하고 뛸 때 출렁이는 느낌을 최대한 살리라고. 근데 그게…… 장이 곤란하다는 표정을 지었다. 뭐가 문젭니까? 그가 물었다. 그 배우가 섹시 이미지를 탈피하려고 이미지 변신중이라…… 장이 말꼬리를 흐리며 그의 눈치를 살폈다. 어린아이에게 이르듯 그가 천천히 또박또박 지시했다. 매니저한테 전화해서 광고주가 모델 교체를 요구한다고 하세요. 변신은 아무나 하나. 회의실을 나서다 깜박했다는 듯 돌아보며 이런 말도 덧붙였다. 최대리, 이참에 카피도 새로 뽑아요. 약해. 내일 아침까지면 되겠지? 다른 사람들은 퇴근 후 한잔합시다. 고문님이 쏘시는 겁니까? 누군가의 경쾌한 목소리. 물론이죠. 더욱 경쾌한 그의 목소리.

그날 저녁 텅 빈 사무실에서 나는 우유를 찔끔거리며 새 카피를 쥐어짜내야 했다. 우유? 복사다 팩스 송수신이다 온갖 허드렛일을 도맡아하는 업무보조원 김양이 검정 비닐봉지를 내 책상에 턱 올려놓는 것이었다. 비닐봉지에는 광고를 맡은 우유가 잔뜩 들어 있었다. 웬 거냐고 물었더니 고문님 분부란다. 쌈빡한 카피를 뽑는 데 도움이 될 거라는 말을 전하라는 당부까지 하셨단다. 더 필요한 거 없으세요? 김양이 실실 쪼개며 물었다. 락타아제가 필요해. 나는 억지로 미소를 지으며 대답했다.

카피는 뒷전이었고 나는 컴퓨터 모니터를 노려보며 마우스만 깔짝거렸다. 문득 정신을 차리고 보면 그가 졸업했다는 학교 홈페이지를 하릴없이 뒤지고 있었다. 심지어는 포털싸이트 검색창에 이런 단어들을 입력하기도 했다. 자폐, 고스트, 고문님, 스티브 킴. 검색창에 입력된 스티브 킴이라는 글자를 들여다보다 나는 이마를 쳤다. 스티브 킴은 그의 본명이 아닐 것이었다. 미국에서 태어나지 않았으니 본래 이름은 따로 있을 터. 여태 그 생각을 못한 나 자신이 한심했다.

다음날 점심시간에 스빠게띠를 사준다며 미선을 불러냈다. 베네찌아에 가보는 게 꿈인 미선은 이태리풍이라면 사족을 못 썼다. 그러고 보니 레스또랑 이름도 베네찌아였다. 메뉴판을 살펴보는 미선의 입이 귀에 걸렸다. 생각보다 가격이 셌다. 미선이 해물 라자냐와 봉골레 스빠게띠를 주문했다. 웬일이에요? 회사 사람들 이목이 무서워 근처에서는 손도 안 잡는 사람이 점심때 일부러 불러내고. 미선이 샐쭉거리며 말했다. 혹시 스티브 킴 본명이 뭔지 알아? 나는 곧장 용건을 꺼냈다. 고문님? 글쎄요, 그걸 내가 어떻게 알아요?

미선의 반응이 실망스러웠지만 호락호락 물러설 수는 없었다. 궁금하지 않아? 고문님의 본명이? 미선도 만만치 않았다. 이름 같은 게 뭐 중요하다고…… 환상이 깨질까봐 겁나? 슬쩍 도발해보았다. 환상은 무슨! 내가 사춘기 여고생도 아니고. 미선이 발끈했다. 효과만점이었다. 나는 기회를 놓치지 않고 파고들었다. 급여통장 사본 제출했을 거 아냐. 그거 찾아보면 금방 알 수 있을 텐데. 오늘 새벽 우유 카피를 메모지에 끼적거리다 떠올린 생각이었다. 금융실명제 만세! 그 생각이 떠올랐을 땐 정말 만세라도 부르고 싶은 심정이있다. 미선이 눈을 가늘게 뜨고 물었다. 무슨 꿍꿍이예요? 대체 뭘 입증하고 싶은 거죠? 그냥 궁금해서. 내 귀에도 어설프게 들리는 변명이었다. 때마침 음식이 나왔다.

고문님! 미선이 자리에서 벌떡 일어서며 외쳤다. 그가 출입문을 열고 나가려다 말고 이쪽을 돌아보았다. 미선이 어쩐 일이냐고 묻자 식사를 하러 왔는데 자리가 없어서 나가려던 참이란다. 혼자냐고 묻자 고개를 끄덕였다. 미선이 반색하며 제멋대로 합석을 제안했다. 방해되지 않겠어요? 그가 정중한 태도로 물었다. 방해는요. 대리님도 괜찮으시죠? 미선이 그제야 내 의향을 물었다. 호랑이도 제 말 하면 온다더니. 목구멍까지 차오르는 말을 꾹 누르며 나는 옆자리를 권했다. 앉으세요, 고문님.

고문님은 베니스에 가보셨어요? 미선이 의자를 테이블 쪽으로 바짝 당기며 물었다. 베니스? 그가 반문했다. 베네찌아 말이에요. 아! 베네찌아. 베네찌아는 5세기 훈족의 아틸라가 쳐들어올까봐 두려워 배를 타고 나가서 바다 위에 지은 도시죠. 훈족의 아틸라 아시죠? 유럽의 간담을 서늘케 했던 동방의 정복자. 어쩜! 베네찌아도 가보셨구나. 바다에 가라앉기 전에 빨리 가봐야 하는데. 하하, 그건 걱정 안하셔도 돼요. 유네스코가 지정한 세계유산인데 가라앉게 내버려두겠어요. 그렇지 않아도 지반 침하를 막기 위한 대대적인 프로젝트를 준비중이랍니다. 바닷물의 흐름을 조절할 수 있는 방파제를 건설한다죠. 천문학적인 공사비를 마련하기 위해 공중화장실 사용료까지 대폭 올렸대요. 화장실 사용료가 자그마치 1유로랍니다. 일종의 환경세죠. 물을 팔아 돈을 벌고 물 빼는 데 세금 때리고 말 그대로 물의 도시예요. 미선은 그의 현란한 입담과 박물지적 지식에 입을 다물 줄 몰랐다. 고문님도 주문하셔야죠. 내가 끼어들었다. 미선씨! 마늘빵은 올리브오일에 발싸믹 식초를 섞은 쏘스에 찍어먹어야 제격이에요. 여기 마르게리따 피자 하나랑 뇨끼 주세요. 발싸믹 식초 6년산도요. 그는 메뉴판은 거들떠보지도 않고 주문했다. 손님, 발싸믹 식초는 3년산만 있는데요. 웨이트리스가 미안하다는 투로 대답했다. 그거라도 주세요. 발싸믹 식초는 6년산이 최곤데…… 그가 입맛을 쩝쩝 다시며 말했다. 나는 마늘빵에 스빠게띠 쏘스를 듬뿍 찍어먹었다.

고문님, 제가 다시 만든 카피는 어떠셨어요? 디저트로 나온 커피를 마시며 내가 물었다. 카피? 그가 무슨 말인지 모르겠다는 투로 반문했다. 우유 광고 카피 말입니다. 내 목소리에 힘이 들어갔다. 우유? 카피 쓸 만했는데 또 만들었어요? 오늘 아침까지 새로 만들라 하셨는데 정말 기억 안 나세요? 그거 때문에 야근까지 했는데. 보내준 우유 잘 마셨다는 말은 차마 못했다. 그랬었나? 어쨌거나 수고했어요. 회사 들어가서 검토해볼게요. 미선씨, 커피 식으면 맛없어요. 어서 들어요. 커피는 꼴롬비아산이 최곤데. 그가 내 시선을 외면하며 말했다. 내 가슴속에서 뜨거운 것이 치밀어올랐다.

잠깐 들를 데가 있다는 그를 먼저 보내고 미선과 둘이 회사 쪽으로 걸었다. 이상해. 내가 중얼거리자 뭐가 또 이상하냐고 미선이 물었다. 미국에서 오래 산 사람이라면 베네찌아보다 베니스가 더 익숙해야 하지 않아? 그렇죠. 베네찌아의 영어식 발음이 베니스니까. 미선이 오랜만에 맞장구를 쳤다. 그렇지? 반가운 마음에 내 말꼬리가 올라갔나. 그런데요? 반색하는 내 표정을 보며 미선이 영문을 모르겠다는 얼굴로 물었다. 좀전에 스티브 킴이 베니스에 가봤냐고 물었을 때는 머뭇거리다 베네찌아라고 바꿔 말해서야 알아들었잖아. 그래서요? 미선이 눈을 치켜뜨며 물었다. 내가 머뭇거리자 힐난의 말을 쏟아냈다. 대체 무슨 상상을 하는 거죠? 말도 안돼. 고문님 프로필이 가짜라는 건가요? 날조된 거다? 회사가 바보예요? 가짜 학력으로 교수도 하는데. 내 지적에 미선은 한숨을 쉬더니 입을 다물었다. 둘만 올라탄 회사 엘리베이터에서 나는 미선의 귀에 대고 속삭였다. 아까 부탁한 거 잊지 마. 미선이 대답 대신 눈을 흘겼다.

다음날 오후 미선이 메씬저로 말을 걸어왔다.

—밥은 먹고 다니냐?

그것은 주변에 보는 눈이 없는지, 안심하고 메씬저질을 할 수 있는지 확인하는 우리끼리의 암호였다.

—너도 사흘 굶어봐라.

괜찮다는 신호였다.

—그분의 본명은……

그분? 잘 논다.

—뜸들일래?

—김현빈.

내심 촌스러운 이름을 기대했던 나는 맥이 풀렸다. 본명에도 버터를 발랐구나.

—느끼해!

—순정만화 주인공 이름 같아! 스티브 킴보다 훨 나은데요.

—순정만화는…… 얼어죽을.

—순정만화에서 여자주인공과 펜팔로 만나게 되는 남자주인공은 대개 이런 이름이에요. 현빈씨!

—영화를 찍어라. 영화를…… 잠깐!

—왜요? 남자주인공을 바꿀까요?

순간 내 머릿속 암실에는 고등학교 1학년 어느 여름날의 한 장면이 흩어진 빛을 그러모으고 있었다. 방학이었지만 보충수업과 자율학습 때문에 모두 교실에 나와 있었다. 자습중 당직을 맡은 수학선생이 교실에 들어섰다. 김현빈이 누꼬? 수학선생의 손에는 핑크빛 편지봉투가 들려 있었다. 아무도 나서지 않았다. 당연했다. 그런 이름을 가진 학생은 없었으니까. 여가 2반 아닌가배? 이상타, 맞을 낀데. 그 편지 제 껍니더. 뒷자리에서 굵은 목소리가 들려왔다. 태만이었다. 태만이 쭈뼛쭈뼛 교실 앞문으로 걸어갔다. 와 꾸물거리다 이제 기어나오노? 잠깐 있어보래. 니 김태만이 아이가. 수학 선생이 안경을 밀어올리며 말했다. 그 편지 제 끼 분명합니더. 태만은 김현빈이 자신의 펜팔용 이름이라는 것을 실토했지만 편지는 읽어보지도 못하고 일주일 동안 화장실 청소만 도맡아야 했다. 그 후로 수학선생은 태만을 볼 때마다 현빈이 요새도 편지 마이 쓰나? 답장 쓰는 데 태만함 몬쓴다,고 놀려댔다. 설마 스티브 킴이? 망상을 떨쳐내기 위해 나는 힘차게 도리질했다.

퇴근하자마자 나는 곧장 집으로 달려가 고등학교 졸업앨범을 들춰보았다. 졸업앨범에 태만은 없었다. 끊었던 담배를 다시 태우며 차근차근 기억을 더듬었다. 내가 전학온 이후 전교 1등은 더이상 태만의 것이 아니었다. 학교 본관 입구 벽에 나붙던 성적우수자 명단 맨 윗자리에는 매번 내 이름이 올랐다. 태만과 나는 말을 섞는 법이 없었다. 밖에서 꽤 '논다'는 소문과 달리 교실에서 태만은 있는 듯 없는 듯했다. 쉬는 시간이나 점심시간에 지나가다 슬쩍 볼 때마다 태만은 만화책에 코를 박은 채 낄낄거리고 있었다.

나는 나대로 공부에만 매달리느라 친구 한 명 없었다. 사실 나에게 낯선 그 섬에서의 생활은 더 큰 세상으로 나아가기 위해 잠시 견뎌야 할 과정에 불과했다. 바람이 유난히 잦은 그 섬에서 나는 홀로 나부끼는 빨래처럼 외로웠지만 외로움을 잊기 위해 밤 깊도록 책을 붙들고 늘어졌다. 명문으로 도약하기 위한 열의는 높이 살 만했지만 학력 면에서 애당초 전에 다니던 학교에 비할 바가 아니었다. 전에 다니던 학교에서 전교 5위권 안에서 엎치락뒤치락하던 내 성적은 월등한 수석으로 굳어졌다. 태만도 나와의 격차를 좀체 줄이지 못했다. 오히려 태만의 성적은 점점 떨어졌다. 과거의 명성을 감안하면 몰락에 가까웠다. 2학년 가을이 깊을 대로 깊을 무렵 훌쩍 섬을 떠날 때까지 태만은 왕년의 영광을 되찾지 못했다.

모친에게 푹 빠진 조선소 기술자를 따라 영국으로 가게 되었다고 태만이 떠들고 다녔지만 태만 모자가 황급히 섬을 뜬 속사정은 오리무중이었다. 태만의 모친이 유부남과의 정분이 들통나 줄행랑쳤다는 둥, 피해 살던 태만의 아비에게 발각되어 부랴부랴 떴다는 둥 소문이 무성했다. 태만이 학교에 자퇴원을 제출했다는 사실을 근거로 정말 영국에 갔을 거라고 믿는 사람도 더러 있었다.

나는 낡은 앨범까지 뒤져 태만의 얼굴을 기어이 찾아냈다. 고등학교 1학년 소풍 때 찍은 단체사진이었다. 태만은 교실에서처럼 맨 뒷줄 가장자리에 있었다. 째진 눈, 뭉툭한 코, 각진 턱, 여드름이 만발한 까무잡잡한 피부. 태만은 엉뚱한 곳에 와 있다는 듯 팔짱을 낀 채 심드렁한 표정이었다.

회의 도중 나는 그의 얼굴을 찬찬히 뜯어보았다. 쌍꺼풀진 시원스러운 눈매, 오롯한 콧날, 날렵한 턱선, 잡티 하나 없이 매끈한 피부…… 남성잡지 화보에서 걸어나온 듯한 세련된 분위기와 탄탄대로만 달려온 자만이 지닐 법한 당당한 여유까지. 태만이 갖지 못한 것으로만 빚어진 사람이 있다면 그일까 싶을 정도로 둘 사이에 공통점이라고는 단 하나도 찾아볼 수 없었다.

최대리, 내 얼굴에 뭐 묻었어요? 그가 제 얼굴을 손으로 만지며 물었다. 아, 아닙니다. 피부가 너무 깨끗하셔서. 나는 머리를 긁적이며 얼버무렸다. 최대리 요즘 너무 무리하는 거 아니에요? 얼굴이 푸석푸석해요. 피부클리닉이라도 가보세요. 그가 말했다. 남자가 무슨…… 내 반응에 회의실에 있던 여직원들의 얼굴이 흐려졌다. 최대리, 요즘은 남성들도 외모를 관리해야 해요. 내면의 아름다움? 그건 미스코리아 후보들이나 하는 말이죠. 아름다움에 외면 내면이 어딨어요? 더구나 우리는 이미지를 만드는 사람들 아닙니까? 흐트러진 외모는 내면의 게으름을 증명한다는 거 명심하세요.

다음날 나는 인터넷을 뒤지다 남성전용 토털 뷰티클리닉 싸이트를 발견했다. 피부관리는 물론 성형수술까지 하는 곳이었다. 게시판을 훑어보니 성형을 상담하는 남자들이 의외로 많았다. 미선에게 피부관리 받으면 효과가 있느냐는 문자를 날렸더니 노총각의 발악이라는 핀잔이 돌아왔다. 누가 하면 '관리'고 누가 하면 '발악'이냐는 문자를 입력하려다 그만두었다. 나는 서랍에서 초콜릿 바를 꺼내 한입 베어물었다.

그의 활약은 계속되었다. 자동차 광고 경쟁 PT에 참여하게 된 것도 그의 남다른 수완 덕이었다. 자동차 광고는 대어 중의 대어였다. 경쟁 PT 기회를 얻기도 쉽지 않은 터라 회사는 흥분의 도가니였다. 광고를 따낸다면 회사가 한단계 도약할 계기가 될 것이었다.

광고할 물건은 쎄단의 중후함을 가미한 신형 SUV였다. 기존의 SUV 시장은 포화상태였다. 전통적 구매층을 다지면서 새로운 수요를 창출하기 위해서는 SUV 특유의 스포티함과 쎄단의 고급스러움을 동시에 표현하는 광고가 필요했다. 역동성과 품격. 물과 기름처럼 어울리지 않는 이미지를 한데 묶어내야 했다.

건이 건이다보니 회사에서는 특별팀을 꾸렸다. 프로젝트 팀의 리더는 그가 맡았다. 특별히 신경써야 할 건이 있을 때 프로젝트 팀을 만드는 거야 새삼스러운 일이 아니지만 굳이 고문을 팀장으로 앉힌 것은 예외적인 조치였다. 불만의 목소리가 없을 리 만무했다. 불만은 주로 씨니어 그룹에서 터져나왔다.

스티브 킴 잘난 거 인정해. 하지만 조직에는 어디까지나 조직의 윤리라는 게 있지. 고문이 팀장까지 해먹으면 우리는 뭐야. 알아서 나가라는 메씨지 아냐? 스티브 킴이 모든 회의에 들어가는 것도 이상해. 처음에는 회사 분위기 파악하기 위해 그랬다 쳐. 그런데 여태 분위기 파악하는 건가? 혹시 내보낼 사람들 추리는 거 아냐? 조만간 대대적인 조직개편이 단행될 거라더니 허튼소리가 아닌가보군. 스티브 킴이 컨썰팅회사에 있을 때 담당업무가 조직 리모델링이었대. 조직 리모델링? 군살을 도려내는 거지. 사장이 해결사를 모셔왔군. 이쪽에는 전혀 뿌리가 없으니 선을 댈 수도 없고. 자기가 다녔던 초등학교 이름도 기억 못한다잖아. 접근금지라! 그게 연막이라면 보통이 아니구먼. 요새 애들은 영악해서…… 사람들의 시선이 나에게 쏠렸다. 그냥 어느 초등학교에 다녔는지 물은 것뿐이라고요. 사심은 없었어요. 어디서 본 듯하길래…… 나는 손사래까지 치며 항변했다. 누가 뭐래? 누군가는 쓰게 입맛을 다셨고 누군가는 자신의 뱃살을 어루만졌다. 모두 싸우나 박의 눈치를 살폈지만 싸우나 박은 끝내 입을 열지 않았다.

그가 자동차 광고 프로젝트 팀원에게 점심을 냈다. 회사 근처 일식집이었다. 그는 이번 건의 중요성을 강조하며 분발을 당부했다.

사께를 주문해 일일이 따라주기까지 했다. 식사가 끝나고 다다미 방을 나서는데 갈색 페라가모 구두에 시선이 꽂혔다. 오른쪽에만 두툼한 깔창이 깔려 있었다. 페라가모의 주인은 그였다. 그는 주머니에서 꺼낸 구두주걱을 왼쪽 구두를 꿰어신을 때만 사용했다. 하마터면 나는 탄성을 내뱉을 뻔했다. 짝짝이 발을 가진 사람을 나는 한 명 더 알고 있었다. 김태만이었다. 반에서 유일하게 나이키 운동화를 신고 다니던 태만, 보기에도 아까운 고가의 신발 한짝 뒤축을 꺾고 다니던 태만의 짝발을 어떻게 잊겠는가. 태만도 왼발이 오른발보다 컸다. 그러고 보니 그도 태만처럼 왼손잡이였다. 갑자기 속이 메스껍더니 손에 식은땀이 나고 가슴이 방망이질했다. 거듭되는 우연 앞에서 나는 뭔가에 홀린 기분이었다. 그 모든 우연은 그의 정체에 대한, 세상 누구도 눈치채지 못한 어떤 진실을 나에게 암시하는 듯했다. 일이 손에 잡히지 않았다. 아무에게도 말 못할 의혹은 구두 밑창에 들러붙은 껌처럼 떼어내려 할수록 집요하게 엉겨붙었다.

태만이 나에게 처음 말을 건 것은 2학년 여름방학이 끝나갈 무렵이었다. 일주일 동안의 진짜 방학을 맞아 고향에 가기 위해 탄 배 갑판 위에서였다. 태만이 먼저 알은체했다. 2학년이 되면서 반도 바뀌어 얼굴 볼 일이 좀체 없었다. 복도에서 가끔 마주칠 때도 짐짓 모른 체하던 태만이 친하게 지내온 사이처럼 살갑게 굴었다. 태만의 곁에는 여자애가 서 있었다. 눈이 크고 해사했다. 아버지를 따라 작년에 서울에서 내려와 인근 여고에 다닌다고 했다. 처음 뵙겠습니다. 나는 고개를 숙이다 만 엉거주춤한 자세로 인사말을 건넸다. 서울대 합격생을 배출하기 위해 데려왔다는 애가 너로구나. 이거 영광인걸. 앞으로 잘 지내. 서울에서 전학왔다는 그애는 내 눈을 똑바로 쳐다보며 손을 내밀었다.

여객선이 B시의 항구에 도착했을 때 서울내기 여학생이 태만과 영화 보러 갈 건데 함께 가자고 했다. 뜻밖의 제안에 내가 망설이자 그러면 더 재미있을 것 같다고 태만이 거들었다. 그 여학생, 나와 눈이 마주칠 때마다 눈웃음을 지어 보였다. 가슴 한구석에 단단하게 쌓아올렸던 뭔가가 와르르 무너져내렸다. 어떤 영화였는지 나는 기억하지 못한다. 곁에 앉은 서울내기 여학생에게서는 전에 맡아본 적 없는 좋은 냄새가 났다. 영화 상영 내내 서울내기 여학생의 어깨에는 태만의 손이 얹혀 있었다. 때때로 그 손은 여학생의 머리카락을 만지작거리기도 했다. 극장에서 나와서는 해수욕장으로 놀러 갔다.

해변에서 태만과 서울내기 여학생은 챙겨온 수영복으로 갈아입었다. 나는 파라솔 밑에 누워 그들이 물속에서 노는 것을 지켜보았다. 철든 이래 언제나 꽉 조여졌던 마음의 나사못이 햇볕이 꽃가루처럼 부서져내리는 해변 파라솔 아래에서 느슨해지는 것을 나는 느꼈다. 태양 때문인지 바다 때문인지 눈꺼풀이 무거웠다. 저 멀리 수평선을 향해 나아가는 눈부시게 흰 요트가 꿈결처럼 아득했다.

멋진 요트지. 태만이 내 곁에 주저앉으며 말했다. 태만은 요트를 지그시 바라보며 어떤 영화에 대해 떠들었다. 질투와 복수심과 살인에 대해, 비천한 태생의 멍에 때문에 재능을 꽃피우지 못한 어떤 젊은이의 어두운 운명에 대해 말했다. 빛나는 재능으로 운명의 항로를 바꾸려 했으나 사소한 불운에 좌초한 청춘에 대해 음울하게 이야기했다. 잊혀지지 않는다는 마지막 장면에 대해서도 말했다. 모든 것을 수중에 넣은 순간 요트의 닻에 걸려 떠오른 친구의 시체에 대해. 닻에 걸린 시체가 떠오른 순간 눈물을 흘렸다고도 했다. 태만의 말은 선명한 이미지가 되어 눈앞에 펼쳐졌고 펼쳐진 이미지는 푸른 바다 위를 흘러다니는 구름처럼 생생했다. 귀기울이는 것만으로도 영화를 본 기분이 들 정도였다. 눈부시게 흰 요트가 수평선에 걸린 구름 속으로 사라지는 모습을 지켜보던 그 해변에서 태만은, 앞으로 나아가기 위해서는 모쪼록 닻을 잘 살펴야 한다는 말도 내뱉었다. 어떤 인디언들은 두려운 것의 형상을 몸에 새기면 그 두려움에서 놓여날 수 있다고 믿는다 했다. 알쏭달쏭한 말이었지만 왠지 마음 한자락이 어둑어둑해졌다. 태만이 말했던 그 영화를 꽤 오랜 시간이 지난 뒤에야 보게 되었다. 마지막 장면에서 시체는 닻이 아니라 스크루에 걸린 채 딸려나왔다. 태만의 착각이었다.

자동차 광고 준비 때문에 눈코뜰 새 없는 나날이었다. 회의가 거듭되었고 야근도 잦았다. 애써 잠재운 의혹이 그의 얼굴을 볼 때마다 번쩍 눈을 떴다. 선잠에서 깨어난 의혹은 먹이를 찾는 짐승처럼 눈을 희번덕거리고 코를 킁킁거렸다. 궁금하지 않아? 저 매끈한 가면 밑에 어떤 진실이 봉인되어 있는지. 저토록 산뜻한 미소가 무엇을 감추고 있는지. 정말로 궁금하지 않아? 내 머릿속 난쟁이가 속삭였다. 내뱉지 못하는 의혹은 강요된 침묵을 양분 삼아 내 영혼의 오지까지 뿌리내렸다. 내 신상을 위해서는 그가 태만이 아닌 게, 이 모든 것이 망상인 편이 나았다. 그리하여 의혹을 증폭시키는 단서가 드러날수록 그가 전에 알던 인물이 아니기를 바라는 마음도 절실해졌다. 나는 덫에 걸린 꼴이었다. 스스로 놓은 덫, 그래서 더욱 치명적인.

왜 그리 이를 악물고 있어요. 어디 불편해요? 컴퓨터 모니터를 노려보다가 이런 질문을 받기도 했다. 오후만 되면 냉탕과 온탕을 거푸 오간 것처럼 축 늘어졌다. 발목에 닻이라도 매단 듯 몸과 마음이 천근만근이었다. 미선이 메씬저로 말을 걸어도 대꾸하지 않았다. 나는 온 세상을 잃은 듯 슬픔에 잠기는가 하면 온 세상을 적으로 돌려세우고도 남을 만큼의 맹렬한 분노에 휩싸이기도 했다. 쏘파에 멍하니 앉아 새벽을 맞았고 낮에는 책상 앞에서 꾸벅꾸벅 졸았다. 토막잠에는 어김없이 악몽이 끼어들었다. 닻을 끌어올리면 물에 퉁퉁 불은 시체가 딸려왔다. 그의 얼굴이었다. 검푸르게 부패한 가죽을 벗겨내면 태만이 웃고 있었다. 가끔은 내 얼굴이 나타나기도 했다.

이번 자동차 광고 콘셉트는 변신으로 가는 게 어떨까요? 쎄단의 품격과 레저 카의 역동성을 동시에 갖췄다는 점을 변신이라는 테마로 형상화하는 겁니다. 최근 변신을 모티프로 삼은 로봇 영화가 삼사십대 남성들 사이에서 폭발적인 호응을 얻지 않았습니까? 자동차 광고의 콘셉트를 정하기 위한 아이디어 회의에서 나는 그를 똑바로 쳐다보며 의견을 내놓았다. '변신'이라는 단어에 힘을 줬지만 그에게서 동요의 기색을 읽어낼 수는 없었다. 언제나처럼 자신만만하고 여유로워 보였다.

뭐야. 자동차가 변신이라도 하는 건가. 쎄단에서 SUV로. 하하하. 누군가 김빼는 소리를 내뱉었다. 아들놈이 하도 보채기에 나도 봤는데 좀 황당하더군. 로봇이 자동차로 변하고 비행기로도 변하고. 잘못하면 과장광고로 징계를 먹는 수가 있겠어. 재밌던데요. 어릴 때 열광했던 변신합체로봇에 대한 추억도 새록새록 떠오르고. CG는 볼만했지만 상황설정이 어설퍼. 만화가 원작이니 당연하죠. 원작만화가 있었어? 어쩐지. 바로 앞줄에 앉은 초등학생 녀석들 어찌나 시끄럽던지! 대체 집에서 교육을 어떻게 시키는 거야. 영화에 대한 때아닌 갑론을박 속에서 내 아이디어는 뒷전으로 밀려났다. 잠자코 있던 그가 입을 열었다.

여러분의 열정을 보니 변신로봇 광고라면 우리가 따놓은 당상일 텐데 아쉽군요. 여기저기서 웃음이 터졌다. 여러분은 지금 중세의 도시에 와 있습니다. 독일의 로텐부르크나 이태리의 오르비에또를 떠올려도 되겠죠. 도시 한복판에 우뚝 선 고딕풍의 성당이 보입니다. 성당에서는 성대한 결혼식이 치러지고 있습니다. 미스터 최, 단상에서 내려오세요. 당신 결혼식이 아닙니다. 낄낄거리는 소리. 결혼식의 주인공은 금발의 선남선녀입니다. 중세 귀족의 복식으로 성장한 두 남녀가 식이 끝나고 성당 밖으로 나옵니다. 성당 밖 광장에는 신형 SUV가 대기중입니다. 차에는 깡통과 풍선이 주렁주렁 달려 있죠. 차까지 레드카펫이 깔려 있고 카펫 양편으로 말 탄 기사들이 깃발을 치켜든 채 도열해 있습니다. 이제 막 맺어진 부부가 차에 오르고 마부 차림의 시종이 차를 출발시킵니다. 부부가 차 뒷자리에서 달콤한 키스를 나눕니다. 키스가 끝나면 부부는 누가 먼저랄 것 없이 옷을 벗어던집니다. 어느새 그들은 승마복 차림이 되어 있습니다. 속도가 붙은 차 뒤로 중세의 도시가 아스라이 멀어지고 카피가 나갑니다. 선택받은 분들의 선택은 한결같습니다! 도심에서도 야외에서도 대한민국 1퍼센트의 선택! 잠시 침묵이 흐른 뒤 박수가 터져나왔다. 역시 고문님이십니다. 프레젠테이션은 하나마나겠어요. 뜨거운 찬사가 쏟아졌다.

빛도 못 보고 쓰레기통에 처박히게 되었지만 내가 준비한 광고는 이런 것이었다. 누구처럼 말주변은 없지만 들어보시라. 산을 힘차게 오르는 차가 있다. 흙투성이의 자동차. 대자연의 풍광을 만끽하던 운전자가 손목시계를 보고 화들짝 놀란다. 전속력으로 달리는 차. 언덕을 넘고 강을 건넌다. 갑자기 비가 쏟아진다. 한 손으로 핸들을 쥔 채 풍선을 불고 캔음료를 마시는 운전자. 성당 앞으로 미끄러져들어오는 차. 깡통과 풍선이 매달려 있다. 신랑신부가 오르면 차는 부드럽게 출발한다. 이어지는 카피. 언제 어디서나 당신이 원하는 것 그 이상의 차. 억지로 박수칠 필요는 없다. 내게 필요한 것은 값싼 동정이 아니라 진실을 당당하게 마주하는 용기이니. 걱정 마라. 요즘 내 머릿속이 요지경이지만 "이번에도 내 아이디어를 훔쳤군요. 결국 빌어먹을 변신 모티프잖아요"라는 말을 삼킬 정도의 자제력은 남아 있으니.

일종의 귀족 마케팅인데…… 반발심을 부추기지는 않을까요. 아직까지 우리 사회에선 가진 자들에 대한 시선이 곱지만은 않은데. 내가 신중하게 말했다. 융프라우에 홀로 서 있으면 이런 기분이 들까. 서늘한 공기가 내 주변으로 몰려들었다. 좋은 지적이에요. 흔들림없는 그의 목소리. 우리는 역발상을 밀고 나갈 겁니다. 1퍼센트를 슬로건으로 내세우면서 99퍼센트를 공략하는 거죠. 1퍼센트를 질시하면서도 거기 끼고 싶어 안달인 99퍼센트 말입니다. 우리는 그 이율배반적인 욕망의 뇌관을 건드려주는 겁니다. 그다음은…… 잠시 뜸을 들인 뒤 그가 두 팔을 쫙 벌리며 말했다. 펑!

오랜만에 미선과 저녁을 먹기 위해 한강변으로 나갔다. 자동차 광고 콘셉트가 결정되어 한숨 돌리게 된 것이다. 자동차 광고는 당연히 그의 아이디어대로 만들어질 것이다. 그가 제시한 콘티대로 찍기만 하면 되겠지. 카피도 이미 만들어졌고. 그의 달변이라면 어김없이 광고를 따낼 테고. 무엇보다 그는 소비자보다는 광고주의 마음을 더 훤히 꿰고 있으니. 그의 화려한 이력에 승리의 화관이 하나 더 추가되겠지.

왜 그렇게 축 늘어져 있어요? 미선이 연어 스테이크를 썰다 말고 물었다. 그래 보여? 나는 맥없이 대답했다. 강물 위로 흑설탕 같은 땅거미가 눅진하게 녹아내리고 있었다. 무슨 고민이라도 있어요? 고민은 무슨…… 나는 망설였다. 그에 대한 의혹을 미선에게는 토로할 수 있지 않을까. 미선이라면 귀담아들어주지 않을까. 나한테 숨기는 거 있죠? 미선은 눈치가 빨랐다. 말해봐요. 어서. 마음속에만 담아두면 병난다고요. 토설을 채근하는 미선의 눈을 나는 찬찬히 들여다보았다.

내 얘기를 듣기 전에 한 가지 약속해줘. 그게 뭔데요? 우리가 누군가와 약속하는 것은 상대의 신의에 대한 불안 때문이 아니라 제안의 두려움 때문이다. 내가 무슨 얘기를 하든 비웃지 말아줘. 미선이 힘차게 고개를 끄덕였다. 그간 내 영혼에 짙은 그늘을 드리웠던, 그에 대한 뿌리깊은 의혹을 나는 남김없이 털어놓았다. 그가 전에 알던 어떤 인물일지도 모른다는 의구심의 근거를 낱낱이 제시했다. 내 이야기가 끝나고 한참이 지나도록 미선은 말이 없었다. 누군가에게 털어놓기만 해도 후련해질 줄 알았는데 그렇지 않았다. 상한 음식을 억지로 삼킨 것 같은 기분이었다.

마침내 미선이 입을 열었다. 그러니까 고문님, 아니 스티브 킴이 몽떼 크리스또 백작이라는 거군요. 과거를 지우고 전혀 다른 사람이 된다. 몰라보게 달라진 얼굴은 어떻게 설명하죠? 미선이 흥미롭다는 듯 내 입을 주시했다. 성형했겠지. 내가 내뱉듯 말했다. 하긴 최근에 완전히 딴 얼굴이 되어 나타난 남자 연예인이 장안의 화제가 되기도 했죠. 어찌나 감쪽같던지. 미선이 미간을 모으며 말했다. 강물은 이제 어둠과 완전히 몸을 섞었다. 까마득히 흘러가는 것이 어둠인지 강물인지 구분할 수 없었다. 강을 가로지른 다리 상판의 조명등에 하나둘 불이 들어왔다. 집어등 같은 불빛 아래로 어둠이 몸을 뒤치며 어디론가 소리없이 흘러갔다. 세상의 모든 어둠이 내 가슴 밑바닥으로 흘러드는 것 같았다.

그런데 한 가지 의아한 점이 있어요. 꽤 오래전의 일이고 친한 사이도 아니었는데 지금 남아 있는 기억이 정확하다고 어떻게 장담하죠? 뜻밖의 질문이었다. 불완전한 기억이라. 기억할 만한 게 없는 하루하루였다면 믿어줄까. 그곳에서의 나날은, 오로지 장학금이 지상목표였던 그 시간은 내 인생의 무저갱이었으니까. 무저

갱의 암흑 속에서는 어둠조차 번개처럼 번뜩이는 순간이 있는 법이니까. 나는 어둠속에 몸을 감춘 강물을 응시하며 무겁게 입을 열었다. 안 믿어도 상관없지만 내 기억은 틀림없어. 안 믿는다는 게 아니라 좀더 확실한 물증이 있어야 한다는 뜻이에요. 미선이 얼굴을 붉히며 항변했다. 그 순간 나는 닻을 떠올렸다. 닻. 나도 모르게 튀어나온 말. 닻? 미선의 눈이 동그래졌다. 그래, 닻. 그의 몸 은밀한 곳에 새겨져 있을.

그 여름날 밤 셋은 해변에서 술을 마셨고 난생처음 술을 입에 댄 나는 어느 순간 정신을 놓고 말았다. 눈을 뜬 곳은 추레한 여관방이었다. 머리가 깨질 듯 쑤석거렸다. 곁에는 서울내기 여학생이 자고 있었다. 알몸인 채. 태만은 보이지 않았다. 꿈인가 싶어 볼을 꼬집어볼 필요는 없었다. 곰팡이 냄새가 콧잔등을 간질이고 있었으니까. 당혹감에 몸은 얼어붙었지만 시선은 여학생에게 향했다. 내 눈길을 사로잡은 것은 닻이었다. 배꼽 밑 거웃이 시작되는 언저리에 새겨진 닻. 그것은 배꼽을 묶어두기 위해 검은 수초 깊이 드리워진 것처럼 보였다. 그 이미지는 한동안 내 머리에서 떠나지 않았다. 학교에서 우연히 태만을 볼 때마다 심연에 가라앉았던 닻이 불쑥 떠올랐다. 태만의 속살에도 새겨져 있을 게 분명한 닻 말이다. 그 여름방학이 끝나고 치른 시험에서 나는 2등으로 밀려났다. 내 위에는 태만의 이름이 적혀 있었다. 그 학교에서 내가 전교 1등을 놓친 것은 그때가 처음이자 마지막이었다.

그의 알몸을 볼 수만 있다면 진실을 밝힐 수 있을 거라는 내 말에 미선의 얼굴이 돌을 씹은 듯 굳어졌다. 어떻게든 그의 알몸만

볼 수 있다면…… 나는 미선의 눈을 간절히 바라보며 중얼거렸다. 제정신이에요? 꼭 그렇게까지 해야 직성이 풀리겠어요? 이건 아니에요. 요즘 같아선 내가 알던 사람이 맞나 싶어요. 어쩌다 이 지경이 되었죠? 미선의 목소리가 바르르 떨렸다. 내 기억이 정확하다면, 내 추론이 들어맞는다면 분명히 문신을 찾을 수 있을 거야. 내 목소리도 떨렸다. 역시 미선에게 털어놓지 말았어야 했다. 때늦은 후회에 나는 입술을 깨물었다. 그 잘난 기억 타령 그만해요. 오늘이 무슨 날인 줄 알아요? 회사에서 마주치면 돌덩이처럼 싸늘하게 굳어버리고. 누가 볼세라 회사 근처에서는 손도 뿌리치고. 나와 사귄다는 사실이 알려지는 게 그리 무서워요? 내가 창피해요? 다른 애들처럼 명문대 출신이 아니라서, 부모가 떵떵거리지 못해서 부끄러워요? 왜 나였죠? 나와 사귄 이유가 뭐냐고요? 미선은 급기야 울음을 터뜨리고 말았다. 그날이 미선의 생일이라는 사실을 나는 레스또랑 밖으로 뛰쳐나가는 그녀의 뒷모습을 보고서야 깨달았다. 그리고 하나 더. 미선은 그 여름날 해변에 함께 놀러 갔던 서울내기 여학생을 닮았다.

악전고투의 나날이 이를 악물고 지나갔다. 미선은 회사에서 우연히 마주쳐도 짐짓 외면했고 메씬저로 말을 걸어도 반응이 없었다.

싸우나 박이 명예퇴직을 신청했다. 전격적인 결정에 모두 놀랐지만 싸우나 박은 꽤 오래전부터 고민해왔다고 털어놓았다. 기러기 생활을 청산하고 미국에 가서 가족과 함께 살고 싶다는 것이었다. 하지만 사람들은 잘리기 전에 먼저 움직인 거라고 쑥덕거렸다.

송별회 술자리에서 싸우나 박이 화장실에 간 사이 후속 인사에 대한 하마평이 화제에 오르자 내가 소리쳤다. 그러는 거 아니에요. 송별 술자리라는 거 잊었어요? 모두 나를 쳐다보았다. 외계인이라도 목격한 표정이었다.

자리를 옮겨가며 밤새 마셨다. 새벽녘 가라오케에서 나올 때는 다섯 명만 남았다. 그도 함께였다. 싸우나 박이 시계를 보더니 싸우나를 하러 가자고 제안했다. 집에 들어갔다 다시 나오기 힘들 테고 회사생활 끝내는 마당에 마지막으로 한번 가는 것도 재밌겠다는 것이었다. 아침에 미국 대사관에 가야 한다고도 했다. 빠지겠다는 사람도 있었지만 싸우나 박이 한사코 등을 떠밀었다. 돌연 술기운이 확 가셨다. 뜻밖의 기회였다. 심장이 벌떡거리고 손에 식은땀이 났다. 주머니를 뒤져 초콜릿 바를 꺼냈다. 미스터 최, 배고파? 그가 물었다. 일마가 초콜릿 귀신이지요. 싸우나 박이 우렁찬 목소리로 말했다. 촌스럽게 아몬드 초콜릿이 뭐야? 이걸 먹어보라고. 초콜릿 맛은 카카오가 좌우하지. 영국 귀족들은 카카오 함량 99퍼센트의 초콜릿을 즐겨 먹었어. 그가 주머니를 뒤지더니 초콜릿을 건넸다. 포장지에는 카카오 함유량이 금색으로 큼지막하게 적혀 있었다. 99%. 포장을 뜯고 한 조각 떼어내 입안에 넣었다. 킹덤 오브 브리티시 맛이 어떠냐? 싸우나 박이 물었다. 초콜릿이 녹아내리면서 씁쓸한 맛이 갈수록 지독했다. 연필심을 맛보는 기분이 드는가 하면 브랜디를 삼킨 것 같기도 했다. 내가 인상을 찌푸리자 모두 낄낄거렸다. 그래도 끝맛은 달콤할 텐데. 그가 고개를 갸웃거리며 말했다.

싸우나실에서 나는 그의 아랫도리를 가린 목욕타월을 거듭 흘깃거렸다. 목욕타월은 배꼽을 가릴 정도로 추켜올려진 채 단단히 여며져 있었다. 나는 싸우나실에서 나왔다. 냉탕에 들어가 열기를 식힌 뒤 온탕에 들어가 자리를 잡았다. 욕탕 출입문이 정면으로 보이는 곳에. 나는 그가 문을 밀고 들어오기만을 기다렸다. 그는 좀체 나타나지 않았다. 자꾸 눈이 감겼다. 햇볕이 폭죽처럼 터지던 그 여름날의 해변에서 그랬던 것처럼. 잠을 몰아내기 위해 나는 연방 눈을 비볐다.

마침내 그가 문을 열고 들어왔다. 허리에 질끈 동여맸던 목욕타월을 내던진 채. 땀 때문인지 김 때문인지 눈앞이 뿌옜다. 나는 눈을 깜박거렸다. 눈앞이 조금 선명해졌다. 몽실몽실 떠다니는 희뿌연 김 너머로 그의 거웃이 거뭇거뭇했다. 나는 마른침을 꿀꺽 삼켰다. 카카오 함량이 99퍼센트라는 초콜릿의 씁쓸함이 새삼 입안 가득 퍼졌다. 나는 혀로 입안 구석구석을 탐색한다. 그가 말한 달콤한 끝맛을 찾아내려는 것처럼.

허리케인 조의 파란만장한 삶

허리케인 조에게서 처음 연락이 왔을 때 나는 아이스크림을 통째 퍼먹고 있었다. 지난주 맞선으로 만난 여자의 답문을 기다리던 참이었다. 영화표가 생겼는데 시간이 있느냐는 문자를 보내기까지 사흘이나 걸렸다. 이번에도 퇴짜를 맞으면 어쩌나 하는 두려움 때문이었지만 막상 문자를 날리고 나니 퇴짜맞는 것은 더이상 두렵지 않았다. 아이스크림 통이 바닥을 드러낼 즈음에는 좋다는 답이 올까봐 두려워졌다. 아니, 답신 자체가 두려웠다. 다행인지 불행인지 휴대전화 창에 뜬 것은 모르는 번호였다.

"여보세요?"

"거기가 '파란만장'이오?"

카랑카랑한 목소리였다. 볼륨을 한껏 키워놓은 라디오를 무심코 켠 것처럼 움찔한 나는 숨을 고른 뒤 네,라고 대답했다. 학창시절 출석을 확인할 때마다 대답 소리가 작아 재차 호명되기 일쑤였던 터라 목소리가 또렷한 사람 앞에서는 괜히 주눅이 들곤 했다.

"맞습니다."

"자서전을 만들어준다는 게 사실이오?"

목소리와 어울리지 않게 신중한 말투였다. 고객이 될 가능성이 높았다. 나는 아이스크림 통을 내려놓고 전화기를 고쳐 쥐었다.

역사는 승자가 쓰고 회고록은 패자가 쓴다면 자서전은 작가 지망생이 쓴다. 정확히 말하자면 작가 지망생이 대신 써준다. 나를 대필업계에 끌어들인 장본인도 등단의 꿈을 수년째 만지작거리던 선배였다. 문예창작과 동기였지만 나이는 열살이나 많아서 형이라 부르기도 애매했다. 호칭에 대한 고민을 토로하자 인생 선배니 '선배'라고 부르라 했다. 알고 보니 물리학과 중퇴와 철학과 졸업의 예사롭지 않은 이력의 소유자인 그를 위 학번들도 선배라 부르고 있었다.

특이한 경력만큼이나 선배는 별난 사람이었다. 늘 정장 차림으로 등교해 교문 수위한테서 인사를 받기도 했다. 정장을 고집하는 이유를 물었더니 특유의 박학다식을 뽐내며 양복의 기원과 정치적, 미학적 의미를 줄줄 읊었다. 선배의 박식은 소설 합평 시간에도 빛을 발했다. '그 바닥은 내가 좀 아는데'로 시작하는 달변으로 디테일의 오류를 콕콕 집어내곤 했다. 이를테면 가수와 팬클럽 회원의 애증을 그린 대목이 나오면 "후배 중에 가수 로드매니저가 있어서 좀 아는데"라고 말문을 연 뒤 유명 아이돌 가수 팬클럽의 놀라운 속사정을 들려주었다. 회사 이름을 '파란만장'으로 바꾸라고 조언한 이도 선배였다.

본래는 '거울과 램프'였다. 대학시절 읽었던 책 제목에서 따온 것이었다. '거울과 램프. 당신이 누구든 당신의 삶은 기록될 가치가 있습니다. 보통 사람들의 삶을 소중히 기록해드립니다.' 지하철 노약자 지정석이나 탑골공원 벤치에 집중적으로 홍보 스티커를 붙였지만 반응은 신통치 않았다. 인테리어 업체냐고 묻는 전화만 가뭄에 콩 나듯 걸려왔다. 이름을 바꾸어 새로 제작한 스티커를 붙인 뒤로는 문의전화가 제법 늘었다. 장난전화가 태반이었지만, 이제는 몇마디만 들어도 진짜 고객인지 아닌지 판단할 수 있게 되었다. '감'이라는 게 생긴 것이다.

의심이 깔린 탐색의 말투, 섣불리 제 삶의 굴곡을 늘어놓지 않는 신중한 태도. 노인은 진짜 고객이 틀림없었다. 자서전을 갖고 싶은 마음은 굴뚝같지만 글재주는 없는 사람. 자신의 인생이 시시했다는 사실을 인정하고 싶지 않은 사람. 금쪽같은 나의 고객.

"네, 보통 사람들의 자서전만 만들어드립니다."

나는 '보통 사람들'이라는 말에 힘주어 대답했다.

사흘 뒤 인사동의 한 찻집에서 노인을 만났다. 노인은 사무실로 직접 찾아오겠다고 했지만 나는 한사코 그곳을 고집했다. 사무실이란 게 따로 없었고 주말만 피하면 대개 한적해서 의뢰인의 말을 녹음하기에 제격이기도 했다.

찻집 문을 열고 들어간 나는 미리 약속한 대로 썬글라스 낀 노인을 찾았다. 노인은 맨 안쪽 구석 자리에 앉아 있었다. 얼굴의 절반을 가리는 보잉 썬글라스를 낀 채. 내가 곧장 다가가자 노인은 자리에서 일어섰다. 중키에 다부진 체격이었다. 몸에 딱 붙는 티셔츠 위로 탄탄한 상체의 탄력이 고스란히 드러났다. 삼년 후면 고희라는 말이 믿기지 않을 정도였다.

자리에 앉으며 노인은 썬글라스를 벗었다. 날카롭게 째진 눈가에는 주름이 깊게 팼고 왼쪽 눈썹 바로 위에는 제법 긴 흉터가 새겨져 있었다. 콧날은 한 번쯤 부러졌다 제자리를 찾지 못한 듯 삐뚜름했고 하관이 빤 얼굴 곳곳에는 검버섯이 얼룩덜룩했다. 나이를 무색하게 하는 탄탄한 몸 때문이었을까. 지나온 세월의 신산이 켜켜이 내려앉은 얼굴은 유난히 늙고 초췌해 보였다. 차라리 썬글라스를 끼지 않는 편이 더 눈에 띌 뻔했다. 팽팽한 몸과 쪼글쪼글한 얼굴의 기묘한 대비가 신화에 나오는 반인반수를 떠올리게 할 정도였으니까.

간단한 인사를 나눈 뒤 노인이 명함을 내밀었다. 조민구. 바른나라운동본부 성동지부장. 성동구 자율방범대원. 전국 생활체육연합회 고문. 미아찾기운동본부 자문위원. 국제 라이온스클럽 정회원.

나도 명함을 건넸다. 노인은 양복 안주머니에서 돋보기를 꺼내 콧잔등에 걸쳤다. 명함을 뚫어져라 들여다보더니 이제껏 몇명의 자서전을 써주었는지 물었다. 뜻밖의 질문이었다. 열에 아홉은 비용부터 물었고 질문을 던지기보다는 면접관 앞에 선 수험생처럼 긴장한 표정으로 질문을 기다리곤 했으니까. 자서전씩이나 낼 만한 삶인지 반신반의하면서. 그러나 이번만큼은 시험에 든 쪽은 나였다. 나는 가방에서 책을 두 권 꺼냈다. 김밥을 말아 사남매를 대학에 보낸 할머니와 삼십년 동안 간이역 역장으로 근무하다 역 폐쇄와 함께 은퇴한 사내의 자서전이었다.

노인은 책날개에 실린 저자 프로필은 유심히 살폈지만 본문은 건성으로 휘리릭 넘겼다. 두 권을 모두 훑어보고도 쓰다 달다 말이 없었다. 노인의 침묵에는 상대를 긴장하게 만드는 구석이 있었다. 미간을 잔뜩 찌푸리고 입을 꾹 다문 모습은 참을 수 없는 분노를 가까스로 삭이며 결정적인 기회를 엿보는 것처럼 보였다. 나는 마른침을 삼키며 노인이 입을 열기만 기다렸다. 한참 뒤 노인이 입을 뗐다.

"다른 것은 없소?"

나는 가방에서 두툼한 책을 꺼냈다. 내로라하는 기업 회장의 자서전이었다. 역시 내가 대필한 것이었다. 가급적 내보이고 싶지 않은 카드였지만 내친걸음이었다. 까다롭게 구는 태도에 오기가 생기기도 했지만 그보다는 노인에 대한 호기심이 관자놀이를 간질였다.

"정말 이 양반 자서전도 썼소?"

"속지를 보십시오."

책 속지에는 맨주먹으로 굴지의 대기업을 일군 기업가의 서명이 내 이름과 '감사의 마음을 전하며'라는 문구 아래 적혀 있었다.

"보통 사람들의 자서전을 써준다 하지 않았소, 작가 선생?"

한결 부드러워진 말투에 '작가 선생'이라는 호칭까지. 마침내 시험을 통과한 것이다. 시험을 통과한 것은 다행이었지만 '작가 선생'이라는 호칭은 거북했다. 사기라도 친 기분이었으니까.

"예전에는 유명인들의 자서전을 대필했습니다. '파란만장'을 시작하기 전 일입니다."

"벌이가 나쁘지 않았을 텐데 왜 그만두었소, 작가 선생?"

처음 듣는 질문은 아니었다. 재작년 성탄전야였다. 선배와 나는 단골 호프집 구석에 마주앉아 서로의 시선을 애써 피하며 말없이 술잔만 기울이고 있었다. 선배에게도 나에게도 기다리는 전화는 오지 않았다. 신춘문예에 열번째 떨어진 것이다. 예년 같으면 취기를 빌려 '저주받은 걸작'을 애도하다 여름 내내 울어댄 매미처럼 풀썩 고꾸라졌을 테지만 그날의 결말은 좀 달랐다. 만취한 선배는 다시는 신춘문예에 응모하지 않겠노라고 음울한 목소리로 중얼거렸다. 낙방이 새삼스러운 일은 아니었기에 유난스런 낙담이 의아했다.

"내가 쓴 글은 모두 가짜야. 껍데기일 뿐이라고. 진짜 이야기를 영영 쓸 수 없게 된 거야."

"진짜 이야기?"

"내 이야기 말이야. 같은 일을 겪은 만명의 사람도 들려줄 수 없는, 오직 나만 들려줄 수 있는 이야기. 사실이 아니라 진실에 관한 이야기. 만개의 사실과도 바꿀 수 없는 단 하나의 진실에 관한 이야기."

"쓰면 되잖아?"

"도둑맞았어."

"도둑맞았다고, 진짜 이야기를?"

"박진석, 그 자식이 술자리에서 들려준 내 이야기로 신춘문예에 당선되는 바람에 나는 진짜 이야기를 쓸 수 없게 돼버린 거야."

박진석은 재학중 등단해서 이미 두 권의 소설집을 낸 대학동기였다. 박진석이 신춘문예에 당선된 것은 벌써 팔년 전의 일이었다. 억울함을 토로하기에는 늦은 감이 없지 않았다. 선배의 하소연은 생뚱맞았지만 '진짜 이야기'라는 말은 그날 밤 내내 귓전에 쟁쟁했다.

절망과 비탄으로 막을 내린 술자리의 기억을 그새 털어낸 듯 다음날 전화기 너머에서 들려온 선배의 목소리는 멀쩡했다. 유력 정치인의 자서전 대필 의뢰가 들어왔는데 자기는 다른 건으로 여력이 없으니 나더러 맡으라는 것이었다.

"이젠 그만할래."

"왜? 벌이도 짭짤한데."

"진짜 이야기를 쓰려고."

"진짜 이야기?"

선배는 제 말을 기억하지 못했다. 진짜 이야기. 막상 뱉고 보니 오랫동안 가슴 깊이 담아둔 말 같았다. 진짜 이야기가 대체 어떤 것인지 알 수 없었지만 적어도 출세한 사람들의 과장된 성공담이 아닌 것은 분명했다. 보통 사람의 자서전을 쓰자는 아이디어가 떠오른 것은 그때였다. 전망도 괜찮아 보였다. 유명인들의 자서전 대필은 갈수록 경쟁이 치열했다. 수요는 고만고만한데 공급은 늘기만 했으니까.

본격적인 사업 출범에 앞서 시험이 필요했다. 교편을 잡다 정년

퇴직 후 술잔만 기울이던 아버지는 자서전을 써주겠다는 말을 듣는 순간 돌연 활기를 되찾았다. 인터뷰 때 빠뜨린 얘기가 있다며 새벽에도 불쑥 전화하곤 했다. 만사에 의욕을 잃은 채 세상을 등지고 지내던 사람이 맞나 싶었다. 그러나 막상 원고가 완성되자 아버지는 출간을 꺼렸다. 혼자만 간직하고 싶다면서. 그때 깨달았어야 했다. 살아갈 시간에 비하면 살아온 시간이 까마득한 이들이 원하는 것은 근사한 자서전이 아니라 그저 제 이야기를 들어줄 상대라는 것을.

그간 책을 엮은 고객은 두 명이 전부였다. 착수한 건은 몇개 더 있었지만 의뢰인의 변심으로 엎어진 경우도 있었고 원고가 마음에 들지 않으니 계약금을 토해내라고 생짜를 부려 무산된 경우도 있었다. 사업을 구상할 당시의 자신감은 온데간데없어진 지 오래였다. 다시 유명인의 자서전을 써야 하는 게 아닐까 심각하게 고민하던 참이었다.

"뜻깊은 일을 하고 싶었습니다."

노인은 잠자코 고개를 끄덕였다.

계약은 일사천리로 진행되었다. 비용의 절반을 선금으로 받고 책이 나오면 나머지 절반을 받기로 했다. 노인은 금액보다는 시일에 더 신경을 썼다. 가급적 빨리 출간하고 싶은 눈치였다.

"서둘러야 할 특별한 이유라도 있습니까?"

"시간이 많지 않소, 작가 선생."

노인의 말투는 비장했다. 절박한 목표를 위해 스스로를 채찍질하며 오랜 세월을 견디고 별러온 사람 특유의 비장함이었다.

노인은 재킷 안주머니에서 신문 조각을 꺼내 탁자에 내려놓았다. 세계챔피언에 올랐던 한 복서가 파킨슨병으로 투병중이라는 짤막한 기사였다. '무쇠주먹'이라는 별명에 걸맞게 대부분의 상대를 케이오로 끝장냈던 선수였다. 지지 않는 권투를 구사하던 노회한 챔피언을 마지막 라운드에 무너뜨린 뒤 내 사전에 판정은 없다고 사자후를 토한 것으로 유명했다.

전설적인 복서의 위중한 병세가 자서전과 무슨 상관이냐고 묻자 노인은 이렇게 대답했다.

"내 인생을 대신 산 사람이오, 작가 선생."

나는 어느새 가방에서 녹음기를 꺼내고 있었다. 진짜 이야기를 건질지도 모른다는 기대에 부푼 채.

녹음 버튼을 누르자 노인은 기다렸다는 듯 긴 이야기를 쏟아냈다. 네 시간에 걸쳐 노인이 털어놓은 얘기를 요약하면 다음과 같다.

노인은 한때 '허리케인 조'라 불리던 복서였다. 복싱광이던 대대장이 3박 4일의 특별휴가를 포상으로 내걸고 개최한 대회에서 우승한 것이 계기가 되어 제대 후 정식 입문했다. 체계적인 훈련은 잠자던 재능을 벼락처럼 깨웠다. 타고난 파워와 맷집으로 오래지 않아 두각을 나타냈다. 허리케인이라는 멋진 별명을 얻는 데는 여섯 번의 시합이면 충분했다. 모두 케이오승이었다. (노인은 자신의 주먹에 나가떨어진 선수들의 이름을 한 명도 빠짐없이 줄줄이 댔다.) 세계챔피언감이라는 찬탄의 말이 흘러나오기 시작한 것도 그 무렵이었다. 열 경기 만에 국내는 물론 아시아에서도 적수가 보이지 않았다. 당시 동급 세계챔피언이던 멕시코 선수는 삼십대 중반에 접어든 노장이었다. 시간은 매너리즘의 코너에서 허우적거리는 챔피언이 아니라 링 복판을 향해 승승장구하는 도전자의 편이었다. (노인의 표현에 따르면 챔피언 자리에 오르는 건 시간문제였다.)

세계 정상을 향해 탄탄대로를 달리던 차에 뜻밖의 장애물이 등장했다. 바로 위 체급의 유망주가 같은 체급으로 내려온 것이었다. 단 1킬로그램의 몸무게를 줄이기 위해 살인적인 훈련을 감내해야 하는 복싱의 세계에서 체급을 낮추는 것은 목숨을 거는 일이나 다름없었다. 그 무모한 복서가 바로 무쇠주먹이었다. 무쇠주먹이 체급을 낮춘 것은 동급에 강타자들이 즐비했기 때문이었다. (이 대목에서 노인의 목소리가 가팔라졌다.) 무엇보다 동급 세계챔피언은 다섯 번의 방어전을 모두 케이오로 끝낸 무패의 선수였다.

살인적인 감량에도 불구하고 무쇠주먹의 펀치는 여전히 살인적이었다. ('살인적'이라는 표현을 노인은 자주 썼다. 무쇠주먹의 펀치를 묘사할 때는 목소리가 살짝 떨리기도 했다.) 체급을 낮춘 후 벌인 두 번의 시합을 모두 케이오승으로 장식한 무쇠주먹은 강타자들을 피해 달아났다는 야유와 체중을 줄이느라 무쇠가 말랑말랑해졌을 거라는 우려를 말끔히 날려버렸다. 두 번의 압도적인 승리 이후 무쇠주먹은 한동안 시합을 치르지 못했다. 링에 함께 오르겠다는 선수가 없었으니까. 국내외를 망라해 대적할 만한 선수는 둘뿐이었다. 한 명은 챔피언이었고 나머지 한 명은 허리케인 조였다. 우여곡절 끝에 챔피언 도전자 결정전이 성사되었다. 챔피언조차

기피했던 두 명의 강타자가 마침내 같은 링에 오르게 된 것이었다.

"회합이 있어서 오늘은 이만해야겠소, 작가 선생."

노인이 손목에 찬 시계를 흘깃거리며 말했다.

다음 약속을 잡을 겨를도 없이 노인은 찻집을 나섰다. 전성기의 경량급 복서처럼 날랬다. 결정적인 대목에서 끝난 이야기 때문이었을까. 바람처럼 사라져버린 노인 때문이었을까. 나는 뭔가에 홀린 기분으로 자리에 다시 앉았다.

탁자 위에는 노인이 두고 간 신문 조각이 놓여 있었다. 나는 기사를 찬찬히 다시 읽었다. 처음 볼 때는 몰랐는데 전 챔피언의 통산 전적에 붉은 줄이 그어져 있었다. 본래는 32전 30승 2패였지만 붉은 펜으로 수정된 전적은 32전 29승 2패였다. 왕년의 챔피언에게는 허리케인 조가 인정할 수 없는 승리가 하나 있었던 것이다.

모르는 게 없는 선배도 '도전자 허리케인'이라는 제목의 일본 권투만화는 잘 알지만 허리케인 조라 불렸던 왕년의 복서는 금시초문이라 했다. 대한권투협회에서 일하는 후배가 있다며 알아봐주겠다고 했다. 비록 내 이름을 걸고 쓰는 글은 아니지만 기본적인 사실은 확인해야 했다. 더구나 투병중인 전설적인 복서의 명예와 직결된 건이었다.

선배의 연락을 기다리는 동안 나는 녹음된 노인의 말을 반복해서 들었다. 디테일이 생생한 게 꾸며낸 이야기 같지는 않았다. 민첩한 몸놀림이나 탄탄한 몸매를 보면 한때 복서였다는 것만큼은 사실이리라. 뒷이야기가 궁금해 노인에게 전화하고 싶은 마음이 굴

똑같았지만 선배로부터 연락이 오기 전까지는 참기로 했다. 만에 하나 노인의 얘기가 거짓이라면 계약을 해지해야 할 테니까.

먼저 연락해온 이는 선배가 아니라 노인이었다. 다음날 만나자는 것이었다. 이번에도 사무실로 오겠다는 걸 막느라 진땀깨나 뺐다. 오래 걸릴 것 같으니 식사라도 하면서 느긋하게 얘기하는 게 낫지 않겠느냐고 둘러댔다.

노인은 닭가슴살 샐러드만 주문했다. 드레싱은 빼달라는 부탁도 덧붙였다. 끼니가 되겠느냐고 묻자 하루 세끼를 그것만 먹을 때도 있다고 했다. 나는 스테이크를 주문했다. 체중이 얼마냐고 노인이 대뜸 물었다.

“89킬로그램인데요.”

사실은 91킬로그램이었다.

“헤비급이구만, 작가 선생.”

“아, 네.”

‘헤비급’이라는 말이 가슴에 묵직하게 얹혔다. 인간으로서의 위엄을 잃은 어떤 부류를 냉정하게 지칭하는 말처럼 들렸다.

“살이 찌는 건 죄악이 아니오. 살에 대한 책임을 게을리하는 게 죄악이지. 헤비급이라는 것은 무하마드 알리나 조지 포먼 같은 상대와 맞붙어야 한다는 뜻이오, 작가 선생.”

살에 대한 책임이라. 출렁이는 뱃살에 대한 책임감으로 마음이 몸보다 더 무거워졌다. 무하마드 알리나 조지 포먼의 주먹을 맞는 것은 상상하기도 싫었다.

"선생님은 체중이 얼마나 나가십니까?"

"오늘은 61. 2킬로그램이오."

"매일 확인하시나요?"

"아침에 일어나서 맨 먼저 하는 일도, 잠자리에 들기 직전에 하는 일도 체중계에 올라가는 것이오."

"특별한 이유라도 있습니까?"

"체중에 따라 식사량과 운동량을 조절해야 하기 때문이오, 작가 선생."

노인은 풀만 끼적거릴 뿐 닭가슴살에는 손을 대지 않았다.

"입맛에 안 맞으십니까?"

"아니오, 오늘은 체중이 위태롭기 때문이오."

"위태롭다고요?"

"라이트급의 한계체중은 61.23킬로그램이라오, 작가 선생."

"그렇게까지 해야 합니까?"

노인은 포크를 내려놓고 나를 빤히 쳐다보았다. 감당할 수 없는 분노를 가까스로 삭이는 듯한 얼굴이었다.

"나약한 소리 마시오. 한번 링에 오른 자는 영원히 내려올 수 없소. 발 딛고 선 곳이면 그곳이 어디든 링이기 때문이오. 흔히 말하지, 세상은 링과 같다고. 말은 언제나 쉽소. 세상이 링이라면 언제나 링에 오를 만반의 준비를 해야 하지 않겠소? 세상이 일종의 링이라는 것은 비유가 아니라 진실이오. 링이 왜 사각형인지 아시오? 우리가 살아가는 동안 머무는 곳이 십중팔구 사각형이기 때문이오. 방, 교실, 사무실, 엘리베이터, 길, 버스 등등. 요람부터 관까지 모두 사각형이니 결코 사각형에서 벗어날 수 없소. 운명은 사각형이오, 작가 선생."

일견 그럴듯한 말에도 불구하고 노인이 그토록 체중에 집착하는 이유를 납득할 수 없었다. 노인의 체중관리는 건강을 위한 통상적인 것이 아니라 흡사 시합을 목전에 둔 현역 복서의 철저한 준비를 떠올리게 했으니까.

식사를 마치고 인터뷰를 재개하면서 의문은 풀렸다. 단서는 허리케인 조와 무쇠주먹의 시합에 숨어 있었다. 노인이 마침내 문제의 시합에 대해 입을 열 때 나는 녹음기마냥 숨죽이지 않을 수 없었다.

운명은 사각형이라는 말이 영감을 일깨웠다. 자서전의 첫 장면은 세계챔피언을 꿈꾸던 두 강타자의 대결로 시작하는 게 극적이리라. 노인의 이야기를 들으며 나는 이미 머릿속에 자서전을 써내려가고 있었다.

운명은 사각형이다. 적어도 복서에게는 그렇다. 복서의 운명은 사각형 안에서 결정된다. 사각형 바깥에는 몸을 만들기 위한 지루한 싸움이 있을 뿐이다. 하지만 승부는 그 지루한 싸움에서 결정된다. 사각형 바깥의 싸움을 지배하지 못한 자가 사각형 안에서 보여줄 수 있는 것은 패배뿐이다.

링이라는 사각형에 오르기 위해 복서는 또다른 사각형에 올라야 한다. 체중계 말이다. 천국이 어떤 곳인지는 모르지만 체중계가 없는 곳이라고 장담할 수 있다. 체중계는 악마가 만든 게 분명하니까.

상대는 주니어웰터급의 강타자였다. 무쇠주먹이라 불릴 만큼 강한 펀치의 소유자다. 본래 더 무거운 체급의 선수였으니 내가 견뎌야 할 주먹은 이제껏 겪은 것과는 비교할 수 없을 것이다. 그의 별명이 온당한지 가늠하는 것은 온전히 내 머리와 턱과 복부의 몫이 되리라. 더 무거운 체급에서 온 선수를 상대하기 위해서는 전과 다른 방식으로 준비해야 했다. 이에는 이, 눈에는 눈. 계체를 아슬아슬하게 통과할 정도의 체중을 만들어 파워를 극대화하는 것이다.

체중을 늘리는 방법에는 두 가지가 있다. 많이 먹거나 적게 움직이거나. 운동량을 줄일 수는 없었다. 식인종이 사람을 잡아먹는 것은 그의 힘을 제 것으로 만들기 위해서다. 두려움을 없애기 위해 두려워하는 존재를 잡아먹기도 했다. 나는 싸움닭만 잡아먹었다. 싸움닭의 살은 질기고 퍽퍽해서 한 마리를 해치우고 나면 온 체중이 실린 어퍼컷을 얻어맞은 것처럼 턱이 얼얼했다.

마침내 운명의 순간이 다가왔다. 계체는 시합 전날 진행됐다. 동전으로 순서를 정했다. 무쇠주먹이 먼저였다. 무쇠주먹은 체급을 내린 뒤 감량에 매번 애먹었지만 이번만큼은 거뜬히 관문을 통과했다. 체중계 위에서 사과를 먹는 여유까지 부렸다. 유난히 붉고 탐스러운 사과. 내 트레이너가 들고 있던 것을 무쇠주먹이 낚아챈 것이었다. 계체가 끝날 때마다 나는 붉은 사과를 먹곤 했다. 일종의 의식이었다. 액운을 물리치는 전사의 의식. 무쇠주먹이 사과를 맛나게 먹는 모습을 지켜보고 있노라니 입안 가득 침이 고였다. 침을 삼키며 나는 차가운 사각형 위로 올라갔다. 체육관에서 마지막으로 잰 체중은 61.19킬로그램이었다. 모든 게 순조로웠지만 긴장을 떨칠 수는 없었다. 체중계에 오를 때면 언제나 그랬다. 최후의 심판대에 서는 것처럼 떨렸다.

다시 한번 말하지만 운명은 사각형이다. 차갑고 작은 사각형 위에서 내 운명은 곤두박질치고 말았다. 저울의 눈금이 61.32킬로그램을 가리켰던 것이다. 내 눈을 믿을 수 없었다. 두 시간 뒤 실시된 재계체 때도 체중은 요지부동이었다. 저울에 문제가 있다고 항변했지만 소용없었다. 무엇이 잘못된 것일까. 체중계라는 물건을 이 세상에 내놓은 악마만이 알 것이다.

그후로 무쇠주먹은 승승장구했고 나는 단 한 번도 이기지 못했다. 체중계 위에서 무쇠주먹이 먹은 것은 사과가 아니라 나, 허리케인 조의 힘이었다.

노인의 말을 어디까지 믿어야 할지 판단이 서지 않았다. 내 마음을 읽기라도 한 듯 노인은 계체한 날짜까지 댔다. 어이없이 몰락한 젊은 복서의 운명이 허망하기도 했고 안타깝기도 했다. 그래서였을까. 나는 노인이 들려준 이야기의 허점을 찾아내려 애썼다. 허리케인 조가 가공의 인물이라면, 설령 실제 인물이더라도 실격패가 아니라 차라리 케이오 패했다면 허망함과 안타까움이 덜할 테니까.

"체중계에 문제가 있었던 건 아닐까요?"

"저울은 말짱했소. 늘 하던 대로, 평소 쓰던 아령을 들고 가서 미리 얹어보았거든. 체육관에서와 같은 무게였지."

노인은 그날을 회상하는 듯 얼굴이 어두워졌다.

"보름달이 뜨면 몸이 무거워진다는 소리 들어보았소, 작가 선생?"

"아니요."

"달의 인력이 강해지면 혈액순환이 활발해져 몸무게가 는다는 설이 있더군. 그날도 보름달이 떴지."

"그 가설이 맞더라도 저울마다 체중이 달라지지는 않을 텐데요?"

"맞소. 늘어난 130그램을 설명하기에는 역부족이지."

노인은 어려운 문제와 씨름하는 것처럼 골똘히 생각에 잠겼다.

"그때 침을 삼키는 게 아니었어. 뱉었어야 했어."

긴 침묵 끝에 노인이 음울한 목소리로 중얼거렸다.

선배의 전화를 받았을 때 나는 국립중앙도서관 입구에 들어서고 있었다. 노인의 말이 사실인지 확인하기 위한 걸음이었다. 세계 타이틀 도전자 결정전이라면 기사화되었을 터였다. 더구나 계체에 실격해서 패하는 경우는 드물기도 하고. 그 바닥을 수소문해보았지만 허리케인 조라는 복서를 기억하는 사람은 없다고 선배는 말했다. 워낙 오래전이라 기록도 없다는 것이었다.

나는 전화를 끊고 마이크로필름실로 향했다. 노인이 댄 날짜 부근의 신문을 샅샅이 뒤졌지만 허사였다. 복싱에 대한 기사조차 없었다. 속은 기분이었지만 쉽사리 자리를 뜰 수는 없었다. 이상했다. 노인의 이야기가 허구이기를 내심 바랐지만 아쉽고 허탈한 마음을 달랠 수 없었다.

날짜를 재차 확인하기 위해 통화를 시도했지만 노인은 전화를 받지 않았다. 도서관을 빠져나가다 발길을 돌린 것은 로비 벽에 걸린 커다란 달력 때문이었다. 양력과 음력 날짜가 병기된 달력. 보름달 운운하던 노인의 말이 문득 떠올랐다. 나는 휴대전화로 인터넷에 접속해 노인이 댄 음력 날짜가 양력으로 며칠인지 알아낸 뒤 마이크로필름실로 걸음을 재촉했다.

노인의 말은 사실이었다. 반가웠다. 소문난 잔치 먹을 것 없어,라는 제목 아래 기대를 모았던 대결이 허리케인 조의 실격패로 무산되었다는 기사가 실려 있었다. 이례적인 일이라 관계자들도 당혹감을 감추지 못하고 있다고 전했다. 체급을 내린 상대를 지나치게 의식한 나머지 한계체중에 근접하게 몸을 만들려다 벌어진 불상사가 아닌가 싶다는 관계자의 분석도 인용돼 있었다.

명승부에 대한 기대가 컸던 나머지 실망도 컸기 때문일까. 이목이 집중되었던 경기에 관한 기사치고는 간략했다. 다른 신문도 사정은 다르지 않았다. 무쇠주먹과 맞붙게 될 멕시코 챔피언에 대한 분석기사를 발 빠르게 실은 곳은 있었지만 허리케인 조를 직접 취재한 곳은 없었다.

그날 이후의 신문을 쭉 살펴보았지만 넉 달 후 무쇠주먹이 챔피언을 무너뜨리고 세계 최고의 자리에 오르도록 허리케인 조에 대한 소식은 찾아볼 수 없었다. 뜨거운 야망과 세인의 관심으로 기세등등하게 몸집을 불려나가던 허리케인은 실격패를 기점으로 급격히 쇠락하다 오래지 않아 소멸된 것이다.

도서관을 나설 때 휴대전화 착신음이 울렸다. 노인이었다.

"전화했었소?"

"네, 여쭤볼 게 있었는데 해결됐습니다."
"봅시다."
"지금 말입니까?"
"시간이 별로 없소, 작가 선생."

시간이라면 무쇠주먹의 시간을 말하는 것이리라. 그새 병세가 악화되었는지도 몰랐다. 그러나 나는 노인이 작업을 재촉하는 마음을 이해할 수 없었다. 무쇠주먹이 살아 있을 때 자서전을 내려는 까닭이 대체 무엇인지 궁리하며 노인을 만나러 갔다.

노인이 나를 부른 곳은 마장동의 한 체육관이었다. '챔피언 다이어트 복싱 클럽'은 재래시장 초입의 오층 건물 꼭대기에 자리잡고 있었다. 오래된 건물의 계단은 높고 가팔라서 삼층을 지날 때부터 무릎이 시큰거리고 이마에 땀이 맺혔다.

허름한 외관과 달리 체육관은 널찍하고 쾌적했다. 바닥은 촘촘히 깔린 원목의 결이 선명할 정도로 반질반질했다. 러닝머신을 비롯한 갖은 헬스기구들이 가지런히 놓여 있고 한쪽 벽면 전체가 거울로 덮여 있어, 중앙에 설치된 링만 아니라면 헬스클럽이라고 해도 무리가 없을 듯했다.

노인은 트렁크스 차림으로 스피드백을 두드리고 있었다. 맵고 재빠른 손놀림도 탄성이 절로 나올 만했지만 그보다 내 눈길을 끈 것은 복근이었다. 팽팽한 탄력이 느껴지는 구릿빛 복부에는 왕(王)자가 선명했다. 한참 뒤 노인은 부르르 떠는 스피드백을 두 손으로 진정시키고 내 쪽으로 고개를 돌렸다.

"대단하십니다."

"반시간은 더 있어야 하는데 괜찮겠소?"

"개의치 마십시오. 그런데 왜 아무도 없죠?"

"매달 첫번째 세번째 월요일은 휴관이오. 관장이 아는 후배인데 아무 때나 와서 운동하라더군."

"아, 네."

"심심하면 줄넘기라도 하시오, 작가 선생."

초등학교 때 이후로는 줄넘기 줄을 만져본 적도 없는 나였다. 그때도 이미 비만아였던 나는 체육시간이 든 날이면 비가 오기를 기도하곤 했다. 특히 줄넘기가 싫었다. 줄이 발목에 걸리는 느낌이 끔찍했다. 줄이 발목에 걸리면 그 이전의 나로 돌아갈 수 없으리라는 망상에 가까운 두려움에 사로잡히기도 했다. 두려움이 클수록 줄을 넘는 횟수는 줄어들었다.

딱딱해진 내 얼굴에서 무엇을 읽어낸 것일까. 극구 사양했지만 노인은 줄을 억지로 내 손에 쥐여주었다. 덫에 걸린 기분이었다. 눈을 질끈 감고 줄넘기를 시작했지만 열 번도 넘지 못했다. 두번째도 마찬가지였다. 발목에 줄이 걸릴 때마다 가슴이 덜컥 내려앉았다. 숨이 가빠지고 겨드랑이에 식은땀이 흥건했다. 무엇보다 무릎이 날카로운 것으로 찌르는 듯 아팠다. 나는 숨을 가쁘게 몰아쉬며 연방 무릎을 주물렀다.

"펀치를 날리는 게 주먹이 아니라 무릎이듯 줄을 넘는 것도 발바닥이 아니라 무릎이오. 직립보행하는 인간에게 힘의 원천은 무릎이지. 무릎이 망가지면 모든 것을 잃게 돼. 쇼부를 보려면 무릎을 잘 간수해야지. 홍화씨를 먹어보시오, 작가 선생. 뼈가 몰라보게 단단해질 테니."

노인이 손에 붕대를 감으며 말했다. 양손에 붕대를 다 감은 뒤 노인은 링에 올랐다. 링 한복판으로 걸어간 노인은 잠시 묵상하고서 천천히 몸을 놀리기 시작했다. 오른발 뒤꿈치를 살짝 들고 무릎을 슬쩍 구부렸다 펴는 동작을 반복하더니 양팔을 올리고 상체를 좌우로 흔들었다. 코앞에 적수가 버티고 있기라도 한 것처럼 전방을 매섭게 노려보며 왼손 잽과 오른손 스트레이트를 번갈아 날렸다.

노인의 몸놀림이 점점 빨라졌다. 신중하게 싸이드스텝을 밟으며 연타를 작렬시켰다. 벼랑을 등진 채 세상에서 가장 무시무시한 적과 싸우는 듯 노인의 몸짓은 필사적이었다. 노인이 주먹을 날릴 때마다 나는 움찔했다.

매트 위에 드리운 노인의 그림자 때문이었을까. 나는 승패를 장담할 수 없는 난타전을 보는 듯한 착각에 빠졌다. 노인이 주먹을 뻗으면 그림자도 주먹을 뻗었고 노인이 고개를 숙이면 그림자도 고개를 숙였다. 노인의 주먹은 그림자 주변의 허공만 갈랐다. 노인은 타격할 수 없는 상대를 타격하며 지쳐갔다. 팔이 처지고 발놀림도 둔해졌다. 땀범벅이 된 노인의 얼굴이 점점 일그러졌다. 매섭던 눈빛에는 숱한 펀치에도 끄떡없는 강적을 마주한 자의 두려움이 어른거렸다. 유리창을 꿰뚫은 일몰 직전의 낮은 햇빛을 빨아들이며 그림자는 점점 거대해져갔다.

운동이 끝난 뒤 근처 고깃집에서 저녁을 먹었다. 노인은 육회를 한 접시 주문하더니 쫓기는 사람처럼 허겁지겁 입안에 쓸어담았다. 1그램의 체중에도 벌벌 떨던 노인이 맞나 싶었다. 날것을 즐기지 않는 나는 고기를 구워먹었다. 육회가 바닥나자 노인은 구운 고깃점도 집어먹었다. 노인의 가세로 불판의 고기도 순식간에 바닥났다.

"더 주문할까요?"

내가 물었다.

"어?"

노인의 눈빛이 딴 세상을 들여다보는 듯 멍했다.

"고기를 더 시킬까요?"

"나는 됐소."

노인은 고깃점 하나 남지 않은 불판과 핏물이 얼룩덜룩한 접시와 제 손에 들린 젓가락을 번갈아 보다가 미간을 찌푸리며 젓가락을 내려놓았다.

식사 후 다방으로 자리를 옮겨 인터뷰를 시작하려는데 노인의 휴대전화가 울렸다. 노인은 굳은 표정으로 상대의 말을 듣기만 했다. 전화를 끊고도 한동안 망연자실했다. 당혹과 낭패의 빛이 스치는가 싶더니 겁에 질린 아이처럼 같은 말을 반복해서 중얼거렸다. 처음에는 알아듣기 힘들었지만 세번째는 똑똑히 들렸다. 다이조오부.

잠시 후 자리에서 벌떡 일어난 노인은 나중에 연락하겠다는 말만 남기고 황망히 다방을 나섰다.

그뒤로 노인은 감감무소식이었다. 전화도 받지 않더니 나중에는 결번이라는 메씨지만 들려왔다. 계약금까지 지불한 의뢰인의 잠적을 어떻게 받아들여야 할지 황당하고 난감했다. 연락을 끊은 쪽은 의뢰인이었으므로 작업을 마치지 못해도 내 책임은 아니었지만 노인의 행방을 수소문하기 위해 동분서주했다. 기왕 시작한 일을 마무리해야 한다는 직업적인 책임감 때문만은 아니었다.

채 듣지 못한 노인의 삶에 대한 호기심은 쉽사리 잦아들지 않았다. 한번은 만나야 할 것 같았다. 노인의 명함에 적힌 단체에 문의해보았지만 허사였다. 모르는 사람이라는 곳도 있었고 갑자기 연락이 끊겨 궁금해하던 참이라는 곳도 있었다.

챔피언 다이어트 체육관에도 찾아갔다. 지난번과는 달리 놀고 있는 운동기구가 없을 정도로 북적거렸다. 샌드백을 치고 있던 사내에게 관장을 만나러 왔다고 했더니 거울 앞에서 경쾌한 음악에 맞춰 춤추듯 몸을 흔들며 주먹을 내지르고 있는 젊은 여자를 가리켰다. 예상 밖이었다. 4열종대로 늘어선 사람들이 관장이라는 여자의 동작을 따라하고 있었다.

관장이라는 여자에게 노인의 이름을 댔더니 모른다며 고개를 저었다. 허리케인 조라는 별명을 대도 마찬가지였다. 노인의 인상착의를 상세히 설명하자 체육관 청소를 맡았던 할아버지 같다고 했다. 용역회사에서 사람을 바꾼 게 지난달의 일이라고도 했다. 노인이 한때 날리던 복서였으며 휴관일마다 체육관에 와서 운동을 했다는 말을 나는 입 밖에 꺼내지 않았다. 체육관을 나서는 내 눈길이 자꾸만 링으로 향했다. 운명의 사각형은 텅 비어 있었다.

결국 노인의 자서전은 완성할 수 없었다. 내가 아는 노인의 삶은 허리케인 조로서 살았던 몇년이 전부였으니까. 허리케인 조라는 별명을 얻기 전과 허리케인이라는 별명이 무색해진 뒤 노인이 어떻게 살았는지 나는 알 수 없었다. 짐작만 해볼 뿐. 짐작조차 할 수 없는 것도 있었다. 계체 때 갑자기 불어난 130그램의 수수께끼.

살을 빼기 위해 나는 집 근처 복싱 체육관에 다니기 시작했다. 줄넘기를 할 때면 무릎으로 줄을 넘으라던 노인의 말을 떠올렸다. 발목이 아니라 무릎에 집중하면서 두려움은 줄어들고 줄을 넘는 횟수는 늘었다. 줄넘기가 능숙해지는 속도만큼 나는 노인을 잊어 갔다.

노인이 우연히 화제에 오른 것은 성탄전야였다. 여느 해와 다름없이 선배와 단골 술집 구석에서 신춘문예 당선 소식을 초조하게 기다리며 술잔을 기울이던 참이었다. 살이 좀 빠진 것 같다는 선배의 말에 체육관에 다닌다고 대답했고 체육관에 나가게 된 사정을 설명하다 노인 얘기가 나왔다. 노인에게 들은 수수께끼 같은 이야기도 전했다. 무쇠주먹과의 대결을 앞두고 갑자기 불어난 체중과 무쇠주먹이 체중계 위에서 사과와 함께 먹어버린 허리케인 조의 힘에 대해.

"내가 아는 후배 얘기랑 비슷하네. 친구가 신춘문예에 당선돼 읽어봤더니, 자기가 술자리에서 들려준 얘기더래. 그뒤로는 소설을 단 한 편도 완성할 수 없었다지."

주인공만 바뀌었을 뿐 재작년 성탄전야에 들은 이야기와 다르지 않았다. 둘 중 하나는 거짓이었다. 어쩌면 둘 다 거짓일지도 몰랐다. 이제껏 선배가 들려준 얘기가 모두 거짓일지 모른다는 의심마저 들었다.

"선배는 그 말 믿어?"

"후배의 말?"

"허리케인 조."

"갑자기 몸무게가 늘어났다는?"

"응."

"뭘 먹었겠지."

"말도 안돼. 일생일대의 결전을 위해 죽기 살기로 준비한 선수가, 계체를 앞두고 미쳤다고 뭘 먹겠어?"

갑자기 커진 목소리에 나 자신도 놀랐다. 선배가 영문을 모르겠다는 얼굴로 나를 빤히 쳐다보았다. 나는 먹음직스럽게 튀겨진 돈가스 조각을 접시 위에 슬그머니 내려놓았다.

노인을 다시 떠올리게 된 것은 며칠 뒤 접한 뉴스 때문이었다. 닭가슴살 샐러드로 저녁을 때우고 홍화씨를 꿀에 개어 먹으려던 참이었다. 경기도 모처의 납골당에 안치되었던 전 복싱 세계챔피언의 유골함이 사라졌다는 소식이었다. 누가, 무엇 때문에 훔쳐갔는지 오리무중이라 했다. 무쇠주먹의 유골함이었다. 무쇠주먹이 죽었다는 사실도 모르고 있던 나는 벌어진 입을 다물지 못했다.

유골 도난 보도가 끝나자마자 나는 인터넷을 검색해보았다. 무쇠주먹의 이름을 검색창에 입력하니 많은 기사가 떴다. 유골 도난 사건에 관한 것이 대부분이어서 무쇠주먹의 타계를 알리는 기사를 찾기 위해서는 십여개의 기사를 건너뛰어야 했다.

무쇠주먹이 사망한 것은 석 달 전 어느 월요일이었다. 헤아려보니 노인을 마지막으로 본 날이었다. 어디선가 걸려온 전화를 받던 노인의 얼굴이 새삼 어른거렸다. 어두운 꿈의 잔상을 몰아내는 주문처럼 되뇌던 뜻 모를 말과 함께. 나는 노인이 중얼거리던 말도 검색했다. 다이조오부(大丈夫). '괜찮아'라는 뜻의 일본어였다.

꽉 막혔던 물꼬가 터진 듯 수많은 생각이 일시에 밀려들었다. 많은 것이 분명해졌고 그만큼의 것이 희미해졌다. 분명해진 것과 희미해진 것 사이에는 계체 때 거짓말처럼 불어난 130그램이 있었다. 허리케인 조의 운명을 바꾸어놓은 수수께끼의 비밀이 손에 잡힐 듯했다.

홍화씨를 우걱우걱 퍼먹고 있는 스스로를 발견하고 나는 화들짝 놀랐다. 나도 모르는 새 얼마나 입안에 퍼담았는지 알 수 없었다. 목덜미가 서늘했다. 진실은 치명적인 적만큼이나 가까이에 있었다. 나는 입을 손으로 틀어막은 채 화장실로 달려갔다.

하인리히의 심장

동쪽 하늘이 희붐하게 밝아올 무렵 강민식(남, 54세)은 사건현장으로 달려가고 있었다. 강민식은 연방 무릎을 주물렀다. 핸들을 쥔 신참은 흘깃거리다 눈이 마주치면 못 볼 거라도 본 듯 황망히 고개를 돌렸다. 수시로 찾아오는 통증은 좌우를 가리지 않았다.

강민식의 낡은 재킷 안주머니에는 지난달 받은 건강검진 결과 통지서가 꽂혀 있었다. 류머티즘 소인이 발견되었으니 정밀검사를 받아야 한다는 소견을 강민식은 읽고 또 읽었다. 무릎을 저미는 통증으로 잠 못 드는 새벽이나 몰려오는 잠을 밀어내기 위해 커피를 거푸 들이켜는 잠복의 밤에도 의미심장한 사연이 담긴 연애편지를 읽듯 거듭 읽었다. 강민식은 연애편지를 받아본 적도 써본 적도 없었다. 연애편지는커녕 사적인 편지 한 통 받아본 적 없었다. 써본 적은 있었다. 딱 한 번.

이제껏 강민식이 쓴 글이라고는 조서가 대부분이었다. 조서의 세상에는 인과관계가 분명했다. 변심을 참을 수 없어 애인 집에 불을 지르거나 유흥비를 마련하기 위해 주유소를 터는 세상은 비루하지만 납득할 수는 있었다. 그러나 조서를 작성하는 일이 점점 힘겨워졌다. 한 세상이 무너지고 딴 세상이 시작되는 것인지도 몰랐다. 새로운 인과율이 필요한 세상 말이다.

작년이었다. 강민식은 제 아비를 아령으로 때려죽인 존속살해범을 검거했다. 존속살해범은 고등학생이었다. 성적도 나쁘지 않았고 친구도 많았다. 한마디로 될성부른 떡잎이었다. 아버지는 목사였고 어머니는 교수였다. 어린 살인자에게서 강민식은 한줌의 분노도 죄의식도 읽어낼 수 없었다. 분노도 죄의식도 없이 사람을 죽일 수 있다는 사실이 믿어지지 않았다. 그러나 네 뼘도 안되는 책상 너머에 움직일 수 없는 증거가 태연히 앉아 있었다. 뭐 잘못된 거라도 있느냐고 반문하는 듯한 눈빛에서 강민식은 진정한 지옥을 보았다.

변호사는 정신감정을 요구했지만 어린 살인자는 거부했다. 살인자는 자신이 무슨 짓을 저질렀는지 모르지 않았다. 살해동기를 추궁하는 심문이 지루하게 반복되었다. 내내 입을 다물던 살인자가 모기만한 소리로 말했다.

"'천하장사'가 먹고 싶어요."

살인자가 원하는 게 즉석에서 까먹을 수 있는 쏘시지라는 것을 귀띔해준 것은 신참이었다. 신참이 편의점에서 사온 쏘시지를 앞에 두고 살인자는 망설이는 기색이 역력했다. 불안과 초조가 눈자위에 어른거렸다. 심지어 식은땀을 흘리기도 했다. 역시 모기만한 목소리로 물었다. 허락을 갈구하면서도 야단맞을까 두려워하는 목소리.

"이거 먹어도 돼요?"

"먹어도 된다, 얘야."

강민식의 말이 떨어지기 무섭게 살인자는 눈앞의 먹거리를 입안에 거침없이 쓸어넣었다. 단숨에 열다섯 개를 해치우더니 목이 메는지 우유를 청했다. 딸기우유를 마시고 싶다는 것이었다. 역시 모기만한 목소리였다. 딸기우유도 사다주었다. '천하장사' 열다섯 개와 딸기우유 이백 밀리리터가 굳게 닫혔던 살인자의 입을 열었다. 아비까지 죽일 생각은 없었다고 했다. 귀찮게 굴기에 강아지만 때려죽일 작정이었는데 어쩌다보니 그리되어버렸다는 것이었다. 유기농식품만 고집하는 어머니 때문에 못 먹어본 게 많다고도 했다. 짜장면도 먹어본 적 없다고 말할 때는 침울한 표정이었다. 살인자의 모친은 식품영양학 전공이었다.

"짜장면은 어떤 맛이죠?"

"아버지는 왜 죽였니?"

"입냄새가 심했어요."

강민식이 처음이자 마지막으로 쓴 사적인 편지는 아홉살짜리 딸의 손에 쥐여준 것이었다. 이십년하고도 몇년 전의 일이었다. 동네 중국집에 딸을 데리고 가 탕수육과 짜장면을 주문했다. 배갈도 시켰다. 딸은 음식에 손대지 않고 강민식의 눈치만 살폈다. 강민식은 배갈을 잔에 따르며 딸에게 말했다. 먹어도 된다, 얘야. 강민식은 새삼 딸의 얼굴을 뜯어보았다. 첫 휴가 나가서 사고만 치지 않았다면, 술김에 하룻밤 지낸 여자가 갓난애를 안고 면회만 오지 않았다면…… 회한에 사로잡히기 싫어 애써 외면해온 얼굴이었다.

딸은 한입 베어낸 단무지를 종지에 도로 내려놓았다. 제 어미가 하던 대로였다. 손대지 않은 온전한 단무지 위에 얹힌 먹다 만 단무지 조각에는 잇자국이 선명했다. 한번 입에 들어갔던 건 내려놓지 마라. 딸은 나무람을 듣고도 얼굴이 환해졌다.

최후의 만찬이 끝났을 때 강민식은 딸의 손에 편지를 쥐여줬다. 당부의 말도 잊지 않았다. 집에 가서 읽어봐라. 꼭 집에 도착해서 읽어야 한다. 딸은 눈망울을 초롱초롱 빛내며 물었다. 가다 읽으면 소금기둥이 되는 건가요, 아버지? 그래, 소금기둥이 될지도 몰라. 그런데 왜 아빠라고 부르지 않니? 다른 애들처럼. 딸은 수줍어하며 배시시 웃었다.

신참이 어깨를 흔드는 서슬에 강민식은 번쩍 눈을 떴다. 저만치 사고 차량이 보였다. 흰색 엘란트라. 구닥다리 모델치고는 외관이 양호했다. 강민식은 번호판을 눈여겨보았다. 짝수로 끝나는 번호였다. 오늘은 홀수 번호판을 단 차량만 움직일 수 있는 날이다. 어제 톨게이트를 빠져나왔다는 뜻이다.

도로순찰대 소속 경관이 경광등을 흔들며 현장을 통제하고 있었다. 신참이 신분증을 제시하자 경관이 거수경례를 올렸다. 감식반은 십분쯤 후 도착할 예정이라고 했다.

강민식은 면장갑을 끼고 차문을 열어 안쪽을 살폈다. 젊은 남녀가 앞자리에 나란히 앉아 있었다. 남자도 여자도 갸름한 얼굴이었다. 눈썹은 짙고 입술은 얇았다. 남자는 흰색 와이셔츠에 검정 재킷을 걸쳤고 여자는 검정 원피스 차림이었다. 상가에 다녀오는 길에 잠시 눈을 붙인 커플처럼 보였다.

강민식은 아내의 장례식장에서 딸을 다시 보았다. 중국집 앞에서 헤어진 뒤 처음이었다. 딸은 만삭이었지만 곁에는 사내의 그림자도 비치지 않았다. 아비 없는 자식을 낳아 복수할 셈이냐고 강민식은 술김에 소리쳤다. 이번에도 중국집이었고 딸은 짜장면 곱빼기를 싹싹 비우도록 단무지에는 손도 대지 않았다. 딸은 물을 마시며 대꾸했다. 복수심 때문에 애를 낳는 어미는 없어요, 아버지. 그러면서 낡은 편지지를 내밀었다. 낯익은 글씨체였다.

"동반자살일까요?"

신참이 물었다.

"안전벨트를 매고?"

강민식이 반문했다.

남자와 여자 모두 외상은 없었다.

"독극물일까요?"

"부검을 해봐야겠지."

"독이라면 아무래도 치정이겠죠? 금전문젠가? 두 사람 어떤 관계일까요? 부부는 아닐 겁니다. 부부라면 죽기 위해 톨게이트에 통행료까지 지불하지는 않을 테니까요. 그냥 집에서 해결하지."

신참은 사건현장에만 나오면 말이 많아졌다. 강민식은 남자의 주머니를 뒤져 지갑을 꺼냈다. 주민등록증과 운전면허증, 신용카드 석 장과 현금 사만 삼천원, 그리고 명함 다섯 장. 남자가 가져가지 못한 것들이었다. 이름은 최영준. 나이는 서른일곱. 주민등록증 뒷면의 주소변경란 마지막 칸에 적힌 곳은 방화동이었고 죽은 남자의 것인 다섯 장의 명함에는 각각 다른 출판사의 상호가 찍혀 있었다.

여자의 숄더백에서는 지갑, 여권, 화장품 몇가지, 휴대전화, 동화책 한 권, 비타민제 세 알이 나왔다. 강민식은 여권을 펼쳐보았다. 이름은 진영주, 나이는 서른여섯, 봉천동에 살았다. 오년 전 발급된 것이었고 출입국 기록은 없었다. 주민등록증, 이런저런 할인쿠폰 아홉 장, 오만 팔천원, 부동산중개업소 명함 여덟 장. 여자의 지갑에서 나온 것들이었다. 신참이 숄더백 안주머니에서 명함 뭉치를 찾아냈다. 열네 장 모두 부동산중개업자의 것이었다. 같은 명함은 한 장도 없었다. 여자는 한 번도 이사한 적이 없었다. 적어도 주민등록증상으로는. 두 사람이 부부가 아닌 것만큼은 분명했다.

신참의 휴대전화가 울렸다. 반장이었다.

"선배님, 당장 서로 들어가야겠는데요. 유아실종사건 수사팀에 합류하라는 지시가 떨어졌습니다."

"감식반이 올 때까지 기나려야 하는데."

"그게…… 저 혼자만 들어오라는……"

신참이 머리를 긁적이며 말꼬리를 흐렸다.

"어서 가봐. 여기는 나 혼자로도 충분해. 자네 말대로 치정 아니면 금전문제겠지. 빤한 사건이야. 통화기록 조회하고 주변 탐문하면 상황종료겠지. 이런 사건에 민완형사가 두 명이나 붙어 있으면 인력낭비 아니겠나?"

신참이 말꼬리를 흐리지만 않았어도 그리 말을 많이 하지는 않았을 것이었다. 강민식은 무릎을 때리는 통증에 눈살을 찌푸렸다. 덜컥거리는 무릎으로는 사흘 굶은 개도 못 쫓을 것이었다. 네 엄마를 더이상 견딜 수 없다. 그러니 나를 찾지 마라. 학비는 책임질 테니 공부 열심히 해라. 왜 하필 그 순간 딸에게 썼던 편지의 문장이 떠올랐는지 알 수 없었다. 강민식은 입술을 깨물었다. 네 엄마를 견딜 수 없으니 나를 찾지 마라. 인과관계가 모호했다. 그것이 참을 수 없었다.

경찰서에서 전화가 왔다는 소식을 듣는 순간 채미정(여, 29세)은 들고 있던 커피잔을 놓칠 뻔했다. 소식을 전한 팀장이 빙글빙글 웃으며 켕기는 구석이라도 있느냐고 놀리자 채미정은 얼굴을 붉혔다.

"이거 봐라. 아무래도 수상하네."

팀장은 더 신이 난 듯했다.

"절 놀리는 게 그리 재밌으세요?"

채미정은 입꼬리를 살짝 비틀며 팀장을 흘겼다. 육년을 사귄 약혼자가 나이들어 보인다며 핀잔하던 그 표정이었다.

"미정씨는 그럴 때가 제일 귀여워."

팀장이 싱글거리며 말했다. 채미정의 귓불이 붉어졌다.

경찰서에서 걸려온 전화는 수사협조 요청 건이라고 했다. 팀장은 통화기록을 조회할 고객의 이름과 휴대전화 번호가 적힌 메모지를 건넸다. 한 명은 남자, 다른 한 명은 여자였다. 이름은 비슷했지만 번호는 많이 달랐다. 남자의 앞번호는 회사의 고유번호였고 여자의 것은 이동통신사들이 공유하는 번호였다.

"무슨 일이래요?"

채미정이 물었다.

"그런 걸 설명해주면 짭새가 아니지. 메모지에 경찰서 전화번호랑 팩스번호도 적어뒀어. 부탁해."

팀장이 윙크를 날리고 돌아섰다. 팀장이 머물던 자리에는 라벤디향이 완연했다. 채미정이 선물한 것이었다. 팀장은 채미정이 선물한 향수를 사무실 서랍에 넣고 다녔다. 출근해서는 향수를 뿌렸고 퇴근할 때는 탈취제를 뿌렸다. 팀장의 아내는 둘째를 임신중이었다.

—무슨 일 있어? 표정이 어두워.

메씬저 창에 문자가 떴다. 팀장이었다.

—별일 없어요.

거짓말이었다. 오늘 채미정에게는 많은 일이 있었다. 하나같이 반갑지 않은 일이었다. 출근하자마자 열어본 메일함에는 수상쩍은 메일이 들어 있었다. 내용은 다음과 같았다. 회개하십시오. 부적절한 관계를 맺고 있다는 거 알고 있습니다. 평화를 원한다면 아래 계좌로 천만원을 입금하시기 바랍니다. 일주일의 시간을 드리겠습니다. 낯선 이메일 주소였다. 눈이 시도록 컴퓨터 모니터를 들여다보았다. 누군가 장난을 쳤거나 번지수가 틀린 것인지 모른다는 낙관적인 추론을 붙들기까지 얼마나 오래 들여다보고 있었는지 알 수 없었다.

채미정은 통화내역조회 프로그램 실행창에 여자의 번호를 입력했다. 여자는 한 달 전에 번호이동으로 신규가입한 고객이었다. 지난 한 달 동안 서른여덟 번 발신했고 스물아홉 번 수신했다. 발신번호 중에는 강원도 지역번호가 자주 눈에 띄었다. 열네 차례. 매번 같은 번호였고 이틀에 한 번꼴로 전화를 걸었다. 나머지 내역 중 세 번 이상 반복되는 번호는 없었고 남자의 휴대전화 번호는 한 번도 찍히지 않았다. 문자 송수신 내역도 확인했다. 발신은 열세 건 수신은 열일곱 건이었다. 역시 세 번 이상 반복되는 번호도 남자의 번호도 찾을 수 없었다. 채미정이 인쇄 메뉴를 클릭하자 프린터가 문서를 토해내기 시작했다.

채미정은 괴메일에 대해 팀장과 상의할지 말지 고민했다. 상의해야 될 것 같기도 하고 그러는 게 우스울 것 같기도 했다. 팀장과 어떤 사이인지 알쏭달쏭했다. 고민의 핵심은 괴메일이 아니라 바로 그것이었다. 팀장과의 모호한 관계. 채미정이 확신할 수 있는 것이 아주 없지는 않았다. 약혼자와의 관계는 돌이키기 힘들다는 것. 가끔 숨을 쉴 수 없을 정도로 몸에 이상이 생겼다는 것. 모호한 것 하나와 확실한 것 둘. 어느 것 하나 만만치 않았다.

약혼자의 전화를 받았을 때 채미정은 괴메일이 전조에 불과했다는 것을 깨달았다. 약혼자는 프라하로 떠나겠다고 했다. 무작정 가서 일년쯤 굴러볼 계획이라고 덤덤하게 말했다. 약혼자에게 당장 결혼하든지 헤어지든지 양자택일하라고 소리친 건 어젯밤 긴 통화 끝이었다. 언제부터였을까. 얼굴을 보면 다퉜고 통화를 하면 더 크게 다퉜다. 하루도 거르지 않고 통화했으니 거의 매일 다툰 셈이었다. 습관처럼 통화했고 일과처럼 다퉜다. 그래서 얼굴을 본 날은 통화를 삼갔는데 어제는 얼굴을 보고 통화까지 했다. 헤어지자는 말을 프라하에 가겠다는 말로 대신할 수도 있다는 사실에 채미정은 치를 떨었다. 그것도 전화로.

프라하 좋아하네. 누가 잘난 시인 아니랄까봐. 비겁한 새끼. 채미정은 목구멍까지 치미는 욕지거리를 꿀꺽 삼켰다. 발작적으로 기침이 터져나왔다. 기침은 격하고 질겼다. 가슴께가 먹먹하고 숨쉬기가 거북했다. 점심시간 짬을 내 들른 병원의 의사는 후비루 증후군이라고 진단했다. 콧물이 목구멍으로 넘어간다는 것이었다. 축농증으로 악화될 수 있다고도 했다.

돈은 있어? 차라리 욕지거리를 내뱉는 게 나을 뻔했다. 최악이었다. 채미정은 목구멍으로 넘기는 게 콧물 말고도 많았다. 그래서 숨을 쉴 수 없었다. 당장 결혼하거나 헤어지거나 둘 중 하나를 택하라고 했을 때 채미정이 원한 건 그저 한마디의 위로였다. '사랑해'까지는 아니더라도 '기운내'라거나 '힘들지' 같은 따뜻한 한마디. 약혼자는 그 흔한 한마디를 건네지 못해 무일푼으로 프라하까지 날아가겠다는 것인가. 멍청이. 사랑이라는 단어 없이는 단 한 편의 시도 완성하지 못하면서 입에 올리기는 그리 힘들까.

한 가지 이유로 시작해 아흔아홉 가지 이유로 끝장나는 사랑과 아흔아홉 가지 이유로 시작해 한 가지 이유로 끝장나는 사랑 중 어느 쪽을 택할 텐가? 채미정은 약혼자가 데뷔 칠년 만에 출간한 첫 시집에 실린 어떤 구절을 문득 떠올렸다. 약혼자의 문우들이 모인 출간기념 술자리에 불려간 채미정에게 약혼자의 후배라는 여자가 그 구절을 인용해 물었다. 채미정을 바라보는 눈빛이 풀을 먹인 듯 빳빳했다. 채미정은 대답했다. 사랑을 시작하는 이유로 아흔아홉은 너무 적고 사랑을 끝장내는 이유로 하나는 너무 많네요. 후배라는 여자가 휘파람을 불더니 폭탄주를 만들어 내밀었다. 맥주 한 잔만으로도 얼굴이 벌게지고 숨이 가빠지는 채미정이었지만 단숨에 잔을 비웠다. 그 순간 채미정은 약혼자의 후배라는 여자가 건넨 술이라면 목숨이라도 걸고 마실 수 있었다. 어쩌면 문제는 그것인지도 몰랐다. 목숨을 걸 만한 일이 달리 없다는 것.

채미정이 목숨을 걸고 술잔을 비우는 동안 약혼자는 친구와 '통닭에 생맥주 한 잔'을 걸고 옥신각신하고 있었다. 서울보다 안동이 더 크다니 말도 안돼. 맞다니까. 그럴 리가 없어. 너는 내가 무슨 말만 하면 토를 달더라? 그래, 오늘은 네가 주인공이니까 안동이 더 크다고 하자. 크다고 하자가 아니라 크다니까. 그래, 안동이 더 크다고 치자. 크다고 치자가 아니라 크다니까. 나중에 딴소리하기 없다. 거봐! 내 말이 당치 않다는 거잖아. 제수씨도 계신데 그만하자. 야! 씨발아, 제수씨가 아니라 형수님이지! 그날 새벽 사십만원이 넘는 술값과 깨진 맥주잔 값을 치른 사람은 채미정이었다.

서로에게 술잔을 집어던졌던 두 사내는 술집 골목 전봇대 밑에 쭈그린 채 미안하다는 둥 축하한다는 둥의 말을 거듭 주고받았다. 부둥켜안은 것으로도 모자라 서로의 볼에 뽀뽀도 했다. 먼저 가세요. 저 사람들 술 깰 때까지 저러고 있을 거예요. 약혼자의 후배라는 여자가 말했다. 그러면서 채미정의 손에 뭔가를 쥐여주었다. 종업원을 호출하는 초인종이었다. 술집에서 슬쩍했다며 혀를 날름거렸다. 뭔가를 훔쳐본 적 없죠? 처음이 어렵지 나중엔 쉬워요.

채미정은 택시를 타고 집에 오는 동안 수없이 초인종을 눌렀다. 아무도 오지 않았다. 무엇도 오지 않았다. 채미정은 약혼자의 후배라는 여자에게 건넨 대답을 바꾸고 싶었다. 사랑을 시작하는 이유로 하나는 너무 많고 사랑을 끝장내는 이유로 아흔아홉은 너무 적다고. 칠년 만에 나온 시집 때문에, 휘파람 때문에, 폭탄주 때문에, 서울 때문에, 안동 때문에, 제수씨 때문에, 형수님 때문에, 박살난 술잔 때문에, 전봇대 때문에, 전봇대 밑에 쭈그려앉은 사내들 때문에, 훔친 초인종 때문에, 초인종을 아무리 눌러도 코빼기도 내밀지 않는 것들 때문에…… 그리고 프라하 때문에. 사랑을 끝장낼 이유는 너무 많았다.

채미정은 남자의 번호를 입력했다. 발신 여섯 건, 수신 일곱 건. 지난 여섯 달 동안의 통화내역이었다. 엿새가 아니라 여섯 달. 그나마 수신 일곱 건 중 네 건은 스팸번호였다. 발신내역에도 수신내역에도 여자의 번호는 없었다. 채미정은 검색창에 남자의 번호를 다시 입력했다. 검색기간을 최대인 육개월로 재차 설정했지만 결과는 마찬가지였다. 발신 여섯 건, 수신 일곱 건. 엿새가 아니라 여섯 달 동안의 통화내역. 여자의 번호는 없었다. 문자 송수신도 없었다. 단 한 건도.

모니터를 물끄러미 바라보던 채미정은 자신도 모르게 남자의 이름을 나지막이 불러보았다. 아무도 불러주지 않는 옛 지명 같은 이름. 갑자기 기침이 터져나왔다. 가슴이 먹먹해서 숨을 쉴 수 없었다. 기침 말고도 채미정은 뱉어내고 싶은 게 많았다. 기침이 가라앉자 휴대전화의 단축번호 버튼을 눌렀다. 약혼자의 번호였다. 신호음을 듣는 순간에도 채미정은 자신이 무슨 말을 하려는지 알 수 없었다.

형사가 찾아왔을 때 곽우철(남, 48세)은 주식시세를 살피고 있었다. 미연방준비은행이 조만간 금리를 올릴 것이라는 소문이 아시아 증시를 강타했다. 닛께이 지수, 항셍 지수 모두 급락했다. 코스피 지수도 곤두박질쳐 '바닥'이라던 1300선마저 맥없이 내줬다. 외국의 큰손들이 다투어 발을 뺀 것이다.

곽우철은 매도 타이밍을 재고 있었다. 당분간 주식시장은 약세를 면치 못할 것이었다. 지금이라도 처분하고 금이나 유로화를 사들여야 할 것인가. 쓸개를 핥으며 반전의 기회를 엿볼 것인가. 곽우철의 머릿속에 한 장의 사진이 문득 떠올랐다. 뻬이징에서 올림픽이 열리던 해였을 것이다. 쓰촨성에 지진이 발생하기 직전 도로를 가득 메운 개구리떼를 찍은 사진. 미구에 닥칠 대재앙을 감지하고 달아나는 개구리떼. 곽우철은 궁금해졌다. 그때 그 개구리들은 대체 어디로 가려 했던 것일까?

형사는 곽우철에게 신분증을 들이밀었다가 살펴볼 겨를도 주지 않고 거둬들였다. 할리우드 영화를 보면 형사들은 둘씩 짝지어 다니던데 혼자 오셨나요? 평소 같았으면 그런 농담을 던졌을 테지만 오늘은 기분이 꽝이었다. 투자한 종목마다 빨간불이 들어왔다. 곽우철은 무슨 일이냐고 물었고 형사는 좀 앉아도 되겠느냐고 물었다. 형사는 쏘파 깊숙이 몸을 묻었다. 뭔가를 조사하러 온 사람이 아니라 잠시 쉬러 온 사람 같았다.

"조현아씨!"

곽우철이 말꼬리를 길게 끌며 소리치자 살집이 넉넉한 여자가 얼굴을 내밀었다.

"커피 두 잔!"

살집이 넉넉한 여자에게 곽우철이 말했다.

"커피 말고 시원한 물 한 잔 마실 수 있을까요?"

형사가 말했다.

곽우철은 살집이 넉넉한 여자와 눈을 맞추고 고개를 끄덕였다.

"커피를 마시면 잠을 못 잡니다."

형사가 무릎을 주무르며 중얼거렸다.

형사는 물을 천천히 오래 마셨다. 물맛이 좋다고 했다. 한 잔 더 마시겠느냐고 곽우철이 묻자 충분하다고 대답했다. 형사는 재킷 주머니에서 명함을 꺼내 탁자에 올려놓더니 곽우철 쪽으로 밀었다. 곽우철은 상체를 숙여 명함을 들여다보았다. 만지지는 않았다.

"아시는 사이죠?"

"회사 직원이었습니다."

"편집장이었군요."

"유일한 직원이기도 했죠. 작년에 그만뒀습니다. 친동생처럼 아꼈는데…… 상의 한마디 없이. 요즘 젊은 사람들, 경우라는 걸 몰라요. 참을성도 없고. 새로 직원 구하느라 애먹은 걸 생각하면……"

"죽었습니다."

"아!"

형사의 설명을 들은 곽우철은 뉴스에 보도된 사건의 주인공이 자신이 알던 사람이라는 사실에 놀라움을 감출 수 없었다. 더군다나 전임 편집장이라니. 아는 사람 중 뉴스 같은 데 나올 법하지 않은 인물을 꼽으라면 단연 그를 찍었을 것이다. 곽우철은 전임 편집장의 얼굴을 떠올리려 했지만 여의치 않았다.

곽우철은 전임 편집장에 대해 많은 것을 말해줄 수 있었다. 이년 근무하는 동안 결근은커녕 조퇴 한번 없었다는 것, 꼬박꼬박 도시락을 싸와 혼자 먹었다는 것, 여름에도 따뜻한 차를 즐겨 마셨다는 것, 헤드쎄트를 끼고 교열을 봤다는 것, 말을 시키지 않으면 먼저 입 여는 법이 없었다는 것, 노래방을 싫어했다는 것, 표정은 밝지 않았지만 자주 웃었다는 것. 하지만 얼굴은 도통 떠오르지 않았다.

"어땠습니까?"

형사가 곽우철의 표정을 살피며 물었다.

"무슨 말씀인지?"

"돈문제나 여자문제 같은 것 말입니다."

"씀씀이가 헤프지도 않았고 사람 만나는 걸 즐기는 타입도 아니었습니다."

"사귀는 여자도 없었습니까?"

"없었습니다. 주말엔 뭐 하느냐고 언젠가 물었더니 그냥 웃더군요."

"확실합니까?"

"뭐가 말입니까?"

"사귀는 여자가 없었다는 것 말입니다."

"장담할 수 있습니다."

형사가 잠시 눈을 감았다 떴다. 실망의 빛이 역력했다. 형사는 물 한 잔을 더 청했고 주머니에서 꺼낸 알약을 물과 함께 먹었다.

"오늘 비가 온다는 예보가 있었습니까?"

형사가 물잔을 비운 뒤 입맛을 다시며 물었다.

"죄송합니다. 일기예보를 안 보게 된 지 오래되었습니다만."

"이해합니다."

형사가 주머니에서 뭔가를 주섬주섬 꺼냈다. 주민등록증이었다. 주민등록증의 주인을 아느냐고 물었다. 곽우철은 주민등록증을 찬찬히 들여다보았다. 전임 편집장의 얼굴이 불현듯 떠올랐다. 사진 속 여자의 얼굴에서 곽우철은 전임 편집장을 보았다. 두 사람이 닮은 것 같기도 했다. 그러나 여자는 모르는 사람이었다. 곽우철은 고개를 저었고 형사는 입을 굳게 다물었다. 엉덩이를 들이민 묵직한 침묵. 침묵을 깬 쪽은 형사였다.

"주로 어떤 책을 내십니까?"

"애들 책을 냅니다."

"애들 책이라면?"

"동화책 말입니다."

"아!"

다시 엉덩이를 들이민 묵직한 침묵.

"요즘도 돌잔치에 금가락지를 선물합니까?"

형사가 물었다.

"네?"

"돌잔치 말입니다."

"이 사건과 무슨 관련이라도……"

"아닙니다, 사적인 질문이었습니다."

"죄송합니다. 돌잔치에 가본 지 오래돼서……"

"괜찮습니다. 신경쓰지 마십시오."

"조현아씨!"

곽우철이 소리치자 형사는 손사래를 치며 서둘러 일어섰다. 자리에서 일어날 때 형사는 눈을 질끈 감았다. 곽우철도 엉거주춤 일어났다. 형사와의 대화가 불편했다는 사실을 곽우철은 그제야 깨달았다. 무엇 때문에 불편했는지는 알 수 없지만 지진을 앞두고 도로로 쏟아져나온 개구리떼 사진을 보았을 때 느낀 감정과 흡사하다는 점은 분명했다.

"나무랄 데 없는 젊은이였는데……"

형사는 대꾸가 없었다. 돌잔치와 금가락지, 이런 것들을 생각하고 있는지 모른다고 곽우철은 넘겨짚었다.

"회사를 그만둔 이유는 뭐였습니까?"

"공부를 더 하고 싶다더군요."

"무슨 공부 말입니까?"

"글쎄요, 그것까지는……"

"이상하네요. 다른 출판사에 다니고 있었는데."

"네?"

"모르고 계셨군요. 아무튼 유감입니다."

전임 편집장이 다른 출판사에 다니고 있었다는 게 유감스럽다는 것인지, 그 사실을 모르고 있었다는 게 유감스럽다는 것인지, 모르던 사실을 알게 해서 유감스럽다는 것인지 곽우철은 종잡을 수 없었다. 실례가 많았다며 형사가 악수를 청했다. 형사의 손은 땀에 젖어 축축했다. 형사가 사무실을 나가자마자 곽우철은 화장실로 달려가 손을 씻었다. 비누칠도 잊지 않았다.

곽우철은 제자리로 돌아와 전자결제로 S제약 주식 80주를 매입했다. 변형 조류독감 치료제 개발이 막바지에 이르렀다는 정보를 귀띔해준 것은 여의도에 있는 단골 안마시술소 사장이었다. 모든 사람의 위기는 어떤 사람의 기회이기도 했다.

곽우철은 국제전화를 걸었다. 뉴저지에 있는 딸의 목소리를 들으면 기분이 한결 나아지곤 했다. 초등학교 3학년인 딸과는 영어로 대화했다. 딸의 입에서 새로운 단어가 튀어나올 때마다 곽우철은 흐뭇해졌다.

오늘도 잘 지냈어? 응, 아빠. 학교 끝나고 뭐 했어? 친구 생일파티에 갔어. 한국 애니? 아니 미국 애야. 백인이니 흑인이니? 백인 여자애야. 이름은 주디. 빨강머리에 주근깨가 많아. 아빠는 뭐 해? 나랑 통화중이잖아. 주디 아빠 말이야. 몰라. 엄마 바꿔줄까? 아냐, 됐어. 아빠가 늘 하는 말 잊지 않았지? 알아. 어디 시험해볼까? 응, 아빠. 낯선 사람이 말을 걸면? 비명을 지른다. 아는 사람이 몸을 만지면? 곧장 엄마에게 알린다. 똑똑하구나. 아빠는 언제 와? 가능한 빨리. 보고 싶어, 아빠. 나도.

수화기를 내려놓고 곽우철은 의자에 등을 기대고 눈을 감았다.

갑자기 빗소리가 들려왔다. 빗줄기가 아스팔트를 때리는 소리는 개구리떼의 울음처럼 들렸다. 막다른 골목을 향해 다투어 달아나는 개구리떼.

남자는 신발을, 여자는 핸드백을 보고 판단하는 것은 변영애(여, 47세)의 오래된 습관이었다. 낯선 사내는 나이에 어울리지 않게 운동화를 신고 있었다. 밑창이 두툼한 흰색 운동화는 새것이었지만 제조사 로고는 보이지 않았다. 입성도 추레했다. 오랫동안 여자의 손길과 담을 쌓은 행색이었다. 집을 보러 온 것 같지는 않았다. 변영애는 곁눈질로 사내를 일별하고도 자리에 그대로 앉은 채 찬송가를 마저 불렀다.

근심 걱정 무거운 짐 아니 진 자 누군가. 피난처는 우리 예수 주께 기도드리세. 세상 친구 멸시하고 너를 조롱하여도 예수 품에 안기어서 참된 위로 받겠네.

사내는 찬송가가 끝나도록 벽에 걸린 지적도에 시선을 박은 채 묵묵히 서 있었다. 시선을 둘 만한 데는 거기뿐이라는 듯. 변영애는 기도로 예배를 마치고 나서야 사내에게 알은체했다. 변영애는 기다리게 해서 미안하다고 했고 사내는 방해해서 미안하다고 했다.

변영애는 사내의 얼굴에서 무력감을 읽었다. 거미줄처럼 얼기설기 엮인 골목길이 무력감을 배경으로 천천히 떠올랐다. 골목길은 어둡고 한적했다. 어둡고 한적한 길 위에서 헤맬 운명. 외롭고 쓸쓸한 인생. 변영애는 사내의 삶을 멋대로 상상했다. 사내는 새로 장만한 운동화를 신고 그 어둡고 한적한 길을 터벅터벅 걸어야 할 것이다. 길의 끝에 당도하기까지 몇개의 밑창이 더 필요할지는 알 수 없었다.

직업상 낯선 사람만 상대하는 변영애에게는 행색을 보고 삶을 상상하는 버릇이 생겼다. 변영애가 질문을 던지는 것은 제 상상이 맞는지 확인하기 위함이었다. 틀릴 때도 있었지만 맞을 때가 더 많았다. 척 보면 알게 될 경지도 머지않았다고 변영애는 자신했다.

어떻게 왔느냐고 변영애가 물었고 형사라고 사내가 대답했다. 같이 예배를 본 세 명의 여자가 일제히 사내를 흘깃거리며 쏘파에서 일어났다.

"우리 먼저 식당에 가 있을게요. 권사님은 말씀 나누시고 천천히 오세요."

여자들 중 한 명이 변영애를 보며 말했다.

"금방 갈 테니 먼저들 주문하세요."

변영애는 사무실을 빠져나가는 여자들의 뒤통수에 대고 큰 소리로 말했다.

"오래 걸리진 않을 겁니다."

형사가 말했다.

변영애는 자리에 앉으라는 말도 하지 않았다. 형사는 재킷 안주머니에서 주민등록증을 꺼내 보여주며 아는 사람이냐고 물었다. 젊은 여자의 주민등록증이었다.

"한 달 전쯤 다녀간 손님입니다만."

"기억력이 좋으시군요."

"한번 본 사람의 얼굴은 잊지 않는 편입니다."

"혼자 왔었습니까?"

변영애는 사진 속 여자를 똑똑히 기억했다. 여자는 혼자였고 마이클 코어스 핸드백을 들고 있었다. 혼자 있고 싶은데 루이뷔똥을 든 여자와 마이클 코어스를 든 여자 중 한 명과 합석해야 한다면 변영애는 주저없이 후자를 택할 것이었다. 마이클 코어스를 든 여자는 다른 사람이 말을 걸기 전에는 먼저 입을 열지 않을 테니까. 섣불리 제 자랑도 늘어놓지 않을 테고. 변영애는 말 많은 사람은 질색이었다. 제가 말할 기회가 그만큼 줄어드니까. 적어도 사진 속 여자의 경우에는 변영애의 편견이 빗나가지 않았다.

여자의 핸드백은 철 지난 모델이었지만 새것처럼 깨끗했다. 애지중지하는 게 분명했다. 옷차림은 핸드백에 어울리지 않게 수수했다. 구두의 굽은 낮았다. 트렌드와는 거리가 먼 높이였다.

큰맘먹고 장만한 핸드백이겠지. 혼자 온 걸 보면 미혼일 확률이 높아. 보아하니 집에서 노는 팔자는 아닐 테고 저 핸드백은 출근할 때는 들고 나가지 않겠지. 그리 큰 키는 아닌데 구두굽이 낮은 걸 보니 오래 서 있어야 하는 직업을 갖고 있을 거야. 변영애는 여자의 삶에 대해 맘껏 상상했다. 금세 '견적'이 나왔다. 이제 맞는지 틀리는지 확인해볼 차례였다.

변영애는 어디 사느냐고 물었고 여자는 봉천동에 산다고 대답했다. 봉천동 어디쯤에 사느냐고, 무슨 아파트에 사느냐고 물었더니 피식 웃으며 다가구주택에 산다고 했다. 결혼은 했느냐는 물음에도 피식 웃으며 '아직'이라고 말꼬리를 흐렸다. 이것 봐라. 아직까지는 괜찮은 성적이었다. 신이 난 변영애는 여자를 붙들고 이것저

것을 더 물었다. 대단한 질문은 아니었다. 우연히 합석하게 된 사람에게 던질 법한, 호기심을 교묘하게 감춘 사교적인 질문들.

건수를 올려줄 손님으로는 보이지 않았지만 약속이 있어서 나가봐야 한다고 둘러대기에는 너무 많은 것을 물었다. 변영애는 커피를 권했다. 커피 한 잔으로 괜한 발품을 모면할 수 있다면 그리 나쁜 거래는 아니라는 계산이었다. 여자는 차를 마시고 싶다고 했다. 변영애는 히스로 공항 면세점에서 사온 홍차를 내놓았다. 김이 모락모락 올라오는 차를 여자는 술술 잘 마셨다. 변영애가 커피 한 잔을 마시는 동안 세 잔이나 비웠다.

여자는 자주 웃었다. 답하기 곤란할 때도 웃었고 대화가 끊어졌을 때도 웃었다. 아득하고 쓸쓸한 웃음이었다. 비에 젖은 흙냄새 같은 웃음. 그것 말고는 삶을 살아낼 방책이 없다는 듯 피식피식 웃었다. 원래 그리 자주 웃느냐고 변영애가 묻자 여자는 웃음을 거두고 자기가 그랬느냐고 반문했다. 웃음기 가신 여자의 얼굴은 서늘하고 견고했다.

혹시 선생이냐고 변영애가 대뜸 물었다. 여자는 웃지 않았고 비슷하다고 답했다. 그 이상은 말하지 않았다. 변영애도 더는 묻지 않았다. 물어도 웃기만 할 것 같았으니까. 잠시 침묵이 흘렀다. 생각에 잠긴 여자의 검은 눈이 침묵보다 더 고요했다. 선생처럼 보이느냐고 여자가 물었다. 그것은 그날 여자가 건넨 세번째 질문이었다. 첫번째 질문은 무의미했고 두번째 질문은 잊어버렸다. 변영애는 질문을 받는 데 익숙하지 않았다. 대답 대신 여자의 방식을 돌려주었다. 변영애는 여자에게 처음이자 마지막으로 웃어 보였다. 처음이라는 것은 알았지만 마지막이라는 것은 까맣게 모른 채.

여자는 다락방이 딸린 이층집을 보고 싶다고 했다. 꼭 다락방이 있어야 한다고 했다. 아이도 없는데 다락방은 왜 필요하냐고 물었더니 이번에도 그냥 웃기만 했다. 집을 둘러보는 도중에도 변영애는 물었고 여자는 대답했다. 변영애가 집을 보러 온 사람이고 여자가 부동산중개업자처럼 보일 정도였다.

여자는 다락방에 오래 머물렀다. 여자에게 필요한 것은 이층집이 아니라 다락방 같았다. 여자는 다락방을 찬찬히 뜯어보았다. 살러 들어올 방을 살피는 게 아니라 오래 살다 떠나는 방을 돌아보는 것 같은 애틋한 눈길이었다. 다락방 외의 곳들은 건성으로 훑어보았다. 여자는 집을 마음에 들어했다. 정확히 말하면 다락방을 마음에 들어했다. 시세는 묻지 않았다. 집을 나서고서야 깜박 잊었다는 듯 물어왔지만 대답을 듣고도 쓰다 달다 반응이 없었다. 자신과는 무관한 이야기처럼 흘려들었다. 여자는 다락방의 시세를 알고 싶어하는지도 몰랐다. 매물로 나온 집이 두 채 더 있었지만 변영애는 부동산 사무실로 발길을 돌렸다.

"누구와 살 집을 보러 다닌다고 하던가요?"

"말하지 않았어요."

"이상한 점은 없었습니까?"

"글쎄요."

형사의 이마에 난 주름이 깊어졌다.

변영애는 다락방에 대한 여자의 집착을 일러주려다 그만두었다. 변영애는 마음이 분주했다. 점심을 먹고 여자들과 돈암동에 점을 보러 가기로 했다. 땅을 사도 괜찮겠느냐고 물으면 동네까지 찍어 준다는 것이었다. 땅 말고도 궁금한 게 많았다. 남편의 출장이 부쩍 잦아진 이유와 고3인 아들이 지망할 학과와 부자가 약속이라도 한 것처럼 자신을 슬금슬금 피하는 까닭. 변영애 자신에 관한 질문은 하나도 없었다. 세상에서 변영애가 가장 궁금하지 않은 사람은 바로 자신이었다. 속속들이 알기 때문에 궁금하지 않은 게 아니라 아무것도 모르기 때문에 궁금하지 않았다.

"그런데 무슨 일이죠?"

"별일 아닙니다. 혹시 근처에 번영부동산이나 대흥부동산 있습니까?"

번영부동산은 다음 블록에 대흥부동산은 인근 아파트단지 상가에 있는 업소였다. 변영애는 각각의 위치를 형사에게 설명했다.

휴대전화 착신음이 들렸다. 당신은 사랑받기 위해 태어난 사람. 당신은 사랑받기 위해 태어난 사람. 변영애의 휴대전화였다.

"이제 갑니다. 제 건 늘 먹던 걸로 주문하세요. 네. 스테이크는 미디엄이고요. 미디엄 웰던. 네."

형사는 주머니에서 수첩을 꺼내 펼치고 변영애의 이름 위에 볼펜으로 가위표를 쳤다.

헬리콥터 소리가 들리는가 싶더니 유리창이 부르르 떨렸다. 개들은 격렬하게 짖었고 고양이들은 날카롭게 울었다. 주인 잃은 짐승은 작은 소리나 사소한 움직임에도 민감하게 반응했다. 김경환(남, 41세)은 학창시절 대공원에서 아르바이트를 했다. 동물을 돌보는 일이었지만 손님이 몰리는 날에는 미아를 맡기도 했다.

보호자를 잃어버린 아이들의 반응은 천차만별이었다. 다짜고짜 울기만 하기도 했고 의젓하게 앉아 있기도 했다. 대부분 보호자의 품으로 돌아갔지만 그렇지 못한 아이들도 더러 있었다. 버려진 아이들은 울지도 의젓하지도 않았다. 보호실 구석에 잔뜩 웅크리고 앉아 입술을 꽉 깨물고 있었다. 울음을 터뜨릴 것처럼 눈이 젖어 있었지만 울지는 않았다. 그곳에서마저 쫓겨날까 겁내는 것처럼. 버림받은 아이들은 제가 버림받았다는 사실을 안다. 가만히 귀 기울이면 아이들의 몸에서 새어나오는 쉭쉭거리는 소리를 들을 수 있다. 영혼이 쪼그라드는 소리다. 사람은 죽으면 체중이 21그램 줄어든다고 한다. 버림받은 순간부터 아이들의 영혼은 조금씩 쪼그라든다. 마침내 죽음을 맞아 21그램이 모두 빠져나가는 순간까지. 버림받는 순간 아이들의 죽음은 시작되는 셈이다. 보호자를 찾지 못하는 아이들이 가장 많은 날은 어린이날이었다.

헬리콥터는 종일 소독약을 뿌려댔다. 인체감염 위험이 높은 변형 조류독감 때문에 방역당국엔 비상이 걸렸다. 당국의 유일한 대책은 감염된 닭과 오리를 땅에 묻는 것이었다. 변형 조류독감 바이러스는 네발 달린 짐승에게도 감염될 우려가 있다고 세계보건기구가 경고했다. 신종 바이러스 앞에서는 종(種)의 장벽도 무력하다는 것이었다. 버려지는 애완동물이 부쩍 늘었다.

헬리콥터 소리가 잦아들자 짐승들도 조용해졌다. 김경환은 하던 일을 계속했다. 오늘 새로 들어온 놈들의 생체정보를 확인하는 작업이었다. 페르시아고양이 세 마리. 오전에 119 대원이 넘긴 녀석들이었다. 젊은 남자가 기르던 놈들이라고 했다. 저희끼리만 있는 걸 같은 건물에 살던 집주인이 신고했다는 것이다. 고양이 주인은 죽었단다. 어찌 죽었느냐고 묻자 모른다고 했다. 녀석들을 처분하지 않은 걸 보면 갑작스러운 죽음을 맞은 게 분명했다.

페르시아고양이들은 상태가 양호했다. 털은 무성하고 윤기가 돌았다. 두 마리는 흰색이고 한 마리는 검은색이 섞여 있었다. 눈동자는 세 마리 모두 초록색이었다. 가까이에서 들여다보면 푸른색 같기도 했다. 주인이 어떤 사람이었는지 궁금했다. 개를 기르는 사람들은 스킨십을 좋아하고 고양이를 기르는 사람들은 싫어했다. 개를 데리고 온 사람은 치료비가 얼만지를 먼저 물었고 고양이를 데리고 온 사람은 낫는 데 얼마나 걸리는지를 먼저 물었다. 주인을 보면 개를 알 수 있고 고양이를 보면 주인을 알 수 있었다. 페르시아고양이들의 주인은 궁금한 게 있어도 상대가 이야기할 때까지 조용히 기다릴 것 같았다. 있는 듯 없는 듯 조용히.

김경환은 한 마리씩 체중계에 올려보았다. 새로운 녀석이 들어오면 맨 먼저 하는 일이었다. 시에서는 무게에 따라 보조금을 지급했다. 3.8킬로그램. 세 마리의 몸무게가 똑같았다. 우연의 일치일 테지만 기분이 묘했다. 모두 수컷이었고 거세의 흔적은 없었다. 주인이 죽기 전에는 몇그램 더 나갔을 것이다. 어쩌면 21그램.

김경환은 스캐너로 고양이의 몸을 훑었다. 스캐너와 연결된 모니터에는 반응이 없었다. 세 마리 모두 그랬다. 애완동물관리법이 개정되어 모든 애완동물에는 혈통, 병력, 주인의 이름과 주소 등의 정보가 입력된 전자칩을 이식해야 했다. 위반시에는 백만원 이하의 과태료가 부과되었다. 유기되는 애완동물의 수를 줄이기 위한 법이었다. 인간의 양심을 동물의 몸에 이식하는 셈이었다. 동물애호단체의 반발이 극심했다. 언젠가는 인간의 몸에도 전자칩을 이식하게 될 거라고 반대의 목소리를 높이는 사람들은 사도 요한의 어두운 예언을 들먹이기도 했다.

김경환은 고양이의 입을 벌려 치아상태를 확인했다. 생후 육년은 된 것 같았다. 그보다 일년쯤 적거나 많을 수도 있었다. 고양이들은 온순했다. 부모가 자식을 버리기도 한다는 사실을 꿈에도 모르는 아이들처럼. 김경환은 녀석들이 마음에 들었다. 전자칩이 없다는 사실이 특히 그랬다. 예언자의 말대로 인간의 이마와 손에 짐승의 표지가 찍힐 날이 올지도 모른다. 인간의 몸에 전자칩을 이식하는 날 말이다. 그리되면 인간은 더이상 인간을 버리지 않게 될까? 곤혹스러운 질문이었다. 예언자는 말했다. 그날이 오면, 인간의 수를 알고 싶거든 짐승의 수를 세라고. 수의사인 김경환에게 그 말은 병리학적 관점에서 종의 장벽이 무너진다는 것을 의미했다. 짐승을 죽이는 바이러스가 인간도 죽인다는 것. 예외는 없다는 것. 일곱째 날 신은 바이러스를 만들었는지도 모른다. 일종의 보험으로.

김경환은 녀석들을 대장에 올리지 않기로 했다. 규정대로라면 대장에 올리고 사진을 찍어 홈페이지에 열흘 동안 게시해 분양자를 기다린 후 안락사시켜야 했지만 다른 계획이 생겼다.

새 주인을 찾지 못한 짐승이 열 마리였다. 개 여섯 마리, 고양이 세 마리, 도마뱀 한 마리. 김경환은 안락사를 위해 근육이완제를 준비했다. 때마침 개장수가 나타났다. 한 달에 한 번 들르던 개장수는 보름 만에 얼굴을 내밀었다. 개장수는 요즘 대목을 맞았다. 오늘은 일곱 마리를 찍었다. 안락사시키려던 네 마리를 포함해서. 덕분에 일을 많이 덜었다. 개장수는 무게를 달아 값을 치렀다. 킬로그램당 오천원을 쳐주었다. 도마뱀에 관심을 보여 덤으로 얹어주었다.

김경환은 개 두 마리, 고양이 세 마리에 근육이완제를 주사했다. 짐승들은 일분 만에 죽었다. 저항도 발광도 없었다. 근무일지에는 이렇게 적었다. 개 여섯 마리, 고양이 세 마리, 도마뱀 한 마리 폐기. 마리당 이만원의 수당을 청구할 수 있었다. 일곱살배기 아들은 아비가 주인 잃은 동물에게 죽음의 주사를 놓는다는 사실을 몰랐다. 일곱살배기 아들이 모르는 게 하나 더 있었다. 어둠을 틈타 동물병원 굴뚝을 빠져나가는 연기의 근원. 또 한 가지. 연기도 없이 '소각'되는 개들도 있다는 것. 일곱살배기 아들은 아비가 동물병원에 출근한다는 사실 빼고는 아무것도 몰랐다.

아들이 알고 있는 단 한 가지 사실을 확인해주기 위해 김경환은 여러모로 신경썼다. 새로 들어온 페르시아고양이를 선물하는 것 같은. 김경환은 세 마리의 페르시아고양이에게 마취제를 주사했다. 녀석들이 찬 목걸이에 은빛 펜던트가 걸려 있었다. 펜던트에는 철학자의 이름이 새겨져 있었다. 플라톤, 스피노자, 니체. 검은 얼룩이 있는 녀석이 니체였다. 세 철학자에 대해 김경환이 아는 것은 평생 독신으로 살았다는 것뿐이었다.

마취제가 몸에 퍼지자 녀석들의 몸이 축 늘어졌다. 녀석들이 완전히 정신을 놓으면 고환을 적출할 것이었다. 아이에게 안전한 생일선물을 주기 위해. 모레는 아들의 생일이었다. 김경환이 아들을 입양한 날.

모처럼 화창한 일요일이었다. 이혜련(여, 32세)은 면회객 맞을 준비로 동분서주했다. 노인들을 씻기고 옷을 갈아입히느라 눈코 뜰 새 없었다. 마지막으로 손톱을 확인했다. 손톱검사까지 통과하면 바깥세상을 맞을 준비가 된 것이다. 그들이 잊어버린, 아니 그들을 잊어버린 세상 말이다.

진 노인이 보이지 않았다. 이혜련은 옥상으로 올라갔다. 물탱크와 물탱크 사이의 작은 틈에 쭈그리고 앉아 있었다. 언제나 같은 자리 같은 자세였다. 물탱크 사이에 널빤지를 걸쳐놓은 것도 진 노인이었다. 진 노인은 그곳을 '다락방'이라 불렀다. 진 노인은 이혜련을 보자 술래에게 들킨 아이처럼 선선히 자리를 털고 일어났다.

"따님 만나시려면 깨끗하게 씻고 옷을 갈아입어야죠."

이혜련이 진 노인의 팔을 붙들고 큰 소리로 말했다.

진 노인의 막내딸은 일요일마다 찾아왔다. 한 주도 거르는 법이 없었다. 면회객 중 가장 먼저 왔고 가장 늦게 떠났다. 올 때마다 동화책을 읽어주었다. 아이들에게 동화책을 읽어주는 게 직업이라고 했다. 동화는 슬픈 것도 있었고 기발한 것도 있었고 유쾌한 것도 있었지만 진 노인은 입을 헤벌쭉 벌린 채 히죽거리기만 했다. 잃어버린 기억이 돌아온 듯 가끔 진지한 표정이 스치기도 했다. 산산이 부서져 이제는 만질 수 없는 세상의 어떤 이름들이 호명되는 것을 지켜보는 표정. 진 노인을 입원시킨 것은 아들이었지만 코빼기도 비치지 않았다. 다른 딸들도 마찬가지였다.

이혜련은 진 노인의 옷을 벗겼다. 노인의 마르고 푸석한 알몸이 고스란히 드러났다. 노인은 등을 내준 채 플라스틱 목욕의자에 쪼그리고 앉았다. 구부정한 어깨에 달려 있는 팔은 잡아당기면 뽑힐 것처럼 앙상했고 툭 불거진 갈비뼈들은 옹송그린 옆구리를 뚫고 나올 것 같았다. 이혜련은 비누거품 묻힌 손으로 노인의 몸 구석구석을 쓸며 샤워기로 물을 뿌렸다. 사타구니께로 무심코 손을 뻗던 이혜련은 화들짝 놀라 손을 뗐다. 노인의 생식기가 빳빳했다. 처음 있는 일이었다.

면회날을 일요일로 못박은 건 신임 원장이었다. 이곳에 부임하고 내린 첫번째 조치였다. 그것 말고도 원장은 많은 것을 바꿨다. 많은 것이 아니라 거의 모든 것이었다. 요양중인 노인들 빼고는 다 바꿨다. 원장은 눈에 거슬리는 것은 그 자리에서 갈아치웠다. 육년 근속의 베테랑 간호사도 원장이 지시할 때 웃었다는 이유로 잘렸다. 무엇 때문에 웃었는지 원장도 묻지 않았고 당사자도 해명하지 않았기에 아무도 알지 못했다. 언제부턴가 원장 앞에서는 누구도 웃지 않았다.

이혜련은 어릴 적부터 웃음이 많았다. 별것 아닌 일에도 곧잘 웃음보를 터뜨렸다. 웃음이 많아 곤란한 적보다는 도움이 된 적이 더 많았다. 동료들도 노인들도 이혜련의 천진한 웃음을 좋아했다. 이혜련보다 이혜련의 웃음을 더 좋아하는 것 같았다. 하지만 이번만큼은 달랐다. 원장이 시야에 들어오면 이혜련도 주변의 동료들도 긴장했다. 이혜련은 웃지 않기 위해, 동료들은 이혜련이 웃을까봐.

목욕탕집 둘째딸이던 이혜련은 종종 카운터를 지켜야 했다. 카운터를 가린 아크릴판에는 셀로판지가 붙어 있어서 바깥에서도 안에서도 상대를 볼 수 없었다. 돈, 목욕타월, 면도기, 샴푸, 비누, 날달걀, 호기심. 아크릴판 구멍 사이로 오간 것들이었다. 가끔은 수치심도 오갔다.

중학교 때였다. 이혜련이 흠모하던 미술선생의 희고 갸름한 손이 목욕타월, 면도기, 샴푸를 건네받았다. 목소리가 미술선생의 것이었고 선생의 이니셜이 새겨진 은가락지가 손가락에 끼워져 있었다. 게다가 코가 뾰족한 갈색 구두. 이혜련은 미술선생이 자신을 알아보기라도 한 것처럼 부끄러웠다. 이층으로 사라진 갈색 뾰족 구두가 다시 나타날 때까지 이혜련은 한 번도 웃지 않았다. 이혜련으로서는 흔치 않은 일이었다. 그동안 이혜련은 미술선생의 알몸을 상상하고 있었다. 알몸을 상상하는 동안은 수치심으로부터 자유로웠다. 그러나 미술선생의 알몸을 상상하고 있는 자신을 생각하자 더 부끄러웠다. 부득이하게 웃음을 참아야 할 때 이혜련은 눈앞에 있는 사람의 알몸을 머릿속에 그려보게 되었다. 사람의 알몸 앞에서는 웃을 수도 없고 웃어서도 안되는 것이었다. 그 어떤 알몸이라도 말이다.

면회객이 탄 자가용이 속속 도착했다. 서울에서도 산다는 사람들이 모여사는 구의 시설답게 외제차가 많았다. 해당 구에 세워져야 했지만 주변 아파트 시세를 떨어뜨린다는 민원 때문에 강원도까지 밀려났다. 주차장은 언덕 아래에 마련되어 있었다. 차에서 내린 사람들은 백팔 계단을 밟고 올라와야 했다. 계단을 올라오면서 근심걱정을 내려놓으라는 뜻일까. 계단은 실제 아흔여덟 개지만 무엇 때문인지 사람들은 그리 불렀다.

인근에는 가볼 만한 산과 계곡이 많았다. 초록이 미친 듯 피어나는 시절이었다. 방문객은 대부분 원색의 나들이옷 차림이었다. 그들에게 요양원은 공원 매표소 같은 곳인지도 몰랐다. 면회날을 일요일로 한정한 뒤 면회객이 오히려 늘었다.

진 노인의 막내딸이 보이지 않았다. 이혜련은 지난 일요일 그녀에게 동화책을 빌렸더랬다. 거미와 돼지의 우정에 관한 이야기였다. 일찌감치 나들이를 마친 사람들이 들이닥치도록 동화책의 주인은 나타나지 않았다. 진 노인은 주차장이 내려다보이는 창가에 멍하니 앉아 있었다. 막내딸이 늘 동화책을 읽어주던 자리였다.

면회가 끝날 즈음 원장이 예고도 없이 나타났다. 근처 산이라도 올랐는지 트레이닝복 차림이었다. 원장은 탁자를 돌며 보호자들과 일일이 악수했다. 평소 짓궂기로 소문난 박 노인이 원장의 뒤로 다가가 바지를 잡아내렸다. 순식간에 벌어진 일이었다. 너무 세게 잡아당겼는지 팬티까지 내려갔다. 원장은 황급히 속옷을 끌어올렸다. 역시 순식간에 벌어진 일이었다. 모두들 입을 벌린 채 원장을 바라보았다. 원장의 사각팬티에는 화투패의 똥광이 프린트되어 있었다. 여기저기서 웃음이 터져나왔다.

식당은 난장판이 되었다. 노인들이 눈앞에 있는 사람의 바지를 끌어내렸고 치마를 들췄다. 비명과 웃음이 역병처럼 번져나갔다. 비명을 지르다 웃기도 했고 웃다가 비명을 지르기도 했다. 이혜련은 웃음을 참기 위해 원장의 알몸을 상상했다. 궁둥이는 굳이 상상할 필요가 없었다. 원장의 오른쪽 궁둥이에는 커다란 반점이 있었다. 이혜련은 참았던 웃음보를 터뜨렸다. 눈물이 나도록 웃었다. 눈물을 글썽이며 웃는 이혜련의 눈에 진 노인의 모습이 들어왔다. 그 자리에 있는 게 미안하다는 듯 어깨를 잔뜩 움츠린 채 계단 쪽을 내려다보고 있었다.

장무혁(남, 41세)은 국립과학수사연구소 별관 지하실로 내려가면서 담당형사로부터 사건개요를 들었다. 형사는 지쳐 보였고 표정이 어두웠다. 세상의 끝을 등지고 서 있는 사람 같았다. 실제 형사는 세상의 끝으로 내려가고 있었다. 별관 지하실은 부검실이었다. 죽음의 이유도 미처 알리지 못한 채 영원히 입을 다문 주검들. 그들이 부검실을 나서면 갈 곳은 땅속뿐이었다.

계단을 내려서는 형사의 발놀림이 꼭두각시 인형의 그것처럼 부자연스러웠다. 장화를 신은 장무혁보다 굼떴다. 형사는 힘겹게 계단을 내려가면서도 사건 설명에 열중했다. 차에서 발견된 사체지만 교통사고는 아니며 외상은 없었다고 했다. 장무혁은 혈액검사 결과 보고서를 살폈다. 독극물도 약물도 검출되지 않았다. 이렇다 할 병적 징후도 없었다. 알코올도 섞여 있지 않았다. 피는 깨끗했다.

사건의 개요는 간단했다. 고속도로 갓길에 세워진 차에서 발견된 젊은 남자와 더 젊은 여자의 시체. 안전벨트를 단단히 매고 있던. 형사의 목소리는 고장난 무릎관절처럼 덜컥거렸다. 덜컥거리는 목소리는 곤혹과 절망을 불러세우고 있었다. 불러세울 이름 하나 갖지 못한 자의 고독한 무릎. 형사는 세상의 모든 악을 무릎으로 감당해온 것 같았다.

사건이 간단하면 부검도 단출했고 사건이 복잡하면 부검도 번잡했다. 장무혁은 혈액검사 결과 보고서를 재차 확인했다. 피는 깨끗했다. 지나치게 깨끗했다. 지나치게 단순한 사건과 지나치게 깨끗한 피. 사건이 지나치게 단순해서 오히려 미심쩍었다. 길고 힘든 부검이 될지도 몰랐다. 두개골을 가르고 사지의 마디마디를 끊어야 할 수도 있었다. 건네받은 혈액검사 결과서를 들춰보는 박 법의관의 얼굴도 딱딱해졌다. 박은 국과수 법의학과의 홍일점이었다.

장무혁은 형사에게 혈액검사 결과를 알려주었다. 덜컥거리는 목소리가 불러세운 곤혹과 절망은 형사의 얼굴을 쏙 빼닮았다. 형사가 불러세운 이름은 형사 자신의 것인지도 몰랐다. 형사는 손가락으로 관자놀이를 지그시 눌렀다. 장무혁은 숙취 때문에 골치가 지끈거렸다. 잠이 오지 않아 위스키를 한 잔만 마신다는 게 다섯 잔까지 갔다. 어제는 여덟살짜리 여자애를 부검했다. 딸과 동갑이었다. 유괴된 지 한 달여 만에 땅속에서 발견되었다. 성폭행당한 뒤 목졸려 죽었다. 목졸려 죽은 뒤 당했는지도 몰랐다. 시신은 모든 것을 알려준다. 범인의 유전자 정보까지. '왜' 그리되었는지에 대한 답만 빼고. 그러고 보니 시신이 알려주는 것은 모든 것이 아니라 거의 모든 것이었다. 어쩌면 거의 아무것도 아닌지도 몰랐다.

퇴근길 장무혁은 그날 부검 대상과 성이 같고 나이와 신체조건이 비슷한 사람의 얼굴을 물끄러미 들여다보곤 했다. 집에 도착할 때쯤이면 죽은 자의 얼굴이 묵은 얼룩처럼 희미해졌다. 얼굴은 지워져도 죽음의 냄새는 꿈의 밑바닥까지 쫓아왔다. 꿈속에서도 장무혁은 죽음의 냄새에 시달렸다. 시취와는 달랐다. 한때 열정과 희망이라 불렸던 것들이 가차없이 삭고 썩어가는 냄새. 지옥으로도 가져갈 수 없는 악취. 냄새는 머리털에까지 들러붙었다. 장무혁은 머리를 늘 수도승처럼 짧게 깎았다. 죽음의 냄새를 떨쳐낼 수 있다면 더한 짓이라도 할 수 있었다.

어제 장무혁은 집에 도착하도록 죽은 여자애의 얼굴을 지울 수 없었다. 버스에서도 지하철에서도 또래의 여자애를 찾지 못했다. 두어 명 있기는 했지만 차마 얼굴을 들여다볼 수 없었다. 더럽고 무책임한 짓처럼 여겨졌다. 아이와 눈을 맞추었을 때 웃어줄 자신이 없기도 했다. 의례적인 미소마저 줄 수 없다면 여덟살짜리 아이에게 보여줄 수 있는 아름다움은 신의 창고에서나 알아봐야 할 것이었다.

독주로도 지울 수 없던 여자애의 얼굴은 잠든 딸의 모습을 새벽까지 지켜보고 나서야 흐릿해졌다. 어둠이 뒷걸음질을 시작할 때쯤 딸이 깨어났다. 아빠 또 나쁜 꿈 꾼 거야? 장무혁은 딸의 머리를 쓰다듬으며 중얼거렸다. 그래, 꿈일 뿐이야. 제아무리 나쁜 꿈도 그저 꿈일 뿐이야.

딸이 동화를 읽어주겠다고 했다.

내일 내 왕국으로 함께 가요. 왕자가 말했다. 왕자와 공주는 평화롭게 잤다. 다음날 아침 여덟 마리의 흰말이 끄는 마차가 성에 도착했다. 왕자의 충직한 하인 하인리히도 서 있었다. 하인리히는 왕자가 개구리로 변하자 슬픔으로 가슴이 터질까봐 가슴에 쇠고리를 세 개 끼웠었다. 하인리히가 모는 마차가 왕자와 공주를 태우고 왕자의 나라로 출발했다. 얼마 후 무엇인가 부서지는 소리가 세 번

들렸다. 하인리히의 가슴에 끼워져 있던 쇠고리들이 터지는 소리였다. 하인리히는 주인이 행복해져 더없이 기뻤던 것이다.

장무혁은 방바닥에 드러누웠다. 천조각 하나 깔지 않은 채. 죽음의 냄새가 꿈속까지 쫓아오는 날에는 푹신한 곳에서 잠들 수 없었다.

젊은 남자와 더 젊은 여자는 부검대 위에 나란히 누워 있었다. 장무혁이 남자를, 박이 여자를 맡았다. 장무혁은 수술용 장갑을 천천히 끼고서 인사라도 나누듯 죽은 남자의 얼굴을 일별했다. 오목조목한 이목구비. 날렵한 턱선. 단정하지만 평범한 얼굴이었다. 악수와 명함을 주고받고 돌아서면 잊어버릴 것 같은 얼굴.

장무혁은 머리에서 발끝까지 샅샅이 들여다봤다. 시신은 깨끗했다. 손톱에 긁힌 자국도 없었다. 형사는 남자와 여자를 번갈아 내려다보았다. 초조한 빛이 역력했다. 절망과 체념 사이에서 길을 잃어버린 것 같은 초조. 형사는 삼십년 피운 담배를 끊은 지 사흘 된 듯한 표정이었다.

장무혁은 메스로 남자의 배를 세로로 길게 갈랐다. 위를 적출하고 내용물을 채취했다. 내용물이 많지 않았지만 죽기 전에 무엇을 먹었는지 확인하는 데는 충분했다. 간은 멀쩡했지만 심장은 검게 그을려 있었다. 장무혁은 조심스럽게 심장을 들어냈다. 그을음이 가장 심한 우심방의 조직을 절개했다. 외막보다 내막이 더 까맸다. 심장을 태워버린 열기는 외부가 아니라 내부에서 발생한 것이었다.

장무혁은 우심방 조직을 잘게 썰어 단면을 조사했다. 우심방 안에서도 그을음의 정도는 부위마다 제각각이었다. 상대정맥과 만나는 부근이 가장 심하게 훼손되었다. 동방결절이라고 부르는 부위였다. 심장을 둘러싼 근육을 움직이게 하는 전기가 발생하는 곳이었다. 심장의 발전소. 무엇 때문이었는지 발전소가 타버리자 심장이 멈춰버린 것이다. 퓨즈가 나가고 두꺼비집의 레버가 내려갔다. 그것으로 끝이었다. 검시 보고서에 그리 쓸 수는 없었다. 이런저런 이유로 망가진 숱한 심장을 보았지만 이런 경우는 처음이었다. 협심증, 부정맥, 심방세동, 심근경색 등의 단어가 머릿속에 맴돌았지만 부질없었다.

뭐라 이름붙일 수 없는 죽음이 손바닥 위에 놓여 있었다. 장무혁은 도움이라도 청하려는 듯 박 쪽을 쳐다보았다. 박도 손 위에 올려놓은 여자의 심장을 미간을 잔뜩 찌푸린 채 살펴보고 있었다. 남자의 것과 마찬가지로 우심방이 유독 검게 그을린 심장. 장무혁은 뭔가에 홀린 기분이었다. 누군가에게 전해들었다면 선뜻 믿지 못했을 것이다. 장무혁은 두 개의 심장을 번갈아 바라보았다. 똑같은 부위가 원인 모를 열기로 타버린 두 개의 심장을.

장무혁이 점심을 위해 박과 별관 현관을 나섰을 때 형사는 등나무 덩굴 아래 우두커니 서 있었다. 장무혁이 함께 식사할 것을 권했지만 형사는 가볼 데가 있다며 사양했다. 죽은 두 사람은 어떤 사이였느냐고 박이 형사에게 물었다. 형사는 조사중이라고 짧게 대답했다.

"오늘은 뭘 먹죠?"

박이 물었다.

"선지해장국 어때?"

장무혁이 물었다.

"좋죠."

박이 대답했다.

장무혁은 무심코 뒤를 돌아보았다. 가볼 데가 있다던 형사는 등나무 그늘 아래 벤치에 쭈그리고 앉아 있었다. 한기라도 느끼는 듯 두 손을 바지주머니에 찔러넣은 채, 고개를 떨어뜨리고 등을 잔뜩 움츠린 형사의 옆모습이 거대한 물음표 같았다.

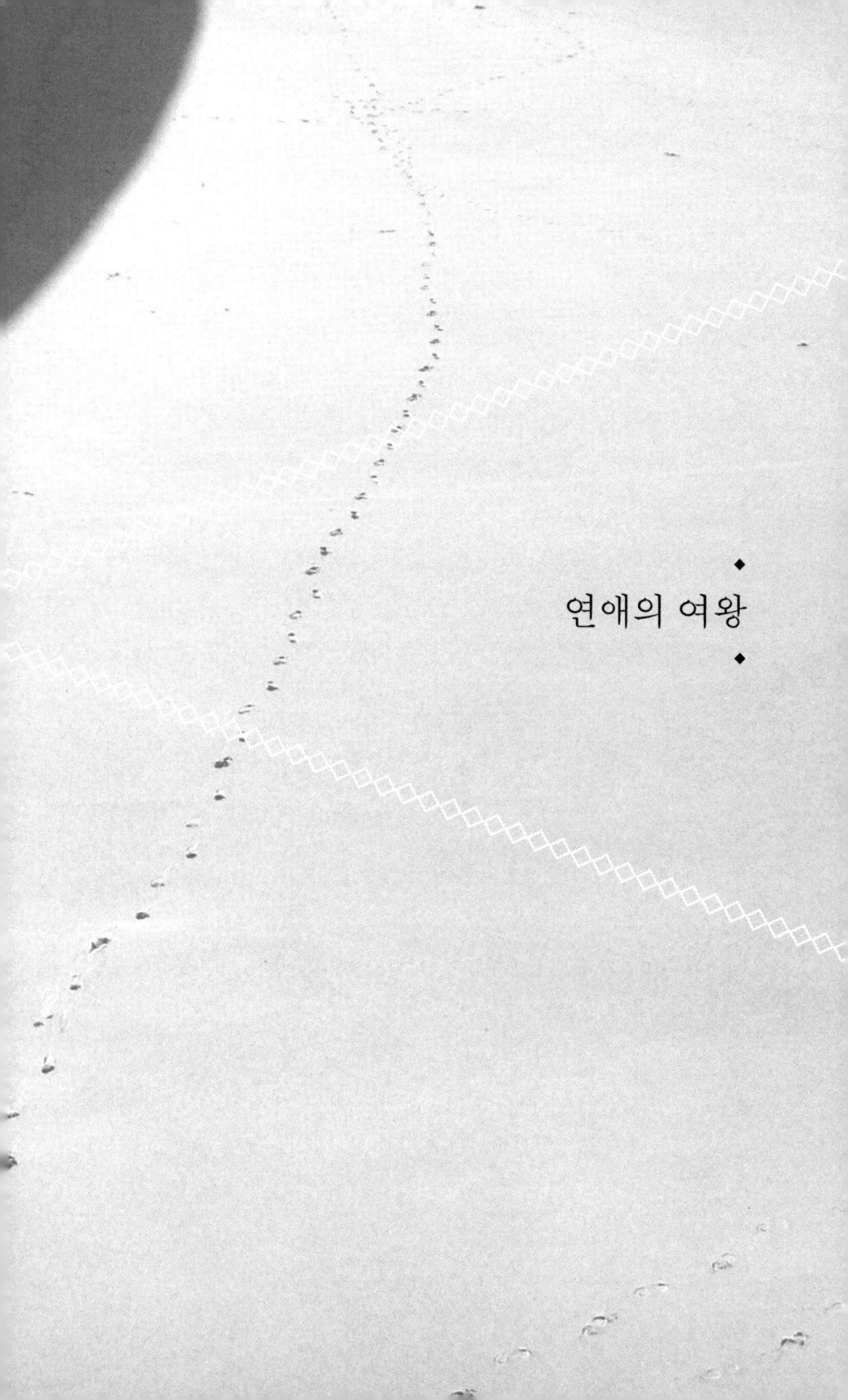

연애의 여왕

세계무역센터가 무너질 때 나는 연애의 여왕을 만나고 있었다. 그녀의 서재를 찍으러 간 것이다. '연애의 여왕'은 발표하는 작품마다 대박을 터뜨리는 소설가의 별명이었다. 연애의 여왕. 작가의 별명치고는 꽤나 선정적이었다.

연애소설만 고집해 붙은 별명이라고 일러준 이는 여자친구였다. 취재 건에 대해 입을 열었을 때 여자친구는 정말이냐고 거듭 물었다. 브래드 피트를 만나러 간다면 그럴까 싶었다. 그리 유명한 사람이냐는 말에는 뜨악하게 쳐다보았다. 급기야 이런 말까지 내뱉었다. 그러니 파토스가 부족하단 소릴 듣지. 그것은 내 첫번째 사진전 뒤풀이 술자리에서 한 선배가 던진 말이었다. 선배는 농반 진반이었지만 나는 얼굴이 굳어졌다. 건축물만 찍던 나의 궁극적인 관심사는 촬영자의 시선을 사진에서 지우는 것이었으니까. 선배는 나와 여자친구를 번갈아 보며 이런 말도 했다. 너희 둘은 참 난해하구나. 여자친구와 나는 대학 사진동아리에서 만났다. 여자친구는 사람의 뒷모습만 찍었다.

연애의 여왕은 얼굴 없는 작가였다. 보통은 얼굴 사진을 책날개에 싣게 마련이지만 그녀의 사진에는 노트북 자판에 올린 손만 보였다. 다섯 권 모두 그랬다. 흰 자판에 살짝 얹은 손에는 검은 망사장갑이 끼워져 있었다. 짧고 가는 손가락, 검정 매니큐어를 바른 손톱. 전구 한 알 갈아끼울 것 같지 않은 손이었다. 무엇 때문인지 연애의 여왕은 공개석상에 얼굴을 내민 적이 없었다.

날개 돋친 듯 팔렸다는 다섯 권의 소설을 찾아읽은 것은 취재원에 대한 예의 때문도 극성팬을 자처하는 여자친구의 성화 때문도 아니었다. 그저 호기심 때문이었다. 연애소설의 여왕도 아니고 연애의 여왕이라니! 질척거리는 감상이 싫어 연애소설 같은 건 거들떠보지도 않는 나였다. 타인의 삶이 못 견디게 궁금할 때는 자서전이나 전기를 읽었다.

연애의 여왕이 쓴 다섯 권의 책을 읽어치우는 데는 사흘이면 충분했다. 문장은 감상적이고 이야기는 작위적이었다. 주인공은 희귀병에 걸렸고 죽음은 사랑이 정점에 오른 순간 찾아왔다. 죽는 쪽은 대체로 여자주인공이었다. 여자주인공의 영혼이 살아 있는 사람, 그것도 사랑해서는 안되는 사람의 몸을 빌려 나타나기도 했다. 남자주인공이 죽어야 할 때는 교통사고가 동원되었다. 죽음의 방식은 달랐지만 가장 행복한 순간 가장 비극적으로 죽는다는 점에는 예외가 없었다. 여자친구가 빌려준 책의 뒷부분은 눈물 자국투성이였다.

첫번째 소설에는 '사랑'이라는 단어가 마흔한 번 나왔다. 두번째 소설에는 마흔일곱 번, 세번째 소설에는 쉰두 번, 네번째 소설에는 쉰여섯 번, 다섯번째 소설에는 쉰아홉 번. 갈수록 태산이었다. 다음으로 빈도가 높은 단어는 '운명'이었다. 각각 서른두 번, 서른다섯 번, 마흔한 번, 마흔다섯 번, 쉰한 번 등장했다. 이 모든 결점에도 불구하고 일단 손에 쥐면 끝장을 보지 않을 수 없었다. 어디까지 가나 보자는 심산이었다. 소설은 어김없이 갈 데까지 갔다.

집과 스튜디오를 오가는 지하철에서, 여자친구를 기다리는 까페에서 연애의 여왕의 책을 펼쳐든 사람들이 적잖이 눈에 들어왔다. 십중팔구 젊은 여성이었는데 하나같이 손꼽아 기다리던 고백이라도 듣는 듯 상기된 얼굴이었다. 어쩌다 눈이라도 마주치면 내 손에 들린 책을 일별하고는 수상쩍은 미소를 지어 보이기도 했다. 공공연히 드러내지 못하는 신앙을 공유하는 사람들끼리 나눌 법한 은밀한 미소였다.

그 많은 사람들이 이제껏 숨어 있다 한꺼번에 나타났을 리 없었다. 내가 연애의 여왕의 책을 읽기 전부터 그들은 지하철과 까페의 수많은 자리를 차지하고 있었을 테고 서로 은밀한 미소를 주고받았으리라. 이 땅의 젊은 여성은 연애의 여왕을 읽은 부류와 그렇지 않은 부류로 나눌 수 있다는 사실을 그녀의 책을 읽고서야 알게 된 것이다. 연애의 여왕을 읽은 자들은 열광했고 그렇지 않은 자들은 침묵했다. 읽은 자들의 경배는 극성스러웠다. 간혹, 읽은 자들의 비난도 극렬했지만 연애의 여왕의 책이나 기사 밑에 달린 까칠한 글은 경배자들의 십자포화를 견디지 못하고 누더기가 되기 일쑤였다. 복권이라도 당첨된 것처럼 부러워하는 여자친구에게 나는 짐짓 무심한 투로 말했다. 서재만 찍을 거야.

연애의 여왕을 만나러 가는 길은 순탄치 않았다. 차부터 말썽이었다. 시동을 걸기 위해 한참 실랑이를 벌여야 했다. 출고한 지 9년 8개월 된 갤로퍼는 최후의 숨을 몰아쉬듯 온몸을 부르르 떨고서야 겨우 움직였다. 시동모터부터 점화플러그까지 몽땅 갈지 않으면 낭패를 볼 거라던 정비소 사장의 충고를 귀담아들었어야 했다.

일행은 없었다. 연애의 여왕이 취재를 허락하며 내건 조건이었다. 조건은 세 가지였다. 사진작가만 올 것, 서재만 찍을 것, 게재 전 사진을 미리 보여줄 것. 업계에서 콧대높기로 소문난 데스크도 베일에 싸인 베스트셀러 작가의 서재를 잡지에 담기 위해 선선히 백기를 들었다. 기왕 들인 공을 고려한다면 조건은 세 개가 아니라 삼만 개라도 들어주었으리라. 폴 오스터와 밀란 쿤데라의 서재 탐방조차 실은 연애의 여왕을 낚기 위한 포석이었다는 소문이 나돌 정도였으니까. 공교롭게도 그들은 연애의 여왕이 좋아한다고 밝힌 작가였다. 작가 인터뷰는 서면으로 하게 될 것이었다. 편집장이 직접. 어쨌거나 최초의 인터뷰였다.

한강을 거슬러 한 시간 반을 달리도록 약도에 표시된 진입로는 나타나지 않았다. 두물머리를 지나자마자 보일 거라던 편집장의 장담과 달리 이정표는 춘천까지 남은 거리를 표시할 뿐 진입로라 할 만한 샛길은 보여주지 않았다. 어영부영 춘천까지 갈 판이었다. 아무래도 지나친 것 같았다.

청평댐 앞에서 다리를 건넌 뒤 편집장에게 전화를 넣었다. 편집장은 그럴 리 없다고 항변했고 나는 확실하냐고 다그쳤다. 작가가 보내준 약도라며 편집장이 목소리를 높였다. 작가의 연락처를 알려달랬더니 전화는 없고 이메일이나 팩스로만 연락할 수 있다는 답이 돌아왔다. 내가 쥐고 있던 약도도 팩스로 받은 거라면서 자세한 정보를 알아내 연락주겠단다.

갓길에 차를 세우고 약도를 찬찬히 들여다보고 있는데 휴대폰이 울렸다. 편집장이었다. 한강을 오른쪽에 낀 채 두물머리를 지나면 '세라비'가 나오고 그곳을 지나자마자 왼쪽 능선으로 난 진입로가 보일 거라 했다. '세라비'가 뭐냐고 물었더니 라이브까페 아니겠느냐는 것이었다.

서울 쪽으로 되짚어가다 두물머리 즈음에서 다리를 건넜다. '세라비'는 라이브까페가 아니라 러브호텔이었다. 러브호텔을 지나 삼십여 미터쯤 가자 산자락으로 올라가는 진입로가 보였다. 신호등이 없어 진입로에 들어서려면 반대편 차선을 가로질러야 했다. 기회를 엿보기 위해 속도를 늦췄지만 맞은편에서는 차가 꼬리를 물며 달려들었고 뒤쪽에서는 경적이 날카롭게 날아들었다. 어쩔 수 없이 액셀러레이터를 밟았다. 유턴하기 위해 십분 가까이 달려야 했다.

진입로 초입에 차를 들이민 것은 약속시간을 한 시간이나 지나서였다. 울퉁불퉁하고 비좁은 길을 따라 산자락을 꾸역꾸역 기어올랐다. 길은 울창한 숲 사이로 나 있어 짐승이라도 튀어나올 것처럼 어둑어둑했다. 도무지 사람 사는 집이 있을 성싶지 않았다. 길을 잘못 들었나 싶은 의심이 고개를 들 무렵 언덕 위쪽에서 건물이 희끗 이마를 드러냈다. 비탈의 끝에 이층집이 강을 굽어보며 서 있었다. 널찍한 마당에는 잔디가 깔려 있었고 건물 외벽에는 담쟁이덩굴이 무성했다.

현관문을 열고 나를 맞은 이는 눈매가 고운 여자였다. 검정 재킷, 검정 셔츠, 그리고 검정 바지. 신이 아름다운 생각을 하며 빚었을 것이 분명한 그 여자는 자신의 아름다움을 애도하기라도 하듯 검정 일색의 옷차림이었다. 내가 잡지사 이름을 대자 여자는 엷게 미소를 지었다. 우아한 미소였다. 늦어서 미안하다고 말했을 때도 그랬다. 가녀리고 섬세한 자태, 예민하고 내성적인 성격. 소설을 읽으며 떠올렸던 이미지와 크게 다르지 않았다. 외모는 기대 이상이었다. 마흔을 넘겼을까? 잡지사에도 작가의 나이를 아는 사람은 없었다.

여자는 앤티크풍의 탁자에 딸린 의자를 권했다. 나는 의자에 앉아 실내를 둘러보았다. 거실의 절반은 천장까지 트였고 나머지 절반은 이층을 이고 있었다. 이층으로 난 나선계단이 거실과 주방을 나누고 있었다. 나선계단 아래 놓인 화분에 뿌리를 묻은 담쟁이덩굴이 이층까지 뻗어올라갔다. 진짜 담쟁이였다. 나선계단 안쪽으로 세 개의 문짝이 쪼르르 서 있었다. 천장까지 뻗은 거실 한쪽 벽에 맞춰 짜인 책장에는 책이 빼곡했다. 책장용 사다리도 보였다.

"여기서 집필하시나봅니다."

내가 물었다.

"선생님께서는 이층에서만 작업하십니다. 차 드실 시간이라 곧 내려오실 겁니다."

검은 옷을 입은 여자가 대답했다. 내가 잘못 짚었다. 그녀는 연애의 여왕이 아니었다.

연애의 여왕을 기다리며 나는 서가를 찬찬히 살폈다. 책은 종류에 따라 가지런히 꽂혀 있었다. 심리학책이 많았고 해부학에 관한 책도 보였다. 위쪽에서 방문이 벌컥 열리는 소리가 들리는가 싶더니 나선계단으로 누군가 저벅저벅 내려왔다.

"선생님, 사진작가분이십니다."

검은 옷을 입은 여자가 연애의 여왕에게 나를 소개했다. 연애의 여왕은 매화 문양이 촘촘한 보라색 치파오 차림이었다. 동안인데다 작고 왜소했다. 짧게 친 바가지머리와 각진 턱 때문인지 남자 중학생처럼 보이기도 했다. 코는 낮고 입술은 빈약했지만 눈동자는 탄피처럼 빛났다. 성을 구별짓는 걸 깜빡한 신이 실수를 만회하기 위해 미추의 개념을 일격에 날려버릴 총알을 박아넣은 듯했다.

"안녕하세요. 처음 뵙겠습니다."

내가 인사했다.

"주영씨, 손님 왔는데 과일이라도 내오지?"

연애의 여왕이 말했다. 변성기에 막 들어선 소년의 목소리 같았다. 연애의 여왕은 치열교정기를 끼고 있었다. 말투가 천진해서였을까. 사양의 말이 혀끝에 맴돌았지만 차마 내뱉지 못했다. 검은 옷을 입은 여자가 차와 포도를 내왔다.

"난 포도가 좋아."

연애의 여왕이 포도알을 뜯어 입안에 날름 넣으며 말했다. 껍질을 벗기지도 않고. 의례적인 인사도 환대의 시늉도 없이. 나는 연애의 여왕의 손을 유심히 살폈다. 짧고 가는 손가락, 검은색 매니큐어를 바른 손톱.

차가 우러나기를 기다리는 사이 연애의 여왕은 포도 한 송이를 뚝딱 해치웠다. 연애의 여왕은 유리 포트에 담긴 물이 갈색으로 변하자 잔에 부었다. 보이차라고 했다. 중국 윈난성에서 재배하는 차로 노화를 막고 면역력을 높여 황제들이 즐겼다며 예찬의 말을 늘어놓았다.

"올해 몇?"

연애의 여왕이 스스럼없이 물었다.

내가 하고 싶은 질문이었다. 나이를 대고 나서도 몇가지 질문에 답해야 했다. 연애의 여왕이 반말을 하고 있다는 사실을 나는 다섯 번의 답변을 더 하고서야 깨달았다.

"말 놔도 괜찮지?"

연애의 여왕이 물었다. 일곱번째 질문이었다.

"네."

내가 반말을 눈치채지 못한 건 그녀의 말투에 밴 자연스러움 때문이었다. 초면에 실례일 수도 있을 사적인 질문이 대부분이었지만 불쾌하지는 않았다. 악의없는 호기심이 묻어났다. 나도 묻고 싶은 게 많았지만 좀체 기회를 잡지 못했다.

거침없이 묻는 연애의 여왕이었지만 내 대답에는 이렇다 저렇다 코멘트를 다는 법이 없었다. 뭐라 답하든 상관없었을 테지만 나는 사실대로 말했다. 사귀는 사람이 있느냐는 질문만 빼고.

"이런! 내가 너무 말이 많았네. 이 집에 온 첫번째 남자 손님이니까 특별히 한 가지 질문을 받을게. 뭐든 괜찮아."

뜻밖의 선심에 당황한 나는 얼결에 입을 열고 말았다.

"왜 연애소설만 쓰시나요?"

"나는 연애소설 쓴 적 없어. 소설을 썼을 뿐이지. 아니, 글을 썼을 뿐이야."

연애의 여왕은 나를 빤히 쳐다보았다. 학생이 제대로 이해했는지 살피는 선생 같았다.

"범주라는 건 바깥 없이는 성립하지 않아. 하지만 바깥 역시 더 큰 범주의 내부에 불과해. 눈앞의 사람은 바라보는 각도에 따라 달라 보이지. 보는 사람과 보이는 사람이 동일한 범주에 있기 때문이야. 사람이 먼지만해지는 상공의 비행기에서는 각도를 바꿔도 대상은 달리 보이지 않아. 먼지는 먼지일 뿐이지. 범주가 달라진 거야. 사람들이 왜 범주에 집착하는지 알아? 범주 바깥에 대한 두려움 때문이야. 먼지라는 걸 인정하는 게 두려운 거지. 그래서 제가 속한 범주를 벗어나는 부분은 괴물이라며 잘라버려. 프로크루스테스처럼. 잭이 콩나무를 도끼로 자른 것도 두려움 때문이잖아. 결국 두려움 때문에 다시는 구름 위의 세상으로 갈 수 없게 된 거지. 어리석은 잭! 요컨대 연애소설이라는 범주에 갇힌 자는 도스또옙스

끼의 작품조차 연애소설로 읽지. 명심해. 괴물은 바깥이 아니라 안에 있어."

연애의 여왕의 말은 거침없고 정연했다. 수천번 반복되는 질문으로 단련된 정교한 답 같았고 수학문제를 풀이하는 듯한 말투였다. 감상적이고 낭만적인 대답을 예상한 나로서는 뜻밖이었다. 다섯 권의 통속적인 연애소설을 쓴 사람이 맞나 싶을 정도였다. 연애의 여왕이라는 별명을 어떻게 생각하느냐는 질문은 꿀꺽 삼켜야 했다. 나도 모르게 의자를 당겨앉았다.

"주영씨, 포도 한 송이 더."

연애의 여왕이 입맛을 다시며 말했다.

"선생님, 오늘 간식 너무 드셨어요."

검은 옷을 입은 여자가 말했다.

"한 송이만."

"안된다는 거 잘 아시잖아요, 선생님."

검은 옷을 입은 여자가 어린애를 달래듯 말했다.

연애의 여왕은 손목시계를 보더니 티타임이 칠분이나 초과됐다며 자리에서 벌떡 일어났다.

촬영은 순조로웠다. 남향인데다 채광창이 큼지막해서 광원이 넉넉했다. 벽을 덮은 책장과 책장 가득한 책, 그리고 책장용 사다리까지 그럴듯한 그림을 연출하기에 부족함이 없었다. 책장에 걸쳐둔 사다리 밑에 드러누워 여러 컷 찍었다. 책으로 쌓아올린 성벽 같은 느낌이 마음에 들었다.

덤으로 책을 몇컷 접사하자 필름이 동났다. 채광창을 뚫고 들어온 햇살이 그새 깡똥했다. 해부학책을 한 권 꺼내 펼쳐보았다. 의대생들이나 봄직한 두툼한 원서였다. 연애소설을 쓰는 데 도움이 될 만한 책은 아니었다. 다빈치가 인체를 스케치한 그림을 모은 화집도 있었다. 『카마수트라』 영역본을 발견했을 때는 휘파람이 절로 나왔다. 다양한 섹스 체위가 삽화와 함께 소개되어 있었다. 연애의 여왕의 소설에는 섹스 장면이 드물었다. 어쩌다 등장해도 변죽만 울리다 말았다. 그러니 『카마수트라』는 해부학책만큼이나 생뚱맞아 보였다. 사실 연애의 여왕에게 가장 궁금했던 것은, 그래서 단 한 번의 기회가 주어졌을 때 물었어야 한 질문은 이런 것이었다. 소설은 경험을 바탕으로 쓰시나요?

내가 현관을 나설 때도 연애의 여왕은 집필실에서 꼼짝도 안했다. 집필중에는 내려오는 법이 없다고 검은 옷을 입은 여자가 말했다. 인사를 하고 싶대도 그냥 가라는 것이었다. 막아서는 서슬이 완강해 물러서지 않을 수 없었다. 어색하게 작별인사를 하며 나는 명함을 건넸다. 연애의 여왕에게 전해달라고 부탁하면서.

나, 혼인신고할까?

운전석에 앉았을 때 휴대폰 창에 문자메씨지가 떴다. 여자친구의 것이었다. 문자를 뜯어보던 나는 세번째 질문이라는 것을 직감했다. 선보러 나가도 돼? 첫번째 질문이었다. 좋을 대로 해. 대답하는 데 일분도 걸리지 않았다. 정확히 47초. 그 대답으로 바뀐 것들을 생각하면 너무 성급했는지도 몰랐다. 두번째 질문에 답하는 데는 십분쯤 걸렸다. 정확히 9분 52초. 나, 결혼할까? 여자친구의 생일이었다. 나는 이렇게 대꾸했다. 그걸 왜 나한테 물어? 이듬해부터 나는 여자친구의 생일을 함께 보낼 수 없었다. 여자친구는 두번째 선에서 만난 남자와 결혼했다.

나는 선뜻 답문을 보내지 못했다. 막막하기만 했다. 두 가지는 분명했다. 답하는 데 십분은 더 걸리리라는 것과 이번이 마지막이라는 것. 차키를 꽂고 시동을 걸었지만 엔진은 묵묵부답이었다. 괜찮아. 당황하면 안돼. 다 잘될 거야. 나는 혼잣말을 중얼거렸다.

어쩔 수 없이 단골 정비소에 전화했다. 사장이 받았다. 아무래도 점화장치 부품을 바꿔야 할 것 같다고 했더니 진작 자기 말을 듣지 그랬느냐며 핀잔했다. 사람을 보내줄 수 있는지 물었더니 일손이 달린다며 말꼬리를 흐리면서도 어딘지 물어왔다. 위치를 대자 한숨만 쉬었다. 두 배의 출장비를 약속하고서야 직원을 보내주겠다는 다짐을 받아낼 수 있었다.

나는 시트를 뒤로 젖히고 눈을 감았다. 설핏 잠든 모양이었다. 차창 두드리는 소리에 진저리치며 눈을 떴다. 검은 옷을 입은 여자가 서 있었다. 등받이를 세우고 창을 내렸더니 무슨 일이냐고 물어왔다. 사정을 설명하자 집에 들어와 기다리라 했다. 이층 창문께를 흘끔거리며 그래도 되겠느냐고 물었더니 '선생님'의 뜻이란다. 저녁을 준비중인데 괜찮다면 함께 먹자는 것이었다. 대답도 하기 전에 배에서 꼬르륵 소리가 들려왔다.

검은 옷을 입은 여자가 준비한 메뉴는 송아지 안심 스테이크였다. 글이 잘 풀렸는지 연애의 여왕은 식사 내내 명랑했다. 스테이크를 쓱쓱 잘라 맛나게 먹었고 검은 옷을 입은 여자에게 와인을 꺼내오게도 했다. 나는 음식 맛을 온전히 감상할 수 없었다. 여자친구의 문자가 머릿속에 맴돌았다. 문자를 받은 지 한 시간이 지났다. 정확히 1시간 4분. 여태 답문을 보내지 못했다는 낭패에 마음이 더 무거웠다.

"세계문학사에서 위대한 여성 작가가 드문 이유가 뭔지 알아?"

연애의 여왕이 내게 물었다.

"글쎄요."

"밥해줄 사람이 없었기 때문이야. 매 끼니 밥을 지어줄 사람이 있어야 위대한 작품이 나올 수 있어. 그런데 남자들은 제 끼니조차도 스스로 해결하지 못하는 족속이니 여자들이 위대한 작품을 쓸 수가 없지. 내가 다섯 권의 책을 낼 수 있었던 건 모두 주영씨 덕분이야. 문학사가 망각한 부엌의 영웅들을 위해 건배!"

검은 옷을 입은 여자는 연인에게 찬사를 들은 것처럼 얼굴을 붉혔다. 검은 옷을 입은 여자의 손톱에도 검정 매니큐어가 발라져 있었다. 손가락은 짧고 가늘었다. 나는 문득 두 여자의 관계가 궁금해졌다.

연애의 여왕이 와인을 권했지만 나는 운전을 핑계로 사양했다. 한 번 더 청하면 못 이긴 척 한 잔 정도는 마실 수 있었지만 더 권하지 않았다. 연애의 여왕이 입을 다물 때마다 침묵이 흘렀다. 울음이 여자친구만의 언어였다면 침묵은 나만의 언어였다. 여자친구는 내 말수가 적다고 불평하곤 했다. 불평은 식사할 때 특히 심했다. 말

좀 하면서 먹으라는 것이었다. 밥을 먹으면서 말을 거의 하지 않는다는 사실을 나 자신도 미처 몰랐다. 밥을 급히 먹어치운 나는 숟가락을 내려놓고 여자친구가 식사를 마치기만을 묵묵히 기다리곤 했다. 침묵에 대해 숱하게 불평했던 여자친구는 침묵의 이유에 대해서는 한 번도 묻지 않았다. 묻지 않은 것에 대해서는 침묵하는 법이다. 묻지도 않은 것에 대해 말할 때는 헛소리를 하게 되니까. 묻는 말에는 거짓으로 답하게 마련이고. 거짓말과 헛소리를 빼면 어떤 이에게는 울음만 남고 어떤 이에게는 침묵만 남는다. 진실은 울음과 침묵 사이에 있을 것이었다.

어떤 원고를 쓰고 있는지 묻자 연애의 여왕은 기다렸다는 듯 입을 열어 특유의 차분하고 정연한 말투로 설명했다. 잡지에 실릴 산문을 썼단다. 일년 넘게 연재중인데 곧 책으로 묶어낼 계획이라 했다. 첫번째 산문집이었다. 어디서 출간하느냐고 물었더니 귀에 익은 이름을 댔다. 서재 촬영을 의뢰한 잡지사가 속한 출판그룹의 단행본 브랜드였다. 잡지사가 연애의 여왕을 취재하기 위해 그토록 공들인 이유를 알 것 같았다.

연애의 여왕이 책 제목을 아직 정하지 못했다며 푸념했다. 사랑에는 리콜이 없다. 사랑한다면 미치도록. 사랑은 죄가 없다. 셋 중 어떤 게 나으냐고 물었다. 나는 첫번째를, 검은 옷을 입은 여자는 세번째를 꼽았다. 연애의 여왕은 두번째로 갈 것 같다고 말했다. 두번째 제목의 느낌이 어떠냐고 묻자 검은 옷을 입은 여자는 제깟 게 뭘 알겠어요,라며 다소곳이 눈을 내리깔았다. 조명 때문인지 와인 때문인지 볼이 발그레했다. 이런 말도 수줍게 덧붙였다.

"선생님이 좋다면 저도 좋아요."

"사진사 양반은?"

"글쎄요, 좀 과하다 싶은데……"

"쌈빡해서 좋은데."

검은 옷을 입은 여자가 내 말꼬리를 잘랐다.

"제목이 '없다'로 끝나면 부정적인 느낌이 강해서 책이 팔리겠어?"

연애의 여왕이 말했다.

다시 침묵이 찾아왔다. 여자친구에게 문자를 받은 지 1시간 54분이 지났다. 55분. 56분. 57분. 58분. 59분. 나는 내 앞의 잔에 와인을 부었다.

"운전해야 된다며?"

연애의 여왕이 물었다.

"한 잔 정도는 괜찮습니다."

와인 맛은 무겁고 씁쓸했다.

정비소 사장에게서 전화가 걸려왔을 때 나는 와인을 석 잔째 비우고 있었다. 급한 일이 생겨 직원을 보내주기 어렵게 됐단다. 내일 아침에나 가능하겠다고 했다. 급하면 다른 곳을 소개해줄 수도 있지만 지금 전화를 받는 곳은 없을 거라는 말도 덧붙였다. 나는 생각해보겠다며 전화를 끊었다.

"생각할 거 없어. 사장 말대로 여태 문 연 덴 없을 거야. 일부러 이제야 전화했겠지. 오늘 꼭 가야 한다면 태워줄 수도 있지만 주영씨, 밤에는 핸들 안 잡아. 여기서 자. 내일 아침에 오라고 하는 대신 출장비를 깎아. 약속을 어겼으니까. 내일부터 거래처 바꿔. 부품 교체할 때마다 엄청 남겨먹었을 거야. 출장비 얘기는 지금 꺼내지 말고 직원이 오거든 하고."

연애의 여왕이 말했다.

두번째 와인 병이 바닥을 보일 즈음 연애의 여왕이 대뜸 한자성어를 대보라 했다.

"한자성어요?"

내가 반문했다. 거푸 들이켠 와인 덕에 긴장이 풀린 나는 낯선 여자들과의 대화에 점점 익숙해지고 있었다.

"아무거나. 지금 머리에 떠오르는 걸로."

"소곤소곤."

검은 옷을 입은 여자가 말했다.

"그건 한자가 아니잖아."

연애의 여왕의 지적에 검은 옷을 입은 여자는 농담이라며 배시시 웃었다. 나는 주마간산이라고, 검은 옷을 입은 여자는 유구무언이라고 했다.

"사진사 양반은 두려운 게 많지? 누군가를 사랑하는 것은 두렵고 누군가 사랑해주는 것은 더 두렵지? 상처받는 것은 두렵고 상처주는 것은 더 두려우니 말에서 내릴 엄두가 안 나겠지."

『카마수트라』 영역본이나 해부학책을 펼쳤을 때도 저런 표정이었을까. 연애의 여왕이 생소한 책을 읽어내듯 나를 유심히 뜯어보며 말했다. 돌아앉은 세상의 단단한 등짝이라도 꿰뚫을 듯한 눈빛이었다. 자비도 악의도 없이 오직 돌파의 집념으로 단단하게 빚어진 탄피 같은 눈빛.

언제였던가. 여자친구는 단 한 번만이라도 내가 우는 모습을 보는 게 소원이라고 말했다. 농담이 아니라는 것을 나는 잘 알았다. 꺼내기 곤란한 말을 농담처럼 던지는 게 여자친구의 버릇이었으니까. 맞선 보러 가도 되느냐고, 결혼해도 되느냐고 물었을 때처럼. 농담을 빌려도 드러내지 못하는 마음은 눈물로 뱉어냈다. 여자친구는 자주 울었다. 애지중지하던 어떤 세상의 종말을 통보받은 것처럼 울었다. 좋을 대로 하라고 했을 때도 울었고 그걸 왜 내게 묻느냐고 반문했을 때도 울었다. 감정이 걱정스러울 정도로 풍부한 여자친구에게 울음은 일종의 모국어였다. 해독이 불가능한 낯선 나라의 언어 앞에서 내 가난한 겨드랑이는 식은땀만 흘렸다. 내가 무슨 잘못을 했나 따져보느라 곤혹스러웠고 이렇다 할 잘못이 떠오르지 않아 당혹스러웠다. 어떻게 해야 눈물을 그칠까? 내 머릿속에는 오로지 그 생각뿐이었다. 그때 이렇게 말했다면 어땠을까, 저렇게 답했다면 어땠을까? 덧없는 공상이 잠자리를 어지럽혔지만 결론은 한결같았다. 무슨 말을 했든 여자친구는 울었을 거야. 맞선 자리에 나가지 말라 했어도 울었을 거고 맞선에서 만난 남자와 결혼하지 말라 했어도 울었겠지.

"유구무언이라……"

연애의 여왕의 말이 더이상 귀에 들어오지 않았다. 와인이 담긴 글라스 위로 말에 올라탄 늙은 사내의 몰골이 버석거렸다. 말 위에서 만년의 밤과 낮 동안 두려움에 짓눌린 노인. 불치의 고독을 앓는 자들이 믿는 신을 위해서조차 흘릴 눈물 한 방울 없는 삭정이 같은 인생이 거기 지나갔다. 개 한 마리 거느리지 않은 채.

나는 와인을 단숨에 비웠다. 만년의 밤과 낮을 두려움에 짓눌린 노인도 노인이 탄 말도 자취를 감췄다. 두려움에 관해서라면 나는 많은 것을 말할 수 있었다. 농담을 팔지 않아도 취기를 빙자하지 않아도 아주 많은 것을 이야기할 수 있었다. 진실이 울음과 침묵 사이에 있다면 사랑은 떨림과 두려움 사이에 있다. 울음이 떨림이라면 침묵은 두려움이다. 그러니 우는 자는 떠는 자고 침묵하는 자는 두려워하는 자다.

예정에 없던 술자리가 나는 슬슬 불편해졌다. 연애의 여왕의 거침없고 정연한 언변이, 검은 옷을 입은 여자의 불가사의한 아름다움이, 전혀 어울리지 않는 두 사람 사이의 야릇한 분위기가, 이 모든 것을 불편해하는 스스로가 불편했다. 불편한 기색을 감추기 위해 나는 와인을 편애했다. 내 몫의 와인을 사랑하기 위해 먼저 건배를 청하기도 했다. 연애의 여왕도 검은 옷을 입은 여자도 사양하는 법이 없었다. 세번째 병은 내가 땄다. 술기운이 올라오면서 잔 비우는 속도는 빨라졌고 말은 느려졌다. 두 여자도 사정은 마찬가지였다. 여자친구에게 문자를 받은 지 세 시간이 훌쩍 지났다. 3시간 27분.

“해부학책은 왜 보세요?”

내가 연애의 여왕에게 물었다.

“다빈치는 인체해부도를 자주 그렸어. 정확하고 실감나는 몸짓을 그리기 위해서였지. 소설도 마찬가지야. 인물의 동작을 제대로 묘사하려면 장딴지에 어떤 근육이 붙어 있는지, 뱃속에 어떤 기관이 들어 있는지 속속들이 알아야 해."

"글은 언제부터 쓰셨어요?"

"학교마다 그런 애들이 하나쯤 있지. 예쁘고 공부 잘해서 다른 애들의 질시와 선생의 총애를 한몸에 받는 아이들. 내가 다니던 고등학교에도 그런 애가 있었어. 백일장을 휩쓸 정도로 글솜씨도 빼어났지. 한번은 교내백일장에서 내가 장원으로 뽑힌 거야. 나는 글을 내지도 않았는데. 그애가 제 글에 내 이름을 적어낸 거였어. 나한테 빌려간 보라색 볼펜을 썼더라고. 갑자기 가슴이 쿵닥쿵닥 뛰는 거야. 사실대로 말할 수는 없었어. 왠지 그랬어. 그후로 뭔가를 끼적거리게 됐지."

"그 친구는 어떻게 됐죠?"

연애의 여왕이 와인병으로 손을 뻗자 검은 옷을 입은 여자가 제지했다.

"그만 드세요, 선생님."

"한 잔만."

"안돼요."

"딱 한 잔만."

"어제도 잠 안 온다며 한 병 다 드셨잖아요."

"정말 한 잔만 더 할게."

"어제도 엊그제도 한 잔만 한다고 하신 거였잖아요."

"손님도 왔는데……"

검은 옷을 입은 여자가 와인병을 낚아챘다. 연애의 여왕이 야단 맞은 아이처럼 침울해졌다.

"참! 드라마!"

검은 옷을 입은 여자가 리모컨을 집어들고 주방 벽에 걸린 텔레비전을 켰다. 남녀 주인공이 마침내 키스하는 날이라며 흥분을 감추지 못했다. 연애의 여왕의 소설은 모두 드라마로 만들어졌다. 이번에 방영되는 것은 다섯번째 소설이었다.

"쟤들 사귄다는 기사가 떴더라고요."

검은 옷을 입은 여자가 말했다.

"드라마 띄우려고 퍼뜨린 헛소문이야."

연애의 여왕이 심드렁하게 대꾸했다.

여자친구의 문자를 받은 지 4시간 48분이 지났다. 나는 아직 답을 보내지 못했다. 4시간 49분. 나는 아직 답을 보내지 못했다.

"어머!"

검은 옷을 입은 여자가 소리쳤다.

텔레비전 화면에 뉴스 속보가 떴다. 나란히 선 거대한 두 개의 빌딩이 화염 속에서 숨을 헐떡였다. 화염의 진원에는 뭇 생명을 집어삼킬 악성의 종양 같은 심연이 돋아났다. 심연은 검은 연기를 뿜어냈고 더 검은 재를 쏟아냈다. 수라장의 참혹을 카메라는 냉정하게 잡아냈다. 지옥을 굽어보는 신의 무관심한 시선으로.

"오 마이 갓."

연애의 여왕이 탄식을 토해냈다.

"저럴 수가!"

검은 옷을 입은 여자도 입을 다물지 못했다.

모두 숨죽인 채 텔레비전을 지켜보았다. 시간도 가던 걸음을 멈추고 지켜보았다. 얼마나 오래 멈추었는지는 알 수 없었다.

"그런데 쌍둥이 빌딩, 백십층이지?"

연애의 여왕이었다.

"백육층 아닌가요?"

검은 옷을 입은 여자가 대꾸했다.

"밀레니엄 쎄러모니 보러 갔을 때 들렀던 레스또랑이 백칠층에 있었어."

"아, 셰프가 궁중요리사의 자손이라던 프렌치 레스또랑!"

"백십층이 맞는 것 같은데."

"백구층이었던 것 같기도 해요."

"그런가?"

"장담은 못하겠어요."

"답답하네."

"인터넷을 뒤져볼까요?"

"아니야. 기어코 기억해내야 해. 안 그러면 뇌세포가 줄어."

"정말요?"

"사진사 양반은 알아?"

연애의 여왕이 텔레비전에 시선을 고정한 채 물었다. 나는 입을 다물었다. 서늘한 침묵이 재처럼 켜켜이 쌓였다.

"사진사 양반……"

연애의 여왕이 고개를 돌려 나를 쳐다보았다. 나는 여전히 입을 꼭 다물었다. 연애의 여왕은 대체 무슨 일이냐는 듯 눈을 동그랗게 뜨고 나를 물끄러미 바라보았다. 연애의 여왕을 모른다고 했을 때 여자친구가 그랬던 것처럼. 아니, 눈물을 보이는 여자친구 앞에서 내가 그랬던 것처럼. 여자친구의 문자를 받은 지 얼마나 지났을까. 먼저 입을 열면 지는 게임이라도 벌이듯 아무도 침묵을 건드리지 않았다.

연애의 여왕은 나에게 일층 화장실 옆방을 내줬다. 화장실에 들어가 세수를 하고 검은 옷을 입은 여자가 내준 새 칫솔로 양치질을 했다. 쓰레기통에 내 명함이 처박혀 있었다. 명함을 집어 지갑에 끼워넣었다.

방에는 이부자리가 깔려 있었다. 한 번도 쓴 적 없는 새 이불 같았다. 휴대폰 폴더를 열고 여자친구의 번호를 몇번이나 눌렀다 취소했다. 문자를 썼지만 차마 보내지는 못했다. 많은 문자를 썼다 지웠다. 괜찮아? 자? 내가 하지 말라면 안할 거야? 한자성어를 대봐. 나중에는 지우기 위해 쓰는 것 같았다. 수신자 없는 문장은 헛된 희망조차 불러세우지 못한 채 덧없이 사라졌다. 무릇 말이라는 게 그러하듯이. 진실의 적은 진실이라는 말이고 사랑의 적은 사랑이라는 말인 것처럼.

미안해. 내 어눌한 손가락이 최후까지 붙들고 있던 문장이었다. 취소 버튼을 누른다는 게 그만 발송 버튼을 누르고 말았다. 휴대폰 창에 뜬 편지봉투에 날개가 돋았다. 날개를 부러뜨리고 싶었다. 불을 끄고 누웠지만 잠은 나에게 한움큼의 곁도 허락하지 않았다. 눈을 뜨면 이 세상에 혼자 깨어 있을 것만 같았다. 뒤척일 때마다 지구가 걸친 수의마냥 어둠이 바스락댔다.

갈증을 느끼며 어둠속에서 눈을 떴다. 나는 어둠을 노려보았다. 어둠도 나를 노려보았다. 어둠의 미간이 좁아졌다. 불을 켜고 휴대폰으로 시간을 확인했다. 새벽 다섯시를 조금 넘긴 시각이었다. 아무렇게나 던져진 카메라가방을 보고서야 어디에 와 있는지 깨달았다.

주방으로 나가 물을 마셨다. 빈 병과 빈 술잔과 빈 접시. 식탁에는 간밤의 소요가 고스란했다. 집 안은 숨소리조차 들리지 않아 적막했다. 고요한 어둠속에서 더 고요한 어둠이 묽어지는 기척이 희미했다. 서재 의자에 앉아 주위를 둘러보았다. 나선계단이 눈에 밟혔다. 일층 침실문은 굳게 닫혀 있었고 나선계단은 계속 눈에 밟혔다. 나는 나선계단을 살금살금 올라갔다.

이층에는 방이 두 개였다. 그중 하나가 집필실일 터였다. 연애의 여왕이 공개를 거부했던. 나란히 서 있는 두 개의 문 중 오른쪽 것을 열었다. 나는 흠칫 놀랐다. 파리한 어둠속에 두 사람이 서 있었다. 방에 고인 어둠이 빠져나가며 눈이 밝아지자 두 사람은 두 벌의 옷으로 변했다. 다정히 어깨를 맞대고 서 있는 보라색 치파오와 검정 재킷. 검정 재킷을 걸친 옷걸이에는 같은 색의 셔츠와 바지도 걸려 있었다.

벽을 더듬어 전등 스위치를 켜자 어둠의 전모가 드러났다. 나란히 세워진 두 개의 행어에는 옷이 빽빽이 걸려 있었다. 보라색 치파오 뒤에는 같은 색의 수많은 치파오가, 검정 재킷 뒤에는 역시 같은 색의 수많은 재킷이. 어두운 마법에 걸려 마주볼 수 없는 연인들처럼. 일층에서 인기척이 들렸다. 나는 부랴부랴 불을 끄고 숨을 죽였다. 문을 여닫는 소리, 슬리퍼 끄는 소리, 다시 문을 여닫는 소리가 차례로 들려왔다. 누가 화장실에 간 모양이었다. 나는 방에서 나와 나선계단을 조심조심 내려갔다.

집 밖의 어둠은 더욱 엷어졌다. 강 너머의 먼 산봉우리가 밤새 녹아내린 촛농 더미처럼 고요했다. 촛농 더미의 정수리가 오렌지빛으로 부글부글 끓었다. 나는 차에 올라타 시동을 걸어보았다. 단박에 차가 꿈틀거렸다. 시동을 살려둔 채 차에서 내려 집 안으로 돌아갔다. 카메라가방을 메고 방을 나오는데 화장실 문이 열렸다.

"가는 건가요?"

검은 옷을 입었던 여자였다. 잠옷도 검은색이었다.

"네, 인사라도……"

"선생님은 아직 주무세요. 한 시간은 더 있어야 일어나십니다."

검은 잠옷을 입은 여자가 화장실 문을 닫으며 말했다.

"차는 고쳤나요?"

다행히 시동이 걸렸다는 말을 던지고 나는 도망치듯 밖으로 나가 차에 올라탔다.

뭔가를 빠뜨렸다는 느낌이 들었을 때 차는 이미 서울에 접어들고 있었다. 빠뜨린 게 뭔지 생각해내고서도 나는 망설였다. 꼭 돌아가야 할 필요는 없었지만 차를 돌렸다. 그러고 싶었다.

이번에도 현관문을 연 이는 검은 옷을 입은 여자였다. 검은 옷을 입은 여자의 눈이 가늘어졌다. 두고 간 게 있느냐는 물음에 연애의 여왕에게 부탁할 게 있다고 대답했다. 무슨 부탁이냐는 물음에는 직접 말하고 싶다고 답했다.

"누구?"

연애의 여왕의 목소리였다. 연애의 여왕은 거실에서 차를 마시던 참이었다. 어제 나선계단을 내려오던 모습 그대로.

탁자를 사이에 두고 연애의 여왕과 마주앉았다. 연애의 여왕은 아무 말도 하지 않았고 무표정했다. 간밤의 벅적했던 술자리가 꿈처럼 여겨질 만큼 데면데면해 명함이라도 새삼 건네야 할 것 같았다. 나는 카메라가방에서 책을 꺼냈다. 연애의 여왕의 다섯번째 소설이었다.

"싸인을 부탁드려도 될까요?"

"그것 때문에 돌아왔어?"

나는 머리를 긁적였다.

검은 옷을 입은 여자가 어느새 만년필을 가져왔다.

"사진사 양반 이름이 뭐였지?"

연애의 여왕이 물었다.

"아는 사람이 작가님 팬이라서……"

"이름은?"

나는 여자친구의 이름을 댔다. 목소리가 떨렸다.

태양이 뜨지 않는 나라

집으로 돌아가다 편의점에 들렀다. 새벽의 편의점에서는 일과를 시작하는 자들과 일과를 마친 자들이 엇갈리기도 한다. 편의점 앞에 젊은 여자가 서 있었다. 화장이 짙고 구두굽이 높았다. 주변을 두리번거리는 게 누군가를 기다리는 눈치였다. 스물한 명을 죽인 연쇄살인범은 콜걸을 편의점 앞으로 불러냈다. 어둠속에 도사리고 있다가 마음에 들면 데려가고 그렇지 않으면 발길을 돌렸다. 살인범은 밤거리에서 가장 환한 곳으로 콜걸을 불러낸 것이다. 용모를 확인하기 위해서. 밤에 일하는 사람들은 편의점 앞에 서 있을 때조차 목숨을 걸어야 한다.

카운터를 지키던 알바는 커피를 마시고 있었다. 어제부터 일하기 시작한 여자애였다. 눈두덩에 졸음이 주렁주렁 매달려 있었다.

소주 한 병, 담배 한 갑, 즉석복권 한 장. 내가 카운터에 올려놓은 것들이었다. 보탤 것도 뺄 것도 없었다. 소주는 할아버지를, 담배는 아버지를 위한 것이었다. 복권은 나 자신을 위해 샀다.

편의점을 나왔을 때 화장이 짙고 구두굽이 높은 여자가 흰색 쏘나타에 올라타고 있었다. 나는 번호판을 눈여겨보았다. 흰색 쏘나타가 빠져나간 잿빛 빌딩 사이로 희붐한 빛이 스멀스멀 기어들었다. 어지럼증을 느낀 나는 걸음을 재촉했다.

집에 돌아가니 못 보던 앵무새가 나를 반겼다. 날개를 힘껏 퍼덕이며 홰를 박차는 서슬에 새장이 들썩였다. 엄마가 가출한 뒤로 누군가, 아니 뭔가의 환영을 받기는 처음이었다. 조리대 앞에서 대파를 숭숭 썰던 아버지가 앵무새와 나를 번갈아 쳐다보았다. 무슨 말인가를 하려다 말고 고개를 돌리고 파를 마저 썰었다.

"웬 거예요?"

현관문을 잠그며 내가 물었다.

"누가 버렸나보더라."

아버지는 잘게 썬 파를 냄비에 한움큼 집어넣으며 무심하게 대답했다.

아파트 경비를 보는 아버지가 뭔가를 주워오는 일은 드물지 않았다. 아파트 주민들이 내다버린 것이었다. 텔레비전부터 세탁기까지, 코딱지만한 집 안을 그득 채운 세간은 죄다 아버지가 경비를 서는 아파트에서 흘러나왔다고 해도 과언이 아니었다. 좀 산다는 동네라 버려진 물건들은 멀쩡한 편이었다. 구청에서 발급하는 스티커를 떼어낸 흔적조차 없었다. 스티커값이 아까워 어둠을 틈타 슬그머니 버리기 때문이었다. 덕분에 아버지는 쓸 만한 물건을 맘껏 주워오는 횡재를 누릴 수 있었다. 횡재라는 말은 취소다. 아버지가 가장 싫어하는 말이니까. 세상에 공짜는 없다는 게 아버지의 좌우명이다.

집 안 가득한 세간은 횡재의 결과물이 아니라 궂은일을 도맡는 성실의 댓가라고 여길 수도 있겠다. 주야를 번갈아 맡는 게 원칙이었지만 아버지는 야간근무를 도맡았다. 아버지가 자청한 일이었다. 규정에는 어긋났지만 아버지의 제안을 마다한 파트너는 이제껏 한 명도 없었다. 아버지는 밤에만 근무하는 것을 오히려 다행으로 여겼다. 워낙 붙임성과는 거리가 먼데다 백내장이 야금야금 갉아먹은 시력 탓에 인사말을 씹는다는 둥 불친절하다는 둥 뜻하지 않은 오해를 샀기 때문이다. 초등학교에도 들어가지 않은 꼬맹이들이 영어로 시시덕거리는 아파트단지에서 눈도 어둡고 가방끈도 짧은 아버지에게 관대한 것은 어둠뿐이었다.

생면부지의 짐승이 반기는 것을 보며 이 생뚱맞은 환대에는 어떤 값을 치러야 하는지 나는 생각했다. 아버지의 말이 옳다면 이 세상에 공짜란 없을 테니. 십중팔구 아버지의 말은 옳을 것이다. 이 나라의 아버지들이 목욕탕에서 아들의 등을 밀어주며 건네는 말은 적어도 헛소리는 아닌 법이니까.

나는 냉장고 문을 열고 차곡차곡 쟁여진 반찬통을 꺼내 밥상 위에 늘어놓았다.

"노인네나 깨워라."

아버지가 찌개의 간을 보며 말했다.

언제부턴가 아버지는 할아버지를 '노인네'라 불렀다. 엄마가 집을 나간 뒤부터인지 그전부터인지 잘 모르겠다. 내 기억이 거슬러올라갈 수 있는 가장 먼 과거에도 할아버지는 이미 노인이었다. 1916년생인 할아버지는 내가 태어나던 해 벌써 일흔을 바라보았으니까. 나에게는 할아버지가 언제나 노인이었지만 아버지에게는 달랐다. 윤리적인 문제를 왈가왈부하려는 게 아니다. 다만 할아버지에 대한 아버지의 태도를 말하려는 것이다. 할아버지를 극구 노인네라 부를 때 아버지의 목소리에 밴 어두운 기운 말이다. 세월의 풍화에도 씻겨나가지 않고 영혼의 마디 사이에 눌러붙은 묵은 분노와 원망의 찌꺼기.

할아버지를 노인네라고 부르는 이유를 물었을 때 아버지는 입에 문 담배가 필터께까지 타들어가도록 아무 말도 하지 않았다. 담뱃재가 침묵의 무게를 견디지 못하고 소리없이 부러졌다. 침묵은 답하기 곤란한 질문을 피하는 아버지만의 방책이었다.

연합군이 노르망디에 상륙하던 해 태어난 아버지도 이제는 노인이다. 내년이면 아파트 경비 자리에서도 물러나야 한다. 노인의 손자인 나는 노인의 아들이기도 한 셈이다. 그러니까 엄마가 자신이 섬기는 신을 위해 버린 것은 두 명의 노인과 한 명의 애송이였다. 엄마가 집을 나가자 아버지는 하루아침에 폭삭 늙어버렸다. 구부정한 자세로 나란히 앉아 텔레비전을 들여다볼 때면 할아버지와 아버지를 구분하기 어려웠다. 혼동하는 일은 없었다. 한 사람 손에는 소주병이, 다른 한 사람 손에는 담배가 들려 있으니까.

아버지가 경비 자리에서 물러나는 내년이면 시급을 올려달라고 해야 할 것이다. 아르바이트생 밑으로 들어가는 돈이 아까워 입대 날짜를 받아놓고 휴학중인 조카의 노동력까지 착취하는 사장이었다. 어쩌면 다른 주유소를 알아보아야 할지도 모른다.

"또 꽁치?"

"냄새나냐?"

"통조림 껍데기는 씻어 말린 후 쓰레기봉투에 넣으셔야죠."

나는 수챗구멍에 처박힌 통조림 껍데기를 꺼내 꼼꼼하게 씻고 물기가 빠지도록 엎어놓았다. 화장실로 들어가 온수를 세숫대야에 담아 손을 씻었다. 손톱 밑에 낀 기름때는 쉽사리 지워지지 않았다. 주유소에서 일하고부터 손톱 물어뜯는 버릇이 사라졌다. 꽁치는 할아버지가 끔찍이 좋아하는 생선이다.

화장실에서 나오니 아버지는 밥을 그릇에 담고 있었다. 나는 안방 문을 열었다. 어둠속에서 텔레비전 혼자 떠들고 있었다. 텔레비전을 끄고 할아버지를 흔들어 깨웠다.

"아범?"

할아버지는 아버지와 나를 구분하지 못할 정도로 눈이 어두웠다. 수술 가능성을 타진하는 질문에 안과의사는 개의 시력과 다를 바 없다고, 죽을 때까지 개의 눈으로 살아야 한다고 잘라 말했다. 개자식. 꼭 그런 식으로 말해야 했을까. 놈이 안경만 쓰지 않았다면 한방 날렸을 것이다.

개의 눈에 비친 세상이 어떤 모습인지 나는 알고 싶지 않다. 눈발이 날리면 개는 신나서 펄쩍펄쩍 뛰어다니지만 인간은 목을 움츠리고 발길을 재촉한다. 인간의 눈에 비친 세상과 개의 눈에 비친 세상 중 어느 쪽이 더 아름다운지 나는 잘 모르겠다. 그간 인간의 눈으로 보아온 것들이 할아버지를 기쁘게 해주지 못했다면 남은 생을 개의 눈으로 지낸다 해도 억울한 일만은 아닐 것이다.

“하나밖에 없는 손자예요. 식사하세요.”

할아버지를 부축해 밥상 앞에 앉혔다. 할아버지는 코를 박고 밥상을 뜯어보더니 눈살을 찌푸리며 입술을 실룩였다.

“참! 할아버지 좋아하는 이슬.”

뚜껑을 따고 빨대를 꽂아 소주병을 쥐여주자 그제야 입가에 미소가 피어났다. 찌개는 짰다. 눈이 어두워진 아버지는 설탕과 소금을 분간하지 못했고 적량보다 많이 들이붓곤 했다. 커피포트에 물을 끓여 찌개에 부었다. 꽁치살을 발라 할아버지 숟가락에 얹어가며 밥을 먹었다. 밥알 씹는 소리만 들릴 정도로 밥상머리는 적막했다. 음식을 입에 담고 말하는 건 천한 것들이나 하는 짓이라는 게 할아버지의 신조이기도 했지만 과묵은 일종의 가풍이었다. 그 점을 생각하면 엄마의 가출을 아주 이해 못할 바도 아니다. 간절히 기도한다면 신은 가끔 대꾸 정도는 해줄 테니.

“다 묻어버린다.”

앵무새가 대뜸 소리쳤다. 할아버지도 아버지도 휘둥그레진 눈으로 서로를 바라보았다. 두 노인이 눈을 맞춘 건 오랜만이었다. 그것도 잠시, 두 노인은 누가 먼저랄 것도 없이 상대의 시선을 외면했다. 못 볼 거라도 본 것처럼.

나는 눈을 뜨자마자 머리맡의 탁상시계를 확인했다. 알람이 울리기 오분 전이었다. 버튼을 눌러 일몰에 맞춰둔 알람을 해제했다. 알람소리를 듣고 깬 적은 한 번도 없었다. 어두워지기 시작하면 몸이 알아서 깨어났다. 아버지는 벌써 일어났는지 이부자리가 말끔하게 치워져 있었다. 두툼한 벨벳 커튼을 걷고 창문을 열자 어둠의 냄새가 와락 밀려들었다. 나는 창밖으로 코를 내밀어 쌉싸름하면서 들큼한 어둠의 냄새를 깊이 들이마셨다. 머리가 한결 개운해졌다. 일찌감치 켜진 가로등 불빛이 가파른 골목을 오가는 행인의 발목을 싹둑싹둑 잘라내고 있었다. 반지하인데다 서쪽으로 창이 난 이 방은 세상에서 가장 빨리 어두워지고 가장 늦게 밝아졌다. 넓은 안방을 두고 굳이 비좁은 여기서 잠을 청하는 것도 그 때문이다.

"네 짓이냐?"

세수를 하고 화장실에서 나오자 쌀을 씻고 있던 아버지가 턱으로 새장을 가리키며 물었다. 새장은 신문지로 덮여 있었다. 나는 고개를 저으며 신문지를 걷어냈다. 앵무새가 푸드덕 날갯짓하며 삐삐삐 울어댔다. 어둠속에서 얼마나 버둥거렸는지 새장 바닥에 깃털이 수북했다. 앵무새는 그간의 홀대에 시위라도 하듯 거칠게 날아올라 새장 지붕을 들이받았다. 구구구, 소리를 내보기도 하고 휘파람을 불어보기도 했지만 소용없었다. 아버지가 해바라기씨를 모이통에 부어주고 나서야 조용해졌다.

"노인네도 참……"

아버지가 앵무새를 물끄러미 바라보며 혀를 찼다.

나는 된장찌개를 끓인 뒤 안방으로 들어갔다. 텔레비전을 끄고 할아버지를 조심스럽게 흔들어 깨웠다.

"활동사진은 왜 꺼."

할아버지가 눈을 감은 채 말했다.

"주무시는 줄 알았어요. 식사하세요."

"잠은…… 해 떨어지면 자야지."

할아버지는 낮밤 없이 누워 있곤 했다. 텔레비전 볼륨을 크게 키워놓고서. 눈이 밝지 않아 라디오나 다를 바 없었지만 할아버지의 텔레비전 사랑은 유별났다. 특히 영화를 좋아했다. 영화를 방영할 때면 텔레비전 앞에 바짝 붙어 떨어질 줄 몰랐다.

젊은시절 할아버지는 유명한 파락호였단다. 낮에는 방구들을 짊어지고 있다 해가 떨어지기 무섭게 노름방으로 달려갔다. 가랑비에 옷 젖는다던가. 할아버지네 땅을 밟지 않고는 이웃마을에 갈 수 없을 정도로 번성하던 가세가 시나브로 기울었다. 노름뿐이 아니었다. 할아버지는 활동사진에도 적지 않은 돈을 꼬라박았다. 경성에 간다며 돈과 땅문서를 싸들고 집을 나가 몇달 만에 무일푼으로 돌아오기도 했다. 할아버지가 뒷배를 봐주었다는 활동사진에 대한 소문은 무성했지만 그것을 직접 봤다는 사람은 없었다. 동네 여자들은 할아버지가 대처에 딴살림을 차렸다고 수군거렸다. 할아버지의 아버지, 증조부는 하나뿐인 아들의 난봉을 모른 척했다. 중풍으로 몸져누워 있었다지만 석연치 않은 방관이었다. 증조부는 눈을 감으면서도 할아버지를 원망하지 마라 당부했다. 모두 엄마한테서 들었다. 엄마도 누군가로부터 전해들었을 것이다. 엄마가 시집왔을 땐 만석꾼의 영화는 고사하고 하루하루 입에 풀칠하기도 빠듯했다니까. 아버지는 할아버지에 관한 이야기라면 입에 올리는 것조차 꺼렸다.

밥상을 물리자마자 아버지는 텔레비전 앞에 앉아 뉴스를 시청했다. 여느 때 같으면 마을 뒷산에 산책을 다녀왔을 텐데 기다리는 소식이라도 있는 것처럼 화면을 뚫어지게 쳐다보았다. 실종되었던 여중생의 시체가 토막난 채 발견되었고 친일파의 후손들이 나라를 상대로 토지반환 소송을 제기했다. 만리동 주택가에 원인 모를 화재가 발생했고 경부고속도로에서 삼중 추돌사고가 났고 이삿짐을 실어올리던 사다리차가 뒤집혔다. 뉴스가 끝나자마자 아버지는 자리에서 일어나 옷을 갈아입고 서둘러 출근했다. 교대시간까지는 여유가 있었지만 뒤도 돌아보지 않고 집을 나섰다.

아버지는 엄마가 집을 나간 게 할아버지 때문이라 여기는지도 모르겠다. 할아버지 성화에 매년 챙겨야 할 제사만 열두 건이었다. 후사가 없는 먼 친척의 제사까지 떠맡았다. 그나마 아버지가 언성을 높여 줄인 것이었다. 아버지가 할아버지에게 대든 것은 그때가 처음이었다. 엄마가 집을 나간 후 맞은 첫번째 제삿날이었다. 누구의 제사였는지는 모르겠다. 조부모나 할머니 제사가 아니었다는 것은 분명하다. 그 잘난 집안은 혼자 말아먹고 뒤치다꺼리는 애꿎은 자식한테 떠넘긴다고 소리칠 때 아버지의 눈에는 불꽃이 번뜩였다. 그건 오해다. 모두 나라를 위한 일이었다. 엿듣는 귀가 있을까봐 가족도 속였던 거야. 네 할아버지와 나만 아는 비밀이었어. 모든 게 네 할아버지의 뜻이었다. 할아버지의 목소리가 떨렸다. 또 그 헛소리. 부끄럽지도 않아요? 아버지도 물러서지 않았다. 그날 제사는 치르지 못했다.

나는 설거지를 하고 새장에 물을 갈아주었다. 새장 문을 열고 물통을 집어넣는데 앵무새가 손등을 쪼았다. 아프지 않았다. 나는 앵무새와 눈을 맞추며 말했다.

"사랑해."

앵무새는 고개만 까딱까딱 움직일 뿐 입을 열지 않았다. 이 집에서는 앵무새마저도 말을 아꼈다.

나는 안방에 들어가 텔레비전을 켰다. 영화 채널을 틀어주자 할아버지는 텔레비전에 바투 다가앉아 눈을 부릅떴다. 나는 다탁 위에 올려놓은 퍼즐을 방바닥에 조심조심 내렸다. 천 조각짜리 지그소퍼즐이었다. 어둠에 물든 쇼윈도우와 인적없는 초록색 보도, 노란 내벽과 은빛의 스테인리스 술통, 갈색의 테이블과 스툴, 흰 유니폼을 입은 종업원과 중절모를 눌러쓴 두 명의 사내, 그리고 붉은 원피스를 입은 금발의 여자.

거리를 삼킨 어둠을 배경으로 앉아 있는 사내와 여자의 무표정한 얼굴에 자꾸 눈길이 갔다. 처음 만난 사이 같기도 하고 백년쯤 알고 지낸 사이 같기도 했다. 그리고 그들을 지켜보는 듯한 또 한 명의 사내. 나란히 앉은 남녀의 관계보다 그 사내의 표정이 나는 더 궁금했다. 등을 보인 채 앉아 있는 사내와 여자 곁에 앉은 사내의 옷차림이 똑같았다. 푸른 양복과 비둘기색 중절모. 퍼즐은 대부분 모습을 드러냈다.

퍼즐 상자의 그림을 보고 아버지는 무슨 영화의 포스터냐고 물었다. 왕년에 아버지는 극장에 걸리는 영화포스터를 그렸다. 한때 대한극장의 광고판을 맡기도 했다지만 아버지가 그렸던 광고판은 대부분 뒷골목의 동시상영관에 내걸렸다. 아버지가 그렸던 영화포스터의 인물들도 한결같이 표정이라곤 없었다.

등을 보인 채 앉아 있는 사내의 머리 조각을 찾을 수 없어 우선 사내의 몸통 주변에 어둠의 조각을 더듬더듬 끼워맞췄다. 같은 어둠이라도 길거리는 그림자의 농도와 형태를 단서로 끼워맞출 수 있었지만 이쪽은 퍼즐 조각의 모양에만 의지해야 했다. 헛손질을 거듭하다 한숨을 내쉬며 퍼즐을 다탁 위에 엎었다. 할아버지는 여전히 텔레비전 앞에 달라붙은 채 소주를 빨고 있었다.

나는 주머니에서 즉석복권과 동전을 꺼냈다. 1984년에 주조된 오백원짜리 동전. 나와 동갑이었다. 집을 나가던 날 아이스크림 사 먹으라며 엄마가 쥐여준 것이다. 오백원. 세 명의 사내를 버리면서 엄마가 느꼈을 죄책감의 액수였다. 나와 같은 해에 태어난 동전이라는 걸 엄마는 알지 못했을 것이다. 손에 잡히는 대로 쥐여주었겠지. 동전에는 구멍이 나 있다. 내 솜씨다. 잃어버리지 않기 위해 구멍에 열쇠고리까지 끼웠다. 아홉살 때의 일이다.

동전으로 복권을 쓱쓱 긁었다. 꽝이었다. 오늘도 주유소에 일하러 가야 한다는 뜻이다. 방을 나서는데 할아버지가 가래 끓는 목소리로 말했다.

“순사를 만나면 무조건 벙어리인 척해야 돼.”

오래전부터 할아버지는 정신이 오락가락했다. 요즘은 더 심해졌다. 올해가 쇼오와 몇년이냐고 묻기도 했다. 부역자들이 떵떵거리는 세상에서는 출세도 죄라며 아버지의 진학을 막은 할아버지였다. 때문에 아버지의 학력은 초등학교 졸업이 전부였다. 중학교 2

학년 때 학교에 가지 않겠다고 버티자 아버지는 야구방망이로 나를 두들겨팼다. 나처럼 살고 싶냐? 아버지는 눈에 파란 불을 켜고 씨근덕거렸다. 종아리뼈가 드러날 정도로 흠씬 맞았다. 엄살이라도 떨었다면 덜 맞았겠지만 나는 비명 같은 건 지르지 않았다. 용기와는 무관한 일이었다. 반항한다고 여겼는지 아버지는 이를 악물고 방망이를 휘둘렀다. 드러난 뼈를 보고 아버지도 놀라고 나도 놀랐다. 아프지 않았다. 너덜너덜해진 내 종아리를 보고 할아버지는 기절했고 담배에 불을 붙이는 아버지의 손은 부들부들 떨렸다. 정말이지 아프지 않았다. 문제는 그것이었다. 전혀 아프지 않다는 것.

누군가 그랬다. 부모에게 치명적인 상처를 주고 싶은데 게이가 될 배짱이 없다면 예술을 하라고. 학교만 더 다닐 수 있었다면 아버지는 예술가가 되었을지도 모른다. 할아버지에게 복수하기 위해서라도. 게이가 될 배짱은 없었을 테니. 활동사진에 빠져 가산을 탕진한 할아버지에게 복수하기 위해 아버지는 영화포스터를 그렸던 것일까. 아버지가 그린 영화포스터에는 가슴을 먹먹하게 만드는 분노가 서려 있었다.

밤의 공기는 게이가 될 배짱도 예술적 재능도 없는 자들이 뿜어내는 질척한 분노로 끈적끈적했다. 무겁게 가라앉은 공기에 녹아든 분노가 내 살갗을 간질였다. 분노는 쉽사리 잠들지 못하고 밤의 거리를 쏘다니며 먹잇감을 물색했다. 굳이 신경을 곤두세우지 않아도 나는 속속들이 느낄 수 있었다.

지금은 취객들도 어느 지붕 아래 곯아떨어진 새벽, 내밀한 분노를 가래침처럼 찍찍 내뱉는 사장 조카가 자판기를 부서져라 쳐대고 있다. 동전은 넣지 않았다. 멍청한 자판기라고 욕설을 퍼부으며 연방 주먹을 날렸다. 거듭되는 주먹질을 견디지 못하고 자판기가 음료수 캔을 덜컹 토해냈다. 이번에는 콜라였다.

"짠돌이 새끼. 사무실 냉장고 좀 채워놓는다고 쪽박이라도 차나? 주유소가 다섯 개에 아파트가 네 채나 되는 새끼가. 너도 마실래?"

사장 조카는 나보다 두 살 아래였지만 멋대로 말을 깠다. 나는 고개를 저었다. 사장 조카는 내 옆에 털썩 앉더니 캔을 따고 콜라를 벌컥벌컥 들이켰다. 어디서 구했는지 해병대 마크가 찍힌 반팔 셔츠를 입고 다녔다. 사장 조카는 해병대에 자원했다.

"천리행군이라고 들어봤어?"

나는 고개를 저었다.

"사십 킬로그램에 달하는 완전군장을 짊어지고 6박 7일 만에 천리를 주파하는 거야. 사백 킬로라고. 서울에서 부산까지 걷는 셈이지. 여기서 돌발퀴즈 한 방. 완전군장시 배낭에 넣지 않는 것은? 일번 야삽, 이번 칫솔, 삼번 탄창, 사번 모포, 오번 침낭."

사장 조카가 내 얼굴에 대고 트림을 했다. 야식으로 먹은 통닭 냄새가 진동했다. 나는 엄지와 검지로 코를 쥐었다.

"삼번이라고? 제법인데. 이것도 맞히나 보자. 다음 중 천리행군의 가장 큰 적은? 일번 군장, 이번 추위, 삼번 더위, 사번 어둠, 오번 졸음."

나는 고개를 저었다.

"못 맞힐 줄 알았어. 졸음이야. 아는 선배 중에 비무장지대 GP에 근무했던 사람이 있는데…… GP는 가드 포스트의 약자야. 거 왜 텔레비전 보면 셰퍼드 끌고 다니며 점검하는 철책 있지? 그 철책 안쪽에 설치된 벙커라고 생각하면 돼. 곳곳에 지뢰가 묻혀 있고 인민군이 빠는 담뱃불도 보이는 곳이지. 두려움도 긴장감도 다 견딜 수 있는데 졸음은 정말 참기 어렵더래. 자기가 졸면서 놓친 간첩만 일개 소대는 될 거라더군. 내가 왜 돈도 제대로 안 받고 밤에 주유소에서 일하는 줄 알아? 졸음과 싸우는 법을 익히기 위해서야. 해병대는 주로 야간에 움직이니까. 귀신 잡는 해병대니까. 그것도 모르고 꼰대는……"

사무실에서 전화벨이 울렸다. 사장 조카가 말을 끊고 사무실로 달려갔다. 사장 조카는 주유소 사장, 그러니까 제 삼촌을 '꼰대'라 불렀다. 가끔 제 아비도 그리 불렀지만 헛갈리는 경우는 드물었다. 입을 다물고 있는 법이 없는 사장 조카도 제 아비에 대해서만큼은 말을 아꼈으니까. 사장 소유의 다른 주유소 관리를 맡고 있는 눈치였다.

내가 학교를 그만둔 것은 졸음 때문이었다. 어릴 적부터 나는 낮에 자고 밤에 깨어 있곤 했다. 엄마 뱃속에 있을 때도 밤에만 발길질을 했단다. 중학교에 진학하고 몸이 부쩍 자랄 무렵에는 바뀐 낮과 밤을 돌이킬 수 없을 지경이었다. 낮에만 밀려드는 졸음에 속수무책이었다. 수업시간 내내 시들시들 졸았다. 선생들의 갖은 체벌도 제아무리 강력한 각성제도 졸음을 막지 못했다. 졸면서 횡단보도를 건너다 차에 치일 뻔한 적도 여러 번이었다. 급기야 병원에도 가보았다. 뇌파검사도 하고 MRI도 찍어보았지만 의사는 고개를 갸웃거리며 이상하다는 말만 되뇌었다.

자퇴원을 내고 집에 오던 날이었다. 앞서 걷는 아버지의 그림자가 희끄무레했다. 나는 차마 내 그림자를 돌아보지 못했다. 그날 아버지는 나를 앞에 앉혀둔 채 입에 대지 않던 술을 거푸 마셨다. 평소와 달리 아버지는 말이 많았지만 무슨 말을 했는지 나는 기억하지 못한다. 졸음에 취해 있었으니까.

학교를 그만두었다고 하자 할아버지는 잘했다며 머리를 쓰다듬어주었다. 백범도 잠깐 서당에 다닌 게 전부지만 독학으로 민족의 지도자가 되었단다. 세상에서 가장 몹쓸 놈들이 곡학아세하는 자라고 사자후를 토할 때는 할아버지의 정신이 온전한지 그렇지 않은지 분간할 수 없었다. 궁금증은 오래가지 않았다. 할아버지는 진지한 표정으로 이런 말을 덧붙였다. 중경의 광복군이 일본과 독일에 선전포고를 했다. 일본군에 끌려갔던 젊은이들이 목숨을 걸고 탈출해 광복군에 속속 합류하고 있다. 광복군이 조만간 만주의 관동군을 부수고 압록강을 건널 것이다. 이제 광복의 날도 머지않았다. 공부는 그때 가서 해도 늦지 않다.

아버지는 야간학교라도 가라고 등을 떠밀었지만 나는 완강하게 버텼다. 학력이 마음에 걸린다면 검정고시라도 치겠노라고 항변하면서. 야간학교에서도 나는 두드러질 게 뻔했다. 모두가 꾸벅꾸벅 조는데 혼자 말똥말똥 눈을 빛내고 있는 이상한 아이.

"걱정 마세요, 삼촌. 제가 있는데 어련하겠어요."

사장 조카는 수화기에 대고 고개라도 숙일 듯했다. 사장은 다른 종업원들 앞에서 조카를 '오일 장학생'이라 불렀다. 자신이 등록금을 댄다는 말을 잊지 않으면서. 사장 조카는 남은 콜라를 단숨에 들이켰다. 일단의 폭주족들이 이쪽을 향해 경적과 욕설을 쏟아내며 텅 빈 도로를 질주했다.

"저런 새끼들은 모두 군대에 처넣어야 하는데……"

사장 조카가 가래침을 찍 내뱉으며 말했다.

나는 집에 가는 길에 편의점에 들렀다. 편의점 앞에 그 여자가 서 있었다. 화장이 짙고 구두굽이 높은 여자 말이다. 여자는 바로 앞에 멈춰선 흰색 쏘나타에 올라탔다. 나는 번호판을 눈여겨보지 않았다. 카운터의 여자애는 껌으로 풍선을 만들고 있었다. 내가 문을 밀고 들어간 순간 풍선이 푹 터졌다. 나는 소주 한 병, 담배 한 갑, 즉석복권 한 장을 샀다. 빠뜨린 것은 없었다.

새장은 또다시 신문지로 덮여 있었다. 인기척을 느꼈는지 앵무새가 날카롭게 소리를 지르며 버둥거렸다. 신문지를 치우자마자 앵무새는 홰를 박차고 날아올라 새장을 들이받았다. 달랠 엄두가 나지 않았다. 앵무새는 문고리를 부리로 물고 새장 문을 들어올렸다. 제법 높이 들어올렸다. 고리를 놓고 새장 밖으로 머리를 내밀려 했지만 곧장 떨어져내린 문이 번번이 앞을 가로막았다. 성이 났는지 삐삐삐 울어대며 부리로 제 깃털을 쪼아댔다. 깃털이 맥없이 떨어져내렸다. 새장 바닥에는 털이 수북했고 앵무새의 몸통에는 털이 듬성듬성했다.

나는 손을 씻고 밥을 지었다. 김치찌개를 끓이려고 참치캔을 따는데 아버지가 문을 열고 들어왔다. 손에는 신문이 들려 있었다. 오늘자 신문이었다. 앵무새를 보고 아버지는 기겁했다. 신문지에 덮여 있었다는 말을 들은 아버지의 얼굴이 굳어졌다. 밥상을 차린 후 나는 안방으로 들어갔다. 불을 켜고 텔레비전을 끈 뒤 할아버지를 조심스레 흔들어 깨웠다.

"새장은 왜 덮었어요?"

아버지가 할아버지에게 따졌다.

"다 불어버린다잖아."

할아버지가 소주를 빨며 대꾸했다.

"묻어버린다고 했어요."

내가 귀에 대고 소리치자 할아버지는 고개를 저었다.

아버지는 밥을 먹으면서 바닥에 펼쳐놓은 신문을 돋보기까지 쓰고 꼼꼼히 읽었다. 아버지가 신문을 읽다니 별일이었다. 게다가 밥을 먹으면서. 만일 내가 그랬다면 할아버지는 불호령을 내렸을 것이다. 밥상머리에서 딴짓하는 거 아니라고. 복 달아난다고. 식사 내내 할아버지는 앵무새 쪽은 쳐다보지도 않았다. 앵무새의 날카로운 울음소리도 할아버지의 시선을 끌지는 못했다. 사정은 아버지도 마찬가지였다. 식사가 끝나갈 즈음 앵무새가 쇳소리를 내며 소리쳤다.

"다 묻어버린다."

두 노인이 약속이라도 한 듯 동시에 앵무새 쪽을 쳐다보았다.

"거봐라."

할아버지가 말했다.

아버지는 담배에 불을 붙여문 뒤 신문을 챙겨 문간방으로 들어갔고 할아버지는 소주병을 쥐고 안방으로 갔다. 술도 담배도 입에 대지 않는 나는 설거지를 했다. 앵무새는 잠잠해졌다. 설거지를 마친 후 새장의 물을 갈아주었다. 앵무새가 손등을 거칠게 쪼아댔지만 아프지 않았다.

나는 안방에 들어가 바닥에 퍼즐을 펴놓고 맞췄다. 텔레비전은 여전히 큰 소리를 내고 있었고 할아버지는 드러누운 채 눈을 감았다. 한 시간 동안 고작 여섯 조각을 맞췄다. 눈이 절로 감겨 집중할 수 없었다. 퍼즐을 다탁에 올려놓고 할아버지를 살펴보았다. 잠든 것 같았다. 나는 텔레비전을 껐다.

"안 잔다."

할아버지가 가래 끓는 목소리로 말했다. 나는 텔레비전을 켜고 안방을 나왔다. 양치질을 한 뒤 문간방에 들어갔다. 아버지는 코를 골며 자고 있었다. 신문에서 일몰시간을 확인하고 탁상시계의 알람을 맞췄다. 커튼을 단속하고 자리에 눕자마자 나는 잠들었다.

눈을 떴을 때 탁상시계는 알람을 울리기 오분 전이었다. 아버지는 보이지 않았고 이부자리는 말끔하게 정돈되어 있었다. 나는 탁상시계의 버튼을 누르고 자리에서 일어나 커튼을 걷고 창문을 열었다. 어둠의 비릿한 냄새가 방 안으로 밀려들었다. 폐부 깊숙이 어둠의 냄새를 들이마시자 정신이 맑아졌다. 아버지는 부엌에서 끼니를 준비하고 있었다.

"또 꽁치?"

"냄새나냐?"

"빈 깡통은 기름을 깨끗이 씻어서 말린 후 버려야죠."

나는 개수대 수챗구멍에 처박혀 있는 빈 깡통을 씻은 뒤 엎어놓았다.

"노인네 깨워라."

아버지가 밥을 푸며 말했다. 나는 안방 문을 열고 들어가 불을 켜고 텔레비전을 끈 뒤 할아버지를 조심스레 흔들어 깨웠다.

식사를 마치자마자 아버지는 텔레비전 앞으로 달려가 담배를 피우며 뉴스를 시청했고 할아버지는 소주를 홀짝이다 자리에 드러누웠다. 나는 퍼즐을 방바닥에 내려놓고 남은 부분을 맞춰나갔다.

등을 보이고 앉은 사내 주변에 어둠이 차곡차곡 쌓아올려졌다. 조각이 몇개 안 남았지만 사내의 뒤통수 부분이 눈에 띄지 않았다. 남은 조각 중 하나를 집어들고 이리저리 맞춰보는데 아버지가 탄식을 토해냈다. 방배동의 어느 아파트에서 세 모녀가 둔기에 맞아 살해되었다. 범인은 가장인 마흔세살의 강모씨였다. 가족을 죽인 후 음독자살을 시도했다가 병원에 실려갔으나 생명에는 지장이 없다고 했다. 경찰이 강씨를 심문했지만 횡설수설하는 바람에 살해 동기를 밝혀내는 데 어려움을 겪고 있단다. 주위 사람들은 평소 강씨가 주말마다 꼬박꼬박 나들이를 다닐 정도로 가족에 헌신적이던 터라 도무지 믿을 수 없다는 반응이었다. 살해된 일곱살, 다섯살의 여자아이들은 입양아였다.

뉴스가 끝나자 아버지는 자리에서 일어나 옷을 갈아입고 일하러 나갔다. 나는 다섯 조각의 퍼즐을 더 맞췄다. 네 조각만 맞추면 완성이었지만 남은 조각은 세 개뿐이었다. 퍼즐 조각을 담아두었던 상자는 물론 안방 구석구석까지 샅샅이 뒤졌지만 허사였다. 사라진 조각은 등을 보인 채 앉아 있는 사내의 중절모 챙 그림자와 유리창을 삼킨 거리의 어둠이 만나는 부분이었다. 공교롭게도 그림의 한가운데였다. 출시 당시부터 누락된 것인지 내가 잃어버린 것인지 알 수 없었다. 나머지 세 개의 조각을 마저 맞췄다. 제자리를 찾은 구백구십구 조각의 퍼즐 때문에 한 조각의 빈자리가 더 눈에 밟혔다. 나는 쓰게 입맛을 다시며 퍼즐판과 상자를 다탁 위로 치우고 주머니에서 즉석복권과 동갑내기 동전을 꺼냈다. 동전으로 복권을 긁었지만 꽝이었다. 오늘도 주유소에 가야 했다. 사장 조카와 나란히 앉아 밤을 지새워야 한다는 뜻이다. 주유소에 가는 길에 완구점에 들러 퍼즐 한 상자를 샀다. 집에 있는 것과 같은 걸로.

"씨발, 오늘은 모두 기름이 넉넉한가보네."

사장 조카가 입이 찢어져라 하품하고서 중얼거렸다. 자정이 다 되도록 들른 차는 세 대뿐이었다. 모두 경유차였고 그나마 한 대만 가득 채웠다.

사장 조카가 기지개를 켜며 일어나 자판기 앞으로 걸어가더니 주먹질을 시작했다. 자판기는 세 방의 펀치를 맞고서 음료수 캔을 덜컹 토해냈다. 이번에도 콜라였다.

"너도 마실래?"

사장 조카가 콜라캔을 흔들며 물었다. 나는 고개를 저었다.

"세상은 자판기 같은 거야. 돈을 집어넣으면 원하는 게 나온다. 깔끔하지. 돈이 물건으로 변신한 것 같은 환상을 심어주는 거야. 에

누리도 없고 바가지도 없다. 돈을 넣었는데 물건이 안 나올 때 왜 사람들 눈이 뒤집히는지 알아? 무시당했다고 속았다고 배신당했다고 느끼기 때문이야. 자판기 따위도 나를 무시하고 속이고 배신하나? 자판기가 돈을 먹었다고 흥분하는 걸 보면 알 수 있잖아. 멍청이들! 사실 자판기는 늘 돈을 먹고 있었는데 말이야. 자판기를 열어봐. 돈 넣는 구멍하고 물건 나오는 구멍은 연결되어 있지 않아. 돈은 따로 모이게 되어 있고 누군가 그걸 챙겨가는 거야. 교활한 속임수지. 씨발. 요점은 이런 거야. 재미 보는 놈들은 따로 있다."

사장 조카는 콜라로 목을 축이며 사무실로 걸어갔다. 휴대폰 폴더를 열고 만지작거리더니 폴더를 열어둔 채 콜라캔과 함께 탁자에 올려놓은 뒤 수화기를 들고 전화를 걸었다.

"나야, 동철이. 너 최홍만이 다운당하는 거 봤냐? 와, 그 거구가 쓰러지니까 링이 흔들리더라고. 뭐? 게임중이라고? 알았어."

사장 조카는 휴대폰을 만지작거리는가 싶더니 탁자 위 전화기의 버튼을 다시 꾹꾹 눌렀다.

"누구긴 새끼야, 의리의 사나이 동철이지. 너 홍만이 다운당하는 장면 봤냐? 와, 그 거인이 넘어지니까 카메라가 흔들리는데…… 알았다. 나중에 다시 전화할게."

사장 조카는 수화기를 내려놓고 내 쪽을 흘끔 쳐다보았다. 나는 재빨리 고개를 돌렸다. 잠시 후 사장 조카의 목소리가 들렸다.

"나다. 누구긴 씨발아, 동철이야. 고등학교 때 단짝 목소리도 잊었냐? 너 최홍만 다운당하는 거 봤어? 와, 나는 산이 무너지는 줄 알았다. 네? 우성고 삼십팔기 아니에요? 죄송합니다."

사장 조카는 수화기를 내려놓고 화장실에 갔다. 한참 뒤 화장실에서 나와 곁에 앉더니 몇번 헛기침을 하고서 또다시 떠벌리기 시작했다.

"아는 선배 중에 비무장지대 GP에 근무했던 사람이 있는데…… GP는 가드 포스트의 약자야. 왜 텔레비전 보면 셰퍼드 끌고 다니며 점검하는 철책 있지. 그 철책 안쪽에 설치된 벙커라고 생각하면 돼. 곳곳에 지뢰가 묻혀 있고 인민군이 갈기는 오줌발도 보이는 곳이지. 두려움도 긴장감도 졸음도 다 견딜 수 있는데 지루함은 정말 참기 어렵더래. 나중에는 다람쥐와도 대화를 하게 된대. 다람쥐와 대화하다 놓친 간첩만 일개 소대는 될 거라더군. 내가 왜 돈도 제대로 안 받고 밤에 주유소에서 일하는 줄 알아? 지루함과 싸우는 법을 익히기 위해서야. 해병대는 매복을 자주 하니까. 그나저나 오늘은 폭주족 새끼들도 쉬는 날인가보네."

말이 끝나기 무섭게 BMW 한 대가 미끄러져들어오더니 짙게 썬팅된 차창이 소리없이 내려갔다. 썬글라스를 낀 운전석의 남자는 사장 조카 또래였다. 조수석에 앉은 여자애는 더 어려 보였다. 여자애는 핸드백에서 꺼낸 콤팩트의 거울을 들여다보며 화장을 고쳤다.

"삼만원어치만 채워."

썬글라스가 창밖으로 고개를 삐죽 내밀며 낮고 빠르게 말했다.

"머리에 피도 안 마른 새끼가 반말이야. 비엠떠블유 몰면서 삼만원어치가 뭐야? 쪽팔리게. 오밤중에 썬글라스는 또 뭐람? 언놈은 부모 잘 만나 깔치 끼고 비엠떠블유나 몰고 언놈은 밤새 기름이나 처넣고. 씨발."

사장 조카가 낮게 씨부렁거렸다. 나는 주유캡을 열고 휘발유 주유총을 끼웠다. 주유기 계기판의 버튼을 눌러 삼만원을 입력하고 썬글라스에게서 신용카드를 건네받아 사무실로 향했다. 플래티넘 카드였다. 카드를 단말기에 긁고 영수증을 챙겨 돌아왔다.

"사은품 같은 거 없냐?"

영수증과 볼펜을 내밀자 썬글라스가 물었다. 조수석의 여자애는 입술에 립스틱을 덧칠하고 있었다.

"없는데요."

"날로 먹겠다 이거지."

썬글라스가 영수증에 싸인을 휘갈기며 말했다. 카드와 영수증을 넘기자마자 차창이 스르르 올라갔다.

어느새 주유기 앞에 선 사장 조카가 주유구에서 총을 빼냈다. 경유총이었다. 사장 조카와 눈이 마주쳤다. 사장 조카는 엄지와 검지가 서로 닿을 듯 나란히 들어 보였다. 미소를 지어 보이더니 윙크까지 날렸다.

전에 일하던 주유소에서 알바가 경유차에 휘발유를 집어넣는 실수를 저지른 적이 있었다. 기름통을 세척하고 연료계통 부품을 손보느라 한 달치 급여를 까였다. 엔진이 내려앉지 않은 게 그나마 다행이었다. 사장 조카가 경유를 얼마나 넣었는지 궁금했지만 나는 묻지 않았다.

집에 가는 길에 편의점에 들렀다. 화장이 짙고 구두굽이 높은 여자는 보이지 않았다. 편의점 문을 밀고 들어가자마자 머리에 스타킹을 뒤집어쓴 자와 맞닥뜨렸다. 놈은 칼을 들고 있었다. 과도였다. 놈은 칼을 휘두르며 위협했고 나는 주춤주춤 물러섰다. 놈이 출입문을 곁눈질하며 나를 조금씩 밀어냈다. 출입문은 놈과 나 사이에 있었다. 놈이 원하는 것은 출입문이었고 내가 원하는 것은 소주 한 병과 담배 한 갑, 그리고 즉석복권 한 장이었다. 놈은 어깨로 유리문을 밀치며 빠져나갈 공간을 확보하려 했지만 뜻대로 되지 않았다. 손잡이에서 너무 먼 쪽을 밀고 있었던 것이다. 놈이 상체를 손잡이 쪽으로 더 내밀자 칼날도 그만큼 나를 향해 육박해들어왔다. 칼날과 나 사이에는 공간이 별로 없었고 등뒤에는 잡지꽂이가 버티고 있었다.

놈이나 나나 침착함과 약간의 여유공간이 필요했다. 나에게는 침착함은 있었지만 여유공간이 없었고 놈에게는 여유공간은 있었지만 침착함이 없었다. 놈의 목울대가 가쁘게 실룩거렸다. 내가 궁지에 몰렸다는 사실에 당황한 쪽은 내가 아니라 놈이었다. 놈의 혈관을 내달리는 불안이 고스란히 느껴졌다. 저항할 의사가 없다는 것을 알릴 셈으로 두 손을 들어올리기 위해 나는 주머니에 쑤셔넣었던 손을 무심코 빼냈다. 그것이 화근이었다. 놈의 칼이 내 복부를 향해 곧장 날아들었다. 나는 얼결에 손으로 칼날을 막았다. 카운터 쪽에서 짧고 높은 비명이 날아왔다. 놈과 나를 놀라게 한 것은 칼날도, 칼날에 베인 내 손바닥도 아닌 바로 그 비명이었다. 그것이 놈과 나에게 잠시 잃어버린 현실감을 돌려주었다. 죽기살기로 치고받다 공 소리를 듣자마자 서로를 등지는 권투선수처럼 놈과 나는 제 갈 길을 갔다. 놈은 편의점 밖으로 달아났고 나는 소주 한 병, 담배 한 갑, 즉석복권 한 장을 챙겨 카운터에 올려놓았다.

알바 여자애가 눈을 동그랗게 뜬 채 다친 데는 없느냐고 물었다. 그런 것 같다고 대답했다. 여자애는 덕분에 금고가 무사하다고 고마워했다. 사례로 물건값을 받지 않겠다는 것이었다. 사양했지만 소용없었다. 굳이 돈을 치른다면 물건을 내주지 않겠다고 버텼다. 칼을 든 녀석과 대치했을 때보다 더 힘겨웠다. 또래의 여자애와 그리 말을 많이 섞은 건 처음이었다. 실랑이 끝에 소주와 담배 값만 지불하는 선에서 타협했다. 여자애의 아이디어였다. 나쁘지 않은 생각이었다. 무슨 일이 있어도 소주와 담배는 내 돈으로 사고 싶었으니까. 게다가 남이 사준 복권이라면 이제껏 나를 외면하던 행운도 아는 척 정도는 해줄지 모르고.

밖으로 나서려는데 여자애가 연락처를 물어왔다. 나에게는 휴대폰이 없다. 만든 적도 만들고 싶었던 적도 없다. 집전화? 잘 때는 아버지가, 그렇지 않을 때는 할아버지가 코드를 뽑아놓기 일쑤였다. 아버지는 숙면에 방해가 된다고, 할아버지는 왜놈 밀정이 엿듣는다고. 어차피 찾는 전화도 없었다. 전화를 끊는다면 보증금이라도 챙길 수 있을 텐데 아버지는 그러지 않았다. 집주인이 월세를 올릴 때마다 이사를 거듭하면서도 전화번호만은 악착같이 지켜냈다.

예전에는 말없이 끊기는 전화가 종종 걸려오기도 했다. 수화기 너머에 엄마가 있다는 것을 나는 직감할 수 있었다. 공중전화인지 잡음이 많았다. 한번은 흐느끼는 소리가 희미하게 들리기도 했다. 나는 아무 말도 하지 않았다. 저쪽에서 수화기를 내려놓을 때까지 이를 악문 채. 말없이 끊기는 전화는 점점 뜸해지더니 이제는 뚝 끊겼다. 전화는 주로 일요일 저녁에 걸려왔다. 주일. 엄마가 믿는 신의 날.

"매일 오는걸요."

연락처를 가르쳐주는 대신 나는 그렇게 말했다.

"매일이라고요?"

알바 여자애가 물었다.

"네, 어제도 그제도 왔어요. 그 전날도 왔고요."

"정말요?"

"네. 그쪽, 어제는 껌으로 풍선을 만들고 있었고 그제는 스트레칭을 하고 있었고 그 전날에는 커피를 마시고 있었잖아요."

"그……랬어요?"

여자애의 얼굴이 굳어졌다. 스스로도 기억하지 못하는 제 모습을 누군가에게 들켰다는 사실 때문인지, 내가 매일 들렀다는 것을 기억하지 못해서인지 알 수 없었다. 괜한 말을 지껄였다는 것만은 분명했다. 나는 서둘러 편의점을 빠져나왔다. 뒤통수를 긁적이다 기분이 이상해 펴보니 손바닥이 길게 찢어져 있었다. 벌어진 피부 사이로 흘러나온 피가 그새 굳어 상처에 검붉게 들러붙어 있었다. 녹슨 대못처럼 보였다. 아프지는 않았다.

새로 산 퍼즐 상자를 주유소에 두고 왔다는 사실을 깨달은 것은 집앞에 당도했을 때였다. 나는 손목시계를 들여다보며 망설였다. 일출까지는 시간이 별로 없었다. 편의점에서 너무 지체했다. 해가 뜨기 전에 주유소에 다녀오기는 빠듯했지만 단 한 조각의 빈자리가 눈앞에 어른거렸다. 나는 비탈길을 구르듯 뛰어내려갔다.

큰길에 접어들 무렵 깨질 것 같은 통증이 머리를 물어뜯었다. 머리가 아파 숨을 쉬기조차 어려웠다. 꼼짝 않고 제자리에 한참 서 있자 통증이 차츰 가라앉았다. 그러나 어지럼증은 여전했고 속도 메슥거렸다. 어쩔 수 없이 나는 발길을 돌렸다.

비탈길을 되짚어오르는 도중에 손목시계의 알람이 울렸다. 알람이 울리기를 기다렸다는 듯 주위가 순식간에 환해졌다. 심장이 터질 것 같았고 힘줄이 끊어질 듯했다. 손바닥의 상처가 타는 듯 아팠다. 움켜쥔 손을 주머니에서 꺼내 펴보았다. 검붉게 눌러붙었던 상처에 푸릇푸릇한 반점이 돋았다. 곰팡이 같았다. 나는 다시 주먹을 쥐고 주머니에 찔러넣었다. 쏟아져내리는 땀에 눈앞의 세상이 뿌옇게 물컹거렸다. 정신을 가다듬으려 애쓰며 한 걸음 한 걸음 내디뎠다. 일과를 시작하는 사람들이 거대한 물결을 이루며 격렬하게 흘러내렸다. 나와 같은 방향으로 걷는 사람은 단 한 명도 없었다. 회전판 위에 올라선 것처럼 발치가 빙글빙글 돌았다. 뱃속이 메슥거리는가 싶더니 뭔가가 울컥 치밀어올랐다. 급히 허리를 꺾고 길바닥에 토사물을 쏟아냈다. 희멀건 토사물에서 꽁치 냄새가 났다. 아버지는 꽁치를 좋아하지 않았다.

집앞에서 할아버지와 마주쳤다. 중절모자에 두루마기까지 갖춰 입었고 손에는 보퉁이가 들려 있었다. 할아버지는 딴사람 같았다. 방구들만 짊어지고 있던 노인이라고 믿을 수 없을 정도로 정정하고 기백이 넘쳤다. 눈빛은 형형했고 자세는 꼿꼿했다. 내가 태어나던 순간 이미 노인이었지만 지금 눈앞에 선 할아버지는 노인이 아니라 청년이었다. 할아버지의 이마가 범접할 수 없는 기개로 환하게 빛났다. 눈이 부실 정도였다. 나는 태엽이 풀린 장난감 병정처럼 맥없이 쓰러졌다.

"정신차려라. 여기서 머뭇거리면 왜놈들에게 붙들린다. 제물포에서 상해행 배를 타려면 서둘러야 해. 무슨 일이 있어도 백범 선생을 만나야 한다."

할아버지의 외침이 아득해지는가 싶더니 내 몸이 허공에 둥실 떠올랐다. 할아버지가 나를 번쩍 안아든 것이다.

탁상시계가 우는 소리에 눈을 떴을 때 아버지는 보이지 않았고 이불은 구석에 가지런히 개켜져 있었다. 머리도 손바닥도 아프지 않았다. 손바닥의 상처는 그새 아물었고 푸른 반점도 사라졌다. 자리에서 일어나 커튼을 걷고 창문을 연 후 어둠의 냄새를 들이마셨더니 머리가 한결 개운했다. 문을 열고 나가자 조리대 앞에 선 아버지가 대파를 썰다 말고 나를 빤히 쳐다보았다. 아버지는 나에게 무슨 말인가를 하려다 말았다.

"또 꽁치네요."

"냄새나냐?"

"아버지, 상처에 곰팡이가 슨 적 있어요?"

"꿈꿨냐? 씻고 노인네나 깨워라."

"빈 깡통은 기름기를 없애고 잘 말려서 버려야 해요."

나는 수챗구멍에서 빈 깡통을 꺼내 세제를 풀어 씻어낸 뒤 엎어놓았다.

"오늘은 쉬어라. 아침도 거르고 잘 정도면 많이 피곤한 게야."

내가 정신을 잃은 것도 할아버지가 집을 나서려 한 것도 아버지는 전혀 모르는 듯했다. 나는 안방 문을 열고 들어가 불을 켜고 텔레비전을 껐다. 할아버지의 두루마기가 방문 손잡이에 걸려 있었다. 나는 두루마기를 들고 옷장을 열었다. 옷장 바닥에 보퉁이가 놓여 있었다. 할아버지 손에 들려 있던 것이었다. 두루마기를 옷걸이에 걸고 보퉁이를 꺼내 보자기를 풀었다. 내복 상자였다. 뚜껑 귀퉁이가 들뜰 정도로 낡고 오래된 것이었다. 상자를 열어보니 지폐가 가득했다. 대부분 천원권이었는데 옛날 지폐도 적잖이 섞여 있었다. 바닥에는 동전도 제법 많이 깔려 있었다. 나는 상자 뚜껑을 덮고 보자기로 싼 뒤 옷장에 도로 집어넣었다. 나는 할아버지를 찬찬히 뜯어보았다. 거기 깡마르고 쭈글쭈글한 노인이 누워 있었다. 나는 할아버지를 조심스럽게 흔들어 깨웠다.

식사하면서 아버지는 신문을 거듭 들여다보았다. 석간신문이었다. 일어나자마자 일부러 밖에 나가 사온 모양이었다. 신문을 들여다보는 아버지의 이마에 주름이 자글자글했다. 요 며칠 새 아버지는 부쩍 늙은 듯했다. 할아버지도 안색이 좋지 않기는 마찬가지였다. 뭔가에 쫓기는 사람처럼 초조한 기색이 역력했다.

밥상을 물리자마자 아버지는 텔레비전 앞에 앉아 뉴스를 시청했고 할아버지는 두루마기를 옷장에서 꺼내 방문 손잡이에 걸어두고 드러누웠다. 뉴스가 끝나자 아버지는 옷을 갈아입고 집을 나섰다. 영화채널을 틀어도 할아버지는 꿈쩍도 안했다.

전화벨이 울렸다. 처음에는 텔레비전에서 나는 소리인 줄 알았다. 전화는 한참 동안 울어댔다. 집에서 전화벨 소리를 듣는 건 오랜만이었다. 수화기를 들었지만 상대는 말이 없었다. 잡다하게 섞여드는 소음만 지글거렸다. 자동차 경적, 행상의 외침, 빠른 템포의 음악소리, 젊은 여자의 호객소리, 아이들의 재잘거림, 그리고 마른 침을 삼키는 소리. 누군가 세상을 겨우겨우 살아내는 소리들. 나는 수화기를 내려놓지도 입을 열지도 않았다. 짧다고도 길다고도 할 수 없는 시간이 흐른 뒤 저쪽에서 수화기를 내려놓는 소리가 들렸다. 수화기를 움켜쥔 손이 축축했다. 나도 수화기를 천천히 내려놓았다.

새장은 또다시 신문지로 덮여 있었다. 인기척만 나도 울어대더니 앵무새는 잠잠했다. 나는 신문지를 걷었다. 앵무새가 새장 바닥에 쓰러져 있었다. 깃털 하나 남아 있지 않은 몸통은 피멍투성이였다. 앵무새는 힘겹게 숨을 내쉬고 있었다. 나는 새장을 열고 앵무새를 꺼냈다. 새끼손가락에 물을 적셔 내밀었지만 반응이 없었다. 나는 앵무새의 고통을 느낄 수 있었다. 가망이 없었다. 앵무새와 눈을 맞췄다. 뭔가를 간절히 바라는 눈빛이었다. 앵무새가 원하는 게 무엇인지 나는 알 수 있었다.

나는 앵무새의 목을 쥔 손가락에 힘을 주었다. 손가락이 떨렸다. 앵무새가 떠는 것인지도 몰랐다. 앵무새는 모든 것을 조용히 받아들였다. 앵무새의 몸이 축 늘어졌다. 신문지로 앵무새를 쌌다. 모종삽을 챙겨들고 집을 나서 뒷산에 올랐다. 산책로를 걷다 산 정상까지의 거리를 표시한 이정표에서 서쪽으로 아홉 걸음 떨어진 곳에 구덩이를 팠다. 흙으로 구덩이를 메우고 이정표까지 돌아가 다시

동쪽으로 아홉 걸음 간 뒤 구덩이를 팠다. 둘둘 만 신문지를 풀어헤쳤다. 앵무새는 그새 몸이 반으로 졸아들어 있었다. 뭔가가 몸에서 빠져나간 듯했다. 나는 앵무새를 묻었다. 구멍 뚫린 동전도 함께 묻었다. 엄마가 집을 나가며 쥐여준 동전 말이다.

오늘은 일요일이 아니었다. 날짜를 헤아려보니 내 생일이었다. 몇번째 생일인지는 궁금하지 않았다. 할아버지와 아버지처럼 나는 아주 오래 살아야 할 것이니까. 꼭 해야 할 일이 있거나 간절히 기다리는 게 있는 사람은 쉽사리 눈을 감지 못하는 법이다. 할아버지가 오래 살지 아버지가 더 오래 살지 장담할 수는 없지만 두 노인이 앞으로도 많은 날을 버틸 거라는 데는 내기를 걸 수도 있다. 그리고 나는 그들이 죽고도 숱한 세월을 더 살아야 할 것이다. 누군가 자판기를 흠씬 두들기는 소리를 들으며, 누군가 졸음을 쫓으려 애쓰는 모습을 훔쳐보며, 혹 목숨을 걸고 편의점 앞에 서 있을지도 모르는 여자를 근심어린 눈으로 지켜보며. 너무 오래 산 나머지 몇해나 살았는지 가물가물할 때까지. 나이가 궁금하면 묻어둔 동전을 꺼내보면 될 테지.

다음날 아버지가 앵무새에 대해 묻기에 죽어서 묻었다고 대답했다. 아버지는 텅 빈 새장과 내 얼굴을 번갈아 바라보며 무슨 말인가를 하려다 말았다. 나는 밥상을 차리고 안방에 들어가 불을 켜고 텔레비전을 끈 뒤 할아버지를 조심스레 흔들어 깨웠다. 두루마기는 옷장에 얌전히 걸려 있었다. 할아버지는 소주를 빨아가며 밥 한 공기를 뚝딱 해치웠고 아버지는 들고 온 신문을 거들떠보지도 않았다.

설거지를 마치고 안방에 들어갔다. 할아버지는 영화를 방영하는 텔레비전 앞에 바싹 다가앉아 있었다. 나는 다탁 위의 퍼즐판을 조심조심 내렸다. 새로 산 퍼즐 상자를 열고 비닐봉지를 뜯은 뒤 퍼즐 조각을 방바닥에 쏟았다. 천 개의 퍼즐 조각이 우수수 떨어졌다. 수북하게 쌓인 퍼즐 더미를 헤집는 내 손이 분주해졌다. 어둠의 심장을 완성하는 데 필요한 단 한 조각을 찾기 위해.

참! 주유소 일을 마치고 집에 돌아오다 편의점에 들렀다. 화장이 짙고 구두굽이 높은 여자가 편의점 앞에 서 있었고 여드름쟁이 남자애가 카운터를 지키고 있었다. 못 보던 얼굴이었다. 여드름쟁이는 만화책을 펼쳐든 채 낄낄거렸다. 나는 소주 한 병, 담배 한 갑을 카운터에 올려놓았다. 복권은 사지 않았다.

혁명기념일

살다보면 만년만큼 길게 느껴지는 하루와 만나기도 한다. 영신에게는 오늘이 바로 그날이었다. 새벽에 생리가 터졌을 때만 해도 유난히 긴 하루가 될 줄은 짐작조차 못했다. 평소보다 일주일이나 빨랐다. 베른 역을 떠날 때부터 아랫배가 묵직했지만 여독 때문이려니 했다. 어수선한 꿈에서 깨보니 달거리의 흔적이 침대시트에도 확연했다. 허를 찔린 기분이었다. 혹시나 하는 마음에 챙긴 생리대가 아니었다면 낭패를 볼 뻔했다.

생리주기는 갈수록 들쭉날쭉해졌다. 이년아, 마흔이 낼모렌데 남들 다 낳는 애를 안 낳아서 그렇지. 엄마의 잔소리가 귓전에 쟁쟁했다. 하늘을 봐야 별을 따지. 결혼도 안한 처녀가 애는 무슨! 이년아, 나라 밖으로만 쏘다니니 남자가 생길 턱이 있냐. 걱정 마. 잘

빠진 서양놈 하나 물어올 테니. 엄마와의 대화는 언제나 그런 식이었다.

영신에게 사귀는 사람이 없는 것은 아니었다. 초등학교 동창이기도 한 남자친구는 외국 항공사의 승무원이었다. 남자친구는 이방의 도시에 갈 때마다 어김없이 엽서를 부쳤다. 관광명소가 찍힌 사진 뒷면에는 '보고 싶은 영신아'로 시작해서 '정말 보고 싶다!'로 끝나는 애틋한 글이 적혀 있곤 했지만 정작 얼굴을 마주하면 데면데면하기 일쑤였다. 간혹 영신을 아득하게 바라보기도 했는데 다시는 못 볼 사람을 마음에 새기는 듯한 눈빛이었다. 엄마에게 여태 남자친구의 존재를 알리지 않은 건 어쩌면 그 눈빛 때문인지 몰랐다.

이년아, 네가 빨리 시집가야 발 뻗고 잘 거 아냐. 엄마는 세 자매 중 유일한 씽글인 영신을 결혼시키는 대로 이혼서류에 도장을 찍겠다고 별렀다. 이번에는 또 왜? 아빠가 경마장에 갔어? 집 나온 이유를 캐물으면 엄마는 최후의 자존심을 지키려는 듯 끝내 입을 다물었다. 엄마가 트렁크를 끌고 영신의 원룸에 들이닥치는 것은 어제오늘의 일이 아니었다.

욕실에서 빠져나온 영신은 협탁에 던져놓은 손목시계를 들여다보았다. 여섯시를 막 지났다. 영신의 시계는 언제나 유럽 시간에 맞춰져 있었다. 한국에 돌아가서도 시간을 바꾸지 않았다. 각고의 노력 끝에 고대하던 유럽팀으로 옮긴 터라 첫 투어 날짜를 받고는 밤잠을 설치기도 했다.

영신의 집은 줄곧 공항 근처였다. 기분이 울적할 때면 공항 노천

까페에 앉아 비행기가 뜨고 내리는 모습을 하염없이 바라보았다. 그러고 있노라면 거짓말처럼 위안을 얻었다. 누군가는 쁘띠부르주아 근성이라고 힐난했다. 영신의 첫사랑이던 동아리 선배였다. 노래동아리였는데 노래연습은 뒷전이고 사회과학서적을 읽고 토론하느라 밤을 지새우곤 했다. 대학시절 어느 봄날 낙태로 후줄근해진 몸을 끌고 찾은 곳도, 오년 넘게 다니던 부동산개발사무소를 그만두리라 마음먹은 장소도 공항이었다. 영신에게 위안이 되는 것은 착륙하는 비행기가 아니라 이륙하는 비행기였다. 유럽 투어는 이번이 세번째였다.

영신은 어젯밤 호텔 프런트 직원에게 아침 뷔페를 여섯시에 시작해달라고 부탁했다. 평소보다 삼십분 이른 시각이었다. 남들보다 조금만 일찍 출발해도 관람이 한결 수월해진다는 사실을 영신은 로마에서 뼈저리게 실감했다. 회사에서 떨어진 스케줄대로 하루를 시작했다가 바띠깐 시국에 들어가려고 뙤약볕 아래서 세 시간이나 줄을 서야 했지만 본래 시간표보다 일찍 출발한 팀은 한 시간 만에 입장했다. 게다가 오늘 해가 지기 전에 빠리를 섭렵해야 했다. 열흘 만에 네 나라를 둘러보려면 강행군은 불가피했다. 극기훈련을 다녀온 기분이라는 둥, 미션 임파써블이라는 둥의 볼멘 댓글이 여행사 홈페이지 고객평가란에 끊이지 않았지만 '품격' 상품이라 그나마 형편이 나았다. 영신은 서둘러 머리를 말리고 일층 로비로 내려갔다.

아침식사를 하고 있어야 할 일행이 로비 의자에 하릴없이 앉아 있거나 호텔 밖을 서성이고 있었다. 영신은 프런트 직원에게 어찌

된 거냐고 따져물었다. 프런트 직원이 구사하는 영어는 불어와 뒤섞여 요령부득이었다. 손짓까지 동원한 문답 끝에 어젯밤의 담당 직원이 메씨지를 남기지 않았다는 사실을 알아냈다. 오 마이 갓! 영신의 탄식에 프런트 직원은 어깨를 으쓱해 보일 뿐이었다. 다급한 쪽은 영신이었다. 최대한 빨리 뷔페를 준비해달라고 부탁했다. 빨리 빨리. 프런트 직원이 서툰 한국말로 이죽거렸지만 영신은 못 들은 척했다.

빠리 안내를 맡을 현지 가이드가 약속시간에 딱 맞춰 도착했다. 서양미술사를 공부하러 왔다가 눌러앉은 여자로 영신보다 두 살 위였다. 회사에서는 '마담 장'으로 통했다. 유학생활 칠년 만에 논문을 작파하고 요즘은 요리학원에 다녔다. 마담 장은 주머니가 썰렁해도 길거리에서 파는 음식은 거들떠보지 않는 미식가였다. 찍어둔 레스또랑에 가기 위해 사흘을 내리 굶었던 일을 무용담처럼 들려주곤 했다. 푸아그라를 주문해 먹었는데 거위 간만큼 쪼그라든 위가 감당 못해 곧장 화장실로 달려가 게워냈단다. 게워내면서도 그 맛이 너무 근사해 감동의 눈물을 흘렸다고 했다. 짧지 않은 빠리 생활로 마담 장은 말투부터 입성까지 빠리지앵의 분위기가 완연했다. 오늘은 샤넬풍의 민소매 검정 원피스에 흰색 카디건을 걸쳤다. 출발이 늦춰졌다는 소식을 들은 마담 장의 입에서 탄식이 터져나왔다. 메흐드!

전세버스가 출발하자마자 영신은 마이크를 잡았다. 아침식사가 늦어진 사정부터 해명했다. 호텔측의 실수임을 거듭 강조했지만 일행의 반응은 시큰둥했다. 영신의 말에 귀기울이는 사람은 거의 없었다. 지난 며칠 빠리는 궂은 날씨가 계속되었는데 오늘은 다행히 화창하네요. 영신은 날씨로 화제를 바꿨다. 더워요. 에어컨 바람이 안 나와요. 앞쪽에 앉은 아이들이 투덜댔다. 이번 팀에는 아이들이 유독 많았다. 학기중이지만 현장체험학습 명목으로 수업을 빠질 수 있다고 했다. 일행에 아이들이 많으면 신경을 곤두세워야 했다. 마담 장이 운전사에게 에어컨에 대해 묻자 가스가 떨어졌다는 대답이 돌아왔다. 점심때나 되어야 채울 수 있단다. 운전사의 말을 일행에게 전하면서 영신은 셔츠의 소매를 걷어올렸다. 반나절만 햇볕에 노출돼도 빨갛게 일어나는 피부 탓에 반팔 옷은 엄두도 못 내는 영신이었다.

가는 날이 장날이라는 한국 속담이 있죠. 여러분 오늘이 무슨 날인지 아시죠? 네, 맞습니다. 혁명기념일입니다. 앞에 앉은 학생들! 프랑스혁명은 언제 왜 일어났죠? 여행 내내 그랬듯 대꾸하는 사람은 없었다. 전에 다녔던 사무실에서도 영신은 수화기에 대고 혼자 떠들 때가 많았다. 사모님, 강원도에 괜찮은 땅이 나왔습니다. 사장님, 재개발이 유력한 곳이 있는데…… 다짜고짜 욕설을 퍼붓는 자도 있었고 노골적인 추파를 던지는 자도 있었다. 욕설이나 추파보다 더 곤혹스러운 것은 침묵이었다. 혼자서 주절거리고 있노라면 밑도끝도없이 억울한 기분에 사로잡혔다.

영신은 마른침을 삼키며 말을 이었다. 여행을 앞두고 달달 외운 내용이었다. 뭔가를 열심히 암기한 건 오랜만이었다. 대학시절 동아리 토론 때문에 읽었던 『프랑스혁명사』에서 기억에 남는 건 '앙

씨앵 레짐'이라는 단어뿐이었다. 어찌 잊을 수 있겠는가. 그게 누구냐고 물었다가 웃음거리가 되었는데.

아시겠지만 1789년 발생했답니다. 영국을 견제하기 위해 미국독립전쟁을 돕다 국고가 바닥나 민중의 삶이 궁핍해졌지요. 텅 빈 국고를 채우기 위해 특권층인 성직자와 귀족에게 세금을 물리려던 계획이 무산되는 등 개혁이 지지부진하자 민중의 분노가 폭발했어요. 무장한 빠리 시민들이 정치범 수용소인 바스띠유 감옥을 습격하면서 혁명의 도화선에 불이 붙었는데 오늘이 바로 그날입니다. 다 아시겠지만 루이 16세와 마리 앙뚜아네뜨도 기요띤에 목이 잘렸어요. 혁명의 소용돌이를 피해 오스트리아로 망명하려던 국왕부부는 추격을 따돌렸다고 안도하며 국경마을 농가에서 잠시 쉬었어요. 음식을 먹은 댓가로 은화를 주었는데 그 은화에는 루이 16세의 초상이 새겨져 있었답니다. 은화를 받은 아낙네의 신고로 부르봉 왕조가 역사의 뒤안길로 사라지게 되었지요. 오후에 둘러볼 베르싸유 궁이 바로 그들이 살던 곳입니다.

여느 때처럼 버스 안은 나른한 침묵 속으로 빠져들었다. 영신은 마담 장을 소개하고 서둘러 마이크를 넘겼다. 마드무아젤 장은 너무 기니까 마담 장이라 불러주세요. 장 마담이라고 부르는 분들 계시는데 피를 토하며 불러도 우리는 절대 대답 안합니다. 여기저기서 웃음이 터졌다.

관광객이 벌써 장사진을 친 에펠탑 주변에는 M16을 든 군인들도 눈에 띄었다. 며칠 전 런던 도심에서 폭탄테러가 발생해서인지 군인들의 눈초리는 삼엄했고 소지품을 검사하는 보안요원의 손길은 꼼꼼했다. 핸드백이나 가방은 물론 바지주머니까지 샅샅이 뒤졌다. 엘리베이터가 분주히 오르내렸지만 끝없이 밀려드는 사람들을 감당하기에는 역부족이었다. 엘리베이터 탑승을 포기하고 계단을 이용하는 사람들도 적지 않았다. 앞줄을 가늠하는 영신의 얼굴이 어두워졌다. 철저한 검색 탓에 줄은 더디게 줄었다.

마침내 줄의 맨 앞에 서게 된 것은 기다린 지 한 시간 만이었다. 마담 장이 미키마우스가 그려진 플라스틱 봉을 높이 쳐들었다. 일행을 잃지 않기 위해서였다. 마담 장의 카디건 겨드랑이에 실밥이 터져 동전만한 구멍이 나 있었다. 말을 해줘야 할지 말아야 할지 영신이 망설이는 사이 마담 장은 저만치 멀어졌다. 밀고 밀리는 사람들의 머리통 위에서 미키마우스는 앙증맞게 웃고 있었다.

영신은 에펠탑에 오르지 않았다. 생리통 때문이었지만 탑에 처음 올랐을 때 적잖이 실망한 탓도 있었다. 빠리 시내를 한눈에 조망할 수 있다는 점 외에 별다른 감흥을 느끼지 못했다. 에펠이 지은 철탑은 센느 강의 유람선에서 볼 때 가장 그럴듯했다. 모나리자 앞에 섰을 때도 같은 기분이었다. 관광객들의 카메라를 독차지한 다빈치의 그림은 기대와 달리 작고 어두웠다. 지그소퍼즐을 연상케 할 정도로 화폭 전체를 좀먹은 균열이 차라리 신선했다. 그것이야말로 제아무리 화상도 높은 컬러프린터도 뽑아낼 수 없는 세월의 더께이자 천재의 빛나는 재능 앞에서도 무심한 시간의 불편부당에 대한 증거였으니까. 빠리를 떠나고서야 빠리에 대해 쓸 수 있었다던 헤밍웨이의 마음을 이해할 수 있을 것 같았다. 그럼에도 불구하고 영신은 빠리가 좋았다. 빠리는 고양이 같은 도시였다. 자유롭고 도도하면서 우아한 분위기가 맘에 들었다. 구름이 걷히면서 점점 더워졌다. 몰려드는 졸음을 쫓아내기 위해 영신은 머리를 세차게 흔들었다.

졸았어? 마담 장이 어깨를 흔들며 물었다. 아니요. 영신은 짧게 대답하며 벤치에서 일어섰다. 허리가 뻐근했다. 괜찮아? 얼굴이 창백해. 마담 장이 근심어린 표정으로 물었다. 영신은 괜찮다고 얼버무리며 시간을 확인했다. 열한시를 훌쩍 넘겼다. 탑에 다녀오는 데 두 시간이나 걸렸다. 이런 식이라면 오늘 일정을 예정대로 소화하기 어려울 것이었다. 어쩌자고 이런 철탑을 세워서 생난리를 피우는지. 마담 장은 탑을 올려다보며 혀를 찼다.

전세버스는 공원 진입로에서 대기중이었다. 모두 내려왔느냐고 영신이 묻자 마담 장은 고개를 저었다. 영신은 버스 주변에 모여 있는 일행을 일별했다. ……열다섯, 열여섯. 두 명이 비었다. 초로의 부부 팀이었다. 모자부부팀. 영신은 일행의 이름을 외우지 않았다. 굳이 이름까지 암기할 필요가 없는데다 고객의 신상에 관심을 갖지 않는 것을 원칙으로 삼았기 때문이었다. 이런저런 정보를 알게 되면 선입견이 생기게 마련이니까. 일행은 팀별로 머릿속에 담았다. 부부팀, 모녀팀…… 가족팀은 자녀의 성별로 구분했다. 자매가족, 남매 가족. 이번처럼 남매 가족이 두 팀일 때는 맏이의 성별을 따졌다. 큰딸 가족, 큰아들 가족. 노부부팀이 둘이었는데 그들은 늘 모자를 쓰고 다녀 모자부부팀으로 기억했다. 남편은 썬캡을, 부인은 챙이 좁은 밀짚모자를 썼다.

마냥 기다릴 수만은 없어 먼저 내려온 일행을 버스에 태워보냈다. 에펠탑에 입장하려는 인파는 갈수록 불어 줄의 끝이 까마득했다. 영신은 여행사 로고가 찍힌 붉은색 삼각깃발을 높이 치켜들었다. 깃발을 치켜들면서 자신도 모르게 겨드랑이를 만지작거렸다.

모자부부를 찾은 것은 버스를 보낸 지 사십분 만이었다. 엘리베이터를 기다리느라 가이드를 놓쳤다고 썬캡 사내가 푸념했다. 버스가 이미 떠났다는 영신의 말에 어떻게 그럴 수 있느냐며 씩씩거렸다. 일정이 촉박해 어쩔 수 없었다고 영신이 양해를 구했다. 장마담인가…… 현지 가이드, 인원을 확인해가며 움직여야지 폭탄이라도 터진 것처럼 혼자 내빼면 어쩌자는 거야. 설명도 제대로 안해주고 말이야. 책임감이 없어도 유분수지. 우리가 짐짝 취급 받으려고 품격상품 고른 줄 알아? 품격상품이면 품격을 지켜줘야 할 거 아냐? 사내의 화는 좀처럼 수그러들지 않았고 머리를 조아리는 영신의 이마에는 진땀이 송골송골했다. 가이드 아가씨가 뭘 잘못했다고 그래요. 밀짚모자 부인이 영신과 눈을 맞추며 말했다. 살짝 미소까지 지어 보였지만 영신은 차마 그러지 못했다.

차량통제 탓에 택시를 잡을 수 없었다. 식당으로 쫓아가기에는 늦었고 다음 행선지인 루브르 박물관으로 질러가기에는 일렀다. 영신은 기어들어가는 목소리로 상황을 설명했다. 달팽이 요리는 어쩌고? 썬캡 사내가 따지듯 물었다. 죄송합니다. 영신이 거듭 사과했다. 어쩔 수 없죠. 밀짚모자 부인이 말했다. 그래도 불란서에 왔으면 달팽이 요리를 먹어봐야 하는데. 썬캡 사내가 쓰게 입맛을 다셨다.

일단 센느 강을 따라 루브르 박물관 쪽으로 걷기로 했다. 빠리의 여름은 햇볕이 따가워도 끈적거리지는 않는데 요 며칠 비가 오락가락한 탓인지 공기가 텁텁했다. 아름드리 마로니에가 우거져 그나마 걸을 만했다. 영신은 생리통이 극심한 날엔 무작정 거리에 나서곤 했다. 목적지도 없이 거리를 걷다보면 몸의 뿌리까지 쪼아대던 통증은 보랏빛으로 질려가는 하늘에 가박혔다. 밤하늘의 별은 어느 지붕 밑에 드러누운 자들이 잠들기 전 가까스로 내건 고통이라고, 고통이 달궈질수록 별은 보석처럼 빛나는 법이라 생각하면 마음이 한결 편해졌다.

부르봉 궁 근처에 이르렀을 때 썬캡 사내가 식사를 제안해 가장 먼저 눈에 띈 레스또랑으로 들어갔다. 썬캡 사내는 달팽이 요리와 송아지 스테이크를 주문했다. 영신과 부인의 만류에도 불구하고 레드와인도 한 병 시켰다. 영신은 마담 장에게 전화를 걸어 루브르 박물관 피라미드 입구에서 만나자고 약속했다.

달팽이 생긴 건 졸라 구리다. 니 남친 거시기만하다. 미친년, 니가 봤어? 옆 테이블에서 한국 여자애 둘이 디지털카메라 플래시를 터뜨리며 낄낄댔다. 썬캡 사내가 미간을 잔뜩 찌푸렸다. 핸드백에서 디지털카메라를 꺼내던 영신은 멈칫했다. 달팽이 요리 사진을 블로그에 올리는 건 다음 여행을 기약하는 게 나을 듯했다. 여보, 제발. 밀짚모자 부인이 남편의 손을 잡고 애원하듯 말했다.

영신은 입이 썼지만 오후 일정을 위해 음식을 꾸역꾸역 입안에 밀어넣었다. 썬캡 사내가 와인을 권했다. 와인 한 잔만으로도 얼굴이 붉어지는 영신이었다. 어른이 주면 일단 받는 거라며 정색하는 바람에 마지못해 잔을 내밀었다. 와인은 잔을 들고 받는 게 아냐. 테이블에 올려놓고 채우는 거지. 아직 씽글인가? 썬캡 사내가 와인을 따르며 물었다. 아…… 네. 물을 급히 들이켜며 영신이 대답했다. 나이가 꽉 찬 것 같은데 결혼은 안해? 사귀는 사람 없어? 썬캡 사내가 물었다. 그게…… 영신은 억지로 입을 뗐다. 올해 몇이지? 썬캡 사내가 영신의 말을 자르며 물었다. 여보! 밀짚모자 부인이 남편을 흘기며 말했다. 딸내미 같아서 그러는 건데 왜 그래 할망구야. 썬캡 사내는 와인잔을 단숨에 비우고 다시 채웠다. 서른일곱이에요. 영신이 냉랭한 침묵을 견디지 못하고 대답했다. 거보라고, 지혜랑 동갑이잖아. 내 딸은 첫애가 내년에 초등학교에 들어가. 그 밑으로 둘이나 더 낳았어. 애국자지. 심리학을 전공했는데 지금 박사논문을 집필중이야. 딸 낳으면 비행기 탄다는 말 헛말이 아냐. 이 여행은 사위가 보내줬어. 사위는 지금…… 말씀 중에 죄송한데요, 화장실이 급해서 실례하겠습니다. 영신은 주뼛주뼛 자리에서 일어났다.

사귄 지 육년이 되도록 영신은 결혼 이야기를 입 밖에 내지 않았다. 남자친구도 마찬가지였다. 정말 연인 사이가 맞나 의심스러울 때도 있었다. 열정을 불태울 기회도 없이 오랫동안 알고 지낸 탓인지 알몸을 맞대고 있어도 마냥 편하기만 했다. 결혼하자고 하면 이런 답이 돌아올 것 같았다. 가족과 결혼하는 거 봤어?

언젠가 영신은 남자친구에게 자신을 왜 만나는지 물었다. 남자친구가 주저없이 대답했다. 편하니까. 사랑하니까,라는 진부한 대답보다 진실에 가까운 말이려니 싶었지만 마음 한구석이 헛헛했다. 남자친구는 낯간지러운 말을 못하는 타입이었다. 눈가에 잔주름이 부쩍 늘었어,라고 푸념하면 세월 앞에 장사 없다고 무덤덤하게 중얼거렸다. 그러니 이국의 풍광이 찍힌 엽서에 적힌 보고 싶다는 말은 인사치레가 아닐 것이었다.

남편의 외도 때문에 이혼한 어떤 친구는 남편의 부정을 알게 된 순간 오히려 해방감을 느꼈다는 고백으로 영신을 놀라게 했다. 그것이 진실이었기에, 사랑하니까 결혼하고 사랑이 식어 이혼한다는 안전한 진부함의 목을 비트는 잔인한 진실이었기에 영신은 전율했다. 진실을 알게 되면 우리는 그것을 알기 전의 세상으로 돌아갈 수 없다. 진실로 인해 변한 것은 세상이 아니라 우리 자신이니까. 진실이 불편하고 잔혹한 것은 온 세상은 내버려두고 우리 자신만 덜렁 바꿔놓기 때문이다. 진실을 알기 전에는 두려움에 떨고 진실을 알고 나서는 회한에 몸서리친다. 두려움과 회한을 피하기 위해 기꺼이 감수하는 거짓을 우리는 진부함이라 부른다. 영신은 남자친구의 프러포즈를 고대하면서도 두려워했다.

화장실은 사용중이었다. 칸막이에 옷도 걸쳐져 있었다. 세면대의 거울을 보며 화장을 고치는 여자는 옆 테이블에 앉았던 애들 중 하나였다. 잠시 후 화장실 부스 문이 벌컥 열렸다. 나머지 한 명의 여자애가 붉은 원피스 차림으로 나타났다. 어때? 졸라 쌈박하네. 구라 까면 죽어. 붉은 원피스가 거울 앞에서 몸을 비틀며 맵시를 살폈다. 저기요, 화장실이 급한데…… 영신이 기어들어가는 소리로 말했다. 붉은 원피스는 반응이 없었다. 마네킹이 입고 있을 때는 완전 슬림한 느낌이었는데 이상하네. 둔해 보이지 않냐? 당연하지 병신아. 마네킹하고 체형이 다르잖아. 그게 아니야. 매장에서 입어 봤을 때랑 느낌이 달라. 아 짜증나, 대체 뭐가 달라진 거지? 다르긴 뭐가 다르다고 그래. 내 눈에는 똑같아 보이는데. 보다못한 영신은 화장실 부스 안으로 들어가 문을 잠갔다.

여기가 탈의실인 줄 알아? 영신이 버럭 소리쳤다. 여간해서는 언성을 높이는 법이 없는 영신이었다. 가슴 깊은 곳에서 거칠게 터져 나오는 고함에 놀라 영신은 부르르 몸을 떨었다. 갑자기 주변이 조용해졌다. 왠지 조마조마한 정적이었다. 정적은 오래가지 않았다. 칸막이에 걸쳐진 옷이 휙 사라지는가 싶더니 신경질적인 발길질에 문이 덜컹거렸다. 피똥 지릴 때까지 변기에 앉아 오래오래 사세요, 씨발년아. 화장실 출입문이 쾅 닫히는 소리에 영신은 움찔했다. 영신이 자리로 돌아갔을 때 옆 테이블은 비어 있었다. 빈 것은 옆 테이블만이 아니었다. 와인병도 그새 바닥을 드러냈다. 썬캡 사내의 얼굴은 불콰했고 밀짚모자 부인의 얼굴은 창백했다.

알렉상드르 3세 다리를 건너 꽁꼬르드 광장을 가로지른 후 뛸르리 공원을 지나 루브르 박물관에 도착할 때까지 아무도 입을 열지 않았다. 날은 더 후텁지근해졌고 부부 사이의 공기는 냉랭했다. 그 또한 제 탓 같아 영신은 안절부절못했다. 루브르는 멀게만 느껴졌다. 마침내 루브르가 모습을 드러냈을 때 영신은 반가워 눈물이 날 뻔했다.

결혼 삼십주년 기념으로 온 여행이야. 삼십년! 강물 앞에서 젊음을 자랑 말고 태양 아래서 꽃의 붉음을 노래하지 말라더니 영원할 줄 알았던 인생이 지나고 보니 한나절이야. 썬캡 사내가 탄식했다. 무슨 말이든 대꾸를 해야 할 것 같았지만 영신은 차마 입을 열 수 없었다. 썬캡 사내는 노래를 흥얼거리기 시작했다. 인생은 나그네 길. 어데서 왔다가 어데로 가느냐……

최근에 만났을 때 남자친구는 우연히 발견했다는 한 인터넷 싸이트에 대해 이야기했다. 사고를 당한 비행기의 블랙박스에 녹음된, 사망자들의 마지막 음성을 모아놓은 싸이트라 했다. 수만 피트 상공에서 죽음에 직면한 사람들이 지상의 누군가에게 유언처럼 남긴 말들. 패스트푸드로 끼니를 때우거나, 간밤의 과음으로 침대에서 뒤척거리거나, 끼어드는 차를 향해 신경질적으로 경적을 울리거나, 정기인사 발표를 초조하게 기다리고 있었을 누군가의 심장에 새긴 최후의 한마디.

죽음을 예감한 사람들이 남긴 말 중 가장 빈번한 게 뭔지 알아? 남자친구의 물음에 영신은 이렇게 쏘아붙였다. 내일모레 투어 떠나는 사람 불러놓고 재수없게 자꾸 죽음 얘기야. 할말이 있다며, 대체 뭐야? 안하던 담배까지 태우고 나서야 남자친구는 입을 열었다. 사실 나 이미 결혼했었어…… 일년 만에 깨졌지만. 영신은 저도 모르게 커피잔에 각설탕을 거푸 집어넣었다. 벌써 네 개째야. 남자친구가 조심스레 말했다. 그제야 영신은 각설탕 단지에서 손을 뗐다. 커피는 달지 않았다.

마담 장과 유리 피라미드 라운지에서 대기중이던 영신은 일행

중 한 팀이 헐레벌떡 뛰어나오는 것을 보고 일이 터졌음을 직감했다. 모자팀, 그러니까 재클린 스타일의 불가리 썬글라스를 낀 여자와 손에서 캠코더를 놓는 법이 없는 초등학생 남자애 팀이었다.

소매치기당했어요. 아뽈로 갤러리를 나서는데 백이 열려 있어서 확인해보니 지갑이 보이지 않는 거예요. 불가리 썬글라스 여인이 빠르게 말했다. 아뽈로 갤러리라면 루이 15세가 대관식 때 썼던 다이아몬드 박힌 왕관을 비롯해 부르봉 왕조의 호화로운 유품들이 전시된 곳이었다. 어떡하죠. 이 일을 어떡하죠. 영신은 발을 동동 굴렀다. 현금은 얼마나 들어 있었죠? 마담 장이 물었다. 천 유로쯤. 불가리 썬글라스 여인의 목소리는 담담했다. 어쩜! 백만원이 넘는 돈인데. 영신의 목소리가 높아졌다. 런던의 버버리 본점에서 산 지갑인데…… 휴대폰을 쓸 수 있을까요? 카드부터 정지시켜야 하니까. 불가리 썬글라스 여인이 귀찮게 됐다는 투로 말했다. 카드번호 아세요? 영신이 로밍해온 제 휴대폰을 내밀며 물었다. 아는 방법이 있어요. 불가리 썬글라스 여인은 숄더백을 뒤져 영수증을 꺼냈다. 불가리 썬글라스 여인은 남편에게 전화를 걸어 카드번호와 비밀번호를 불러주며 뒤처리를 부탁했다. 사무적인 말투였다.

여권이 문제네. 휴일이라 발급이 안될지도 모르는데. 불가리 썬글라스 여인이 미간을 찌푸리며 말했다. 여권도 잃어버리셨어요? 내일 영국에 들어가야 하는데…… 말꼬리를 흐리는 영신의 얼굴이 어두워졌다. 화장실을 뒤져보는 건 어떨까요? 소매치기들은 돈만 챙기고 여권이나 지갑은 휴지통에 버리기도 하니까. 영신의 제안에 마담 장은 회의적인 반응을 보였다. 화장실이 너무 많다는 것이었다. 임시여권을 발급받는 쪽이 확실하다는 의견이었다. 영신은 모자팀과 함께 택시를 타고 영사관으로 향했다. 오늘의 불행은 이것이 마지막이기를 간절히 바라면서.

도난 때문에 여권을 재발급받으려면 폴리스 리포트가 필요하다는 사실을 영신이 떠올린 것은 영사관에 다 왔을 무렵이었다. 영신은 앵발리드 광장에서 택시를 세웠다. 영신은 행인에게 가까운 경찰서의 위치를 물어 더듬더듬 찾아갔다. 걸음을 내디딜 때마다 아스팔트가 내뿜는 열기가 훅 끼쳐왔다.

도난신고서를 작성하고 확인서를 발급받는 것은 그다지 어렵지 않았다. 불가리 썬글라스 여인의 불어 실력 덕이었다. 임시여권을 발급받기 위해서는 증명사진이 필요했다. 휴일이라 사진관은 문을 닫았을 터였다. 앵발리드 지하철역에 즉석사진기가 있다고 경찰관이 알려주었다. 도보로 십오분 정도의 거리지만 폭염을 뚫고 가야 했다. 순조롭게 일이 풀렸다면 면세점에서 느긋하게 쇼핑을 즐기고 있었을 것이었다. 영신의 모친은 루이뷔똥에서 새로 내놓은 핸드백을 주문했다. 하지만 손에 쥐여준 돈은 어림없는 액수였다. 아랫도리가 뻐근했다. 생리대를 갈고 싶은 마음이 굴뚝같았다. 마침 아이가 배고프다고 보채 근처 맥도널드 매장에 들어갔다. 영신은 화장실에서 생리대를 갈았다. 생리대에 묻은 피가 녹물처럼 거무튀튀했다.

불가리 썬글라스 여인이 영신에게 콜라잔을 내밀었다. 아이는 햄버거와 프렌치 프라이를 순식간에 먹어치우고도 손가락에 묻은 토마토케첩을 쪽쪽 빨았다. 그만해라. 불가리 썬글라스 여인이 째려보며 말했다. 아이는 여전히 손가락을 소리내어 빨았다. 불가리 썬글라스 여인이 등짝을 후려친 뒤에야 손가락을 입에서 빼냈다.

영신은 모자를 새삼 뜯어보았다. 불가리 썬글라스 여인은 날씬했지만 아이는 뚱뚱했다. 모자간이라는 게 믿어지지 않았지만 무심코 허공을 응시할 때 언뜻 떠오르는 표정은 똑 닮았다. 자신의 것이 아닌 무언가를 향한 집요한 갈망의 그늘.

다른 분들은 뭐 하고 있을까요? 불가리 썬글라스 여인이 물었다. 쇼핑을 마치고 베르싸유 궁으로 떠났을 거예요. 영신이 시간을 확인하며 대답했다. 어떡하죠? 베르싸유 궁에 가보셔야 하는데. 영신이 안타까워하며 말했다. 괜찮아요. 이미 가본걸요. 면세점은 몇시까지 영업을 하죠? 여섯시면 문을 닫아요. 불가리 썬글라스 여인은 손목시계를 들여다보았다. 다음 일정은 어떻게 되죠? 한국식당에서 저녁을 먹고 유람선을 탄 다음 개선문, 샹젤리제, 꽁꼬르드 광장을 구경하게 됩니다. 불가리 썬글라스 여인은 뭔가를 궁리하는 눈치였다.

가이드 언니, 우리 쇼핑하러 갈 수 있을까요? 영사관에서 나오자마자 불가리 썬글라스 여인이 영신에게 물었다. 시간이 빠듯했지만 영신은 엄마의 부탁을 떠올리며 고개를 끄덕였다. 화장품도 사야 했다. 불가리 썬글라스 여인은 대신 결제해주면 인천공항에 도착하는 대로 현금을 찾아 갚겠노라 했다. 영신의 회사와 특약을 맺은 면세점의 위치는 오페라극장 근처로 영사관에서 그리 멀지 않았다. 영신은 택시를 잡았다. 꽁꼬르드 광장의 통제가 해제되어 마들렌느 성당 쪽으로 곧장 질러갈 수 있었다.

면세점 카운터의 여직원이 영신을 보고 알은체했다. 마담 장에게서 귀띔받은 듯 뒤처진 이유를 묻지는 않았다. 인솔해간 관광객들이 올린 매상은 가이드의 실적에 고스란히 반영되었다. 영신은 앞서 다녀간 일행의 구매액이 궁금했지만 곁에 선 불가리 썬글라스 여인 때문에 묻지 못했다.

영신은 이층 가방 매장에 올라가 엄마가 주문한 핸드백을 집어들고 다시 일층으로 내려갔다. 불가리 썬글라스 여인은 매장 매니저와 두런두런 이야기를 나누며 화장품을 살펴보고 있었다. 영신은 사야 할 화장품을 적은 쪽지를 주머니에서 꺼냈다. 언니와 동생에게 선물할 물건까지 적다보니 목록이 제법 길어졌다.

샤넬은 색조 화장품의 명가예요. 에쎈스 같은 기능성 화장품은 씨슬리를 써야죠. 불가리 썬글라스 여인이 영신의 쪽지를 훑어보며 말했다. 자신의 것도 골랐다. 클렌징은 랑꼼 갈라떼 꽁포르, 아이섀도우는 샤넬 레 까트르 옹브르…… 영신에게는 생소한 이름이었다. 탁월한 선택이십니다, 사모님! 매니저의 찬탄에 불가리 썬글라스 여인은 흡족한 표정을 감추지 않았다. 그녀는 샤넬에서 최근에 내놓았다는 꼬꼬 마드무아젤 향수를 고르는 것으로 쇼핑을 마무리했다.

값을 치르던 영신의 시선이 카운터 너머 벽에 걸린 텔레비전으로 향했다. CNN에서 속보를 내보내고 있었다. 프랑크푸르트를 출발해 이스탄불로 향하던 독일 항공사 소속 여객기가 무장괴한들에게 납치되었다는 소식이었다. 영신의 남자친구가 근무하는 항공사였다. 터키에 가게 되었다는 말을 들은 것 같기도 했다. 화면을 바라보는 영신의 눈이 점점 가늘어졌다. 여객기는 터키 남부의 안탈리아 공항에 비상착륙했고 납치범들이 승객과 승무원을 인질로 삼은 채 경찰과 대치중이었다. 납치된 여객기에는 승객 128명과 승무원 8명이 탑승한 것으로 파악되었지만 구체적인 명단은 밝혀지지 않았다. 영신의 얼굴이 하얗게 질렸다. 벌떼가 머릿속에 들어찬 기분이었다. 휴대폰을 꺼내는 손길이 다급했다. 남자친구의 휴대폰은 꺼져 있었다.

일행과 합류하기 위해 한국식당으로 향하는 택시 안에서도 영신의 머릿속은 납치된 비행기 생각뿐이었다. 운전사는 영신이 건네준 쪽지의 주소를 거듭 들여다보았다. 새로 거래를 튼 식당이라 영신도 정확한 위치를 몰랐다. 시내 도로는 통제되는 구간이 여태 남아 있었다. 통제되는 길을 피하느라 택시는 뒷골목을 종작없이 들락거렸다. 앙드레 말로 광장을 가리키는 이정표가 눈에 들어오는가 싶더니 오페라극장이 저만치 보이기도 했다. 운전사는 차를 멈출 때마다 알아들을 수 없는 말을 신음처럼 내뱉었다. 아이는 식당이 아직 멀었느냐고 칭얼거렸다.

택시를 탄 지 삼십분이 지났다는 사실을 환기해준 것은 전화를 걸어온 마담 장이었다. 식사가 끝나서 유람선 선착장 쪽으로 출발한다고 했다. 영신은 목적지를 유람선 선착장으로 바꿨다. 차 안으로 밀려드는 햇살은 따가웠고 남자친구의 휴대폰은 여전히 먹통이었다. 택시는 마들렌느 성당으로 진입하는 길 위에서 옴짝달싹 못했다. 영신 일행은 택시에서 내렸다. 아까 거기잖아. 아이가 주위를 둘러보며 소리쳤다. 아닌게아니라 면세점 건물 앞이었다. 영신은 다리가 후들거렸다. 영신의 친구들은 그녀의 남자친구가 파일럿인 줄 알고 있었다.

영신은 프랭클린 루즈벨트 역 앞에서 문득 걸음을 멈췄다. 센느 강으로 방향을 잡았지만 오히려 강에서 멀어진 꼴이었다. 눈앞에 쭉 뻗은 샹젤리제 거리는 개선문까지 꼬리를 문 차량과 인파로 북새통이었다. 어디든 엇비슷하게 생긴 바로끄풍의 건물들이 어깨를 맞대고 촘촘히 서 있었다. 어디로 가야 할지 알 수 없었다. 갈림길이 나타날 때마다 한참을 두리번거렸고 한쪽을 택하고도 자꾸 뒤를 돌아보았다.

불가리 썬글라스 여인이 행인에게 길을 묻더니 앞장섰다. 새로 접어든 도로변에는 명품 가게들이 즐비했다. 몽떼뉴 거리였다. 영신은 불안하고 초조했다. 남자친구가 납치된 비행기에 탑승했다는 사실을 알게 된다면 오히려 후련할 것 같았다. 불길한 상상이 자꾸만 머리를 어지럽혔다. 휴대폰이 울렸다. 마담 장이었다. 길이 막혀 시간이 제법 걸릴 것 같다는 것이었다. 영신은 건성으로 대답하고 전화를 끊었다. 어깨에 걸친 쇼핑가방이 자꾸 흘러내렸다.

몽떼뉴 거리가 끝나는 곳에서 먹거리를 파는 노점상을 가장 먼저 발견한 것은 바닥만 보며 터벅터벅 걷던 아이였다. 아이는 바게뜨 사이에 쏘시지와 양배추 쌜러드를 두둑하게 채운 쌘드위치를 단숨에 해치운 뒤 핫도그도 주문했다. 뭐라도 먹어야 하지 않겠느냐고 영신이 묻자 불가리 썬글라스 여인은 일곱시 이후에는 음식을 입에 대지 않는다고 했다. 영신은 에비앙을 사서 목을 축였다. 나뽈레옹이 러시아 정벌길에 오르기 위해 발명케 한 빵이 바로 바게뜨랍니다. 야전에서 병사들이 베고 잘 수 있도록 딱딱하게 만들었다지요. 평소 같았으면 바게뜨의 유래에 대해 농담 같은 설명을 곁들였을 테지만 지금은 재갈이라도 물린 듯 아무 말도 할 수 없었다.

알마 마르쎄유 역 교차로에서 왼쪽으로 꺾어들자 다리가 눈에 들어왔다. 알마교였다. 저기 횃불조각이 세워진 곳이 다이애나 비가 죽은 곳이에요. 불가리 썬글라스 여인이 말했다. 그녀가 가리킨 곳은 알마 터널이었다. 벌써 십년이나 지났네요. 불가리 썬글라스 여인의 목소리는 자못 감회에 젖어 있었다. 쎄인트 폴 성당에서 찰스 왕자와 결혼하던 장면이 아직도 생생한데…… 기이하죠. 오스트리아의 공주가 피를 흘린 이곳 빠리에서 영국의 왕세자비가 목숨을 잃다니. 생중계되던 결혼식을 지켜볼 때 영신은 심장이 터질 것처럼 두근거렸었다. 초등학교 4학년 때였다. 학교에 가면 친구들과 한동안 그 이야기뿐이었다. 유치원 교사이던 다이애나가 황태자와 어떻게 만났는지, 웨딩드레스는 어땠는지, 신혼여행지는 어딘지, 우리나라에는 왜 왕실이 없는지…… 친구들의 얼굴은 하나도 떠오르지 않았다. 다이애나가 죽었다는 소식을 듣고 어디선가 안타까워했을 그들의 얼굴이. 유람선 선착장에 도착하자마자 영신은 대기실 의자에 무너지듯 주저앉았다.

호텔에 돌아왔을 때는 벌써 어둑어둑했다. 영신은 객실에 들어가자마자 텔레비전을 켰다. 피랍 여객기는 여전히 납치범들의 수중에 있었다. 납치범들이 알 카에다와 연계되었을지 모른다는 추측이 조심스럽게 제기될 뿐 납치범들의 신상과 목적은 베일에 싸여 있었다. 납치범들이 급유를 강력하게 요구했지만 터키 당국은 시간을 버는 눈치였다. 뉴스는 국내 소식으로 넘어가 혁명기념일의 이모저모를 스케치했다. 샹드마스 공원에서는 기념축제가 한창이었고 빠리 시내 곳곳에서는 신자유주의 정책에 반대하는 시위가 산발적으로 벌어졌다. 피랍 여객기에 관한 새로운 소식은 없었다. 영신은 생리대를 갈고 로비로 내려갔다.

로비 한쪽에는 인터넷이 연결된 컴퓨터가 비치되어 있었다. 영신은 CNN 홈페이지에 접속했다. 비행기 피랍사건이 비중있게 다뤄지고 있었다. 급유를 요구하는 것으로 미루어 납치범들이 여객기를 중동의 모처로 끌고 가려는 것 같다고 전문가는 분석했다. 미국과 관계가 불편한 중동의 몇몇 나라가 거론되었다. 그게 전부였다. 영신은 남자친구가 근무하는 항공사의 홈페이지를 띄웠다. 대표 안내전화는 통화가 폭주하는지 연결되지 않았다. 영신은 뼈를 저미는 무력감에 몸을 떨었다. 몰아내려 할수록 어두운 상상은 더 치명적인 상상을 불러들였다. 비행기를 납치한 괴한들보다 머릿속에서 날뛰는 어두운 상상이 더 무서웠다.

남자친구의 마지막 모습이 자꾸만 눈에 밟히는 영신이었다. 결혼한 적 있다고 어렵사리 털어놓았을 때 싸늘한 침묵으로 야유했던 자신이 견딜 수 없었다. 스스로를 겨눈 독한 회한에 부들부들 떤다는 것, 그것은 그녀가 전에 살던 세상으로 결코 돌아갈 수 없게 되었음을, 길을 잘못 든 이방인처럼 불쑥 찾아온 진실과 맞닥뜨렸음을 의미했다.

영신은 어떤 싸이트를 화면에 띄우는 자신을 발견했다. 남자친구가 열을 올리며 말했던, 블랙박스에 녹음된 망자들의 음성을 모아놓았다는 싸이트였다. 메멘또 모리. 그 수상쩍은 싸이트의 상단에 걸린 문구였다. 죽음을 기억하라는 문구 아래에는 크고작은 항공사고의 목록이 기재되어 있었다. 소련 전투기에 격추된 우리나라 항공사의 여객기도, 세계무역쎈터와 충돌한 미국 항공사의 여객기도 목록에 올라 있었다. 절체절명의 순간 탑승객들이 지상의 누군가에게 전한 최후의 음성도 저장되어 있었다. 영신은 헤드쎄트를 쓰고 목소리를 클릭했다. 다급한 목소리도 있었고 침착한 목소리도 있었다. 낮게 흐느끼는 소리도 들렸고 격하게 울부짖는 소리도 들렸다. 신변에 닥친 위험을 알리는 내용이 대부분이었을 급박한 최후의 전언들은 최초의 고백처럼 간절하게 떨리는 말로 마무리되곤 했다. 우히부카, 야 빠쓰 류블류, 떼 끼에로, 싸가뽀, 아이시떼이루, 익 하우 반 야우, 이히 리베 디히, 즈 뗌므, 아이 러브 유…… 영신은 남자친구가 자신에게 던졌던 질문을 기억해냈다. 죽음을 예감한 사람들이 남긴 말 중 가장 빈번한 게 뭔지 알아? 영신은 눈시울이 뜨거워졌다.

여객기 납치범들은 체포되었고 승객과 승무원은 모두 무사하다는 속보가 나오고 두 시간이 지나도록 남자친구의 휴대폰은 꺼져 있었다. 애당초 남자친구는 피랍사건과 무관했는지 몰랐다. 하지만 영신의 심장을 짓누르는 초조와 안타까움은 잦아들지 않았다. 이제 호텔 로비는 오가는 사람 하나 없이 깊은 침묵에 잠겼고 영신은 로비 구석 의자에 유령처럼 앉아 있었다. 내일 새벽 런던행 유로스타를 타려면 어서 눈을 붙여야 했지만 선뜻 일어나지 못했다. 프런트를 지키는 직원이 억지로 떠맡은 성가신 수하물을 확인하듯 영신 쪽을 흘끔거렸다.

영신은 꼭 쥐고 있던 휴대폰을 물끄러미 내려다보다 버튼을 눌렀다. 신호음이 울렸다. 영신은 마른침을 삼켰다. 만년 같았던 오늘 하루를 어떻게 설명할지, 내일은 또 어떤 일이 기다리고 있을지, 수만 피트 상공의 비행기에서 죽음에 직면한다면 어떤 기분일지는 막막했지만 남자친구에게 당장 하고 싶은 말이 무엇인지는 분명했다. 진부하지만 이제껏 누구에게도 건넨 적 없는 진실의 불씨, 듣기만을 바랐을 뿐 단 한 번도 들려준 적 없는 그 흔한 말을 할 참이었다. 영신은 문득 창밖으로 시선을 던졌다. 잠을 청하는 누군가 내건 회한인 양 희붐한 가로등 불빛이 여태 잠들지 못한 자들의 머리맡을 지키기 위해 어둠을 간신히 오려내고 있었다. 마침내 남자친구의 목소리가 들려왔다. 영신이 입을 달싹였다. 어디야? 이미 잠든 자들과 여태 잠들지 못한 자들의 곤한 이마 위로 혁명기념일이 조용히 저물고 있었다.

아버지의 부엌

어린시절 한때 간절히 갖고 싶었던 '미미의 부엌'을 나는 새까맣게 잊고 있었다. 그러나 기억은 사라지는 게 아니라 봉인될 뿐이다. 봉인이 풀리는 데는 한 달이면 충분할 수도 있고 백년이 걸릴 수도 있다. 내 경우에는 한 세대가 자라나는 세월과 전화 한 통이 필요했다.

소식이 뜸하던 고등학교 동기로부터 걸려온 전화에 나는 마른침부터 삼켰다. 간만의 전화는 크고 작은 부탁을 매달고 오기 마련이니까. 동기의 목소리는 자못 경쾌했다. 잘 지내느냐, 마지막으로 본 게 언제냐 따위의 의례적인 인사가 오간 뒤 침묵이 흘렀다. 본론을 꺼내기 전의 긴장이 배어 있는 침묵. 나는 다시 한번 마른침을 삼켰다.

저녁에 시간 있느냐고 묻는 동기의 목소리는 여전히 경쾌했다. 왜? 반문하는 내 말꼬리가 뾰족했다. 아차 싶었다. 외우다시피 한 책 구절이 뇌리를 때렸다. 거절은 자연스러워야 한다. 의절할 각오라면 누군들 거절을 주저하겠는가? 현대사회의 인간관계는 참으로 복잡다단해서 언제 어디서 다시 부딪칠지 모른다. 거절은 하되 적을 만들지는 말라. 거절은 물 흐르듯 자연스러워야 한다. 명심하라. 물 흐르듯 자연스럽게.

간만에 얼굴도 보고 삼겹살에 소주나 한잔하자. 동기가 호탕하게 웃으며 말했다. 왜냐고 물었으므로 선약이 있다고 둘러댈 수는 없었다. 동기는 정말로 문득 보고 싶어 연락한 것처럼 굴었다. 그러자고는 했지만 찜찜했다. 녀석과 단둘이 만난 적은 한번도 없었으니까. 회사 앞으로 찾아오겠다는 배려에 긴장의 고삐를 다시 조이지 않을 수 없었다. 동기는 상대의 편의를 봐주는 타입이 아니었다. 냄새가 났다. 나는 머릿속에 저장해둔 거절의 기술을 다시 떠올렸다. 가급적 거절하기 쉬운 환경을 조성하라. 시간과 장소는 상대가 정하도록 하라. 거절의 적은 상대의 권모술수가 아니라 우리의 죄의식이다. 불필요한 죄의식. 그러니 거절을 해도 덜 미안하도록 상황을 유도하라. 수단에 이런 속담이 있다. 치명적인 적은 너희 집 그늘에 숨어 있다.

굳이 그럴 것까지는 없다고 했지만 동기는 한사코 고집을 부렸다. 나도 이번만큼은 호락호락 물러설 수 없었다. 보름 전 대학 동기의 간청을 뿌리치지 못해 들고 온 자동차 구매계약서를 받아든 뒤로 아내는 여태 한마디도 건네지 않고 있었다. 부득이 전할 말이 있으면 아이의 입을 빌렸다. 두 대를 유지하는 건 무리여서 사년밖에 안 탄 차를 처분해야 할 판이었다. 평소처럼 바가지를 긁었다면 차라리 후련했으리라. 처음에는 아내의 침묵이 두려웠지만 그렇게 일주일이 지나고 또 일주일이 지나자 이젠 아내가 입을 여는 게 겁났다. 헤어지자는 말이라도 나올까봐.

사실 아내와 결혼한 것도 거절 못하는 성정 때문이었다. 아내는 과외학생이었다. 백일주를 사달라는 성화에 데려간 술집이었고 내미는 술잔을 외면하지 못해 몰려온 취기였고 취기가 부추긴 키스였고 입술을 가졌으니 책임지라는 생떼에 시작한 연애였고 끌려다니던 연애를 끝장내지 못해 하게 된 결혼이었다.

억울하지는 않았다. 아내가 아니더라도 다른 누군가의 청을 거절하지 못해 했을 결혼이라 여기면 위안이 되기도 했다. 하지만 마음 한구석의 거미줄까지 말끔히 걷어낼 수는 없었다. 채 싹을 틔워보지도 못한 다른 가능성에 대한 아쉬움 때문은 아니었다. 눈앞에서는 뿌리치지 못하고 돌아서면 머리를 쥐어뜯는 고질에 대한 염려 때문이었다.

한 달 전이었다. 친구들과 바람 쐬러 가겠다는 아내에게 차를 내주고 간만에 지하철로 출근했다. 전동차가 안국역을 출발할 때쯤 귀에 익은 팝송이 들려왔다. 비지스의 「할러데이」. 재수시절 학원에서 만난 여자애가 좋아하던 곡이었다. 짧지 않은 세월이 흘렀지만 눈이 부리부리하던 여자애와 검은 흙을 가득 품고 있던 황량한

풍경이 선명하게 떠올랐다.

매달 치르던 모의고사 전날이었다. 점심을 먹은 후 여자애와 도망치듯 학원을 빠져나왔다. 호기롭게 나섰지만 딱히 갈 곳은 없었고 걷다보니 버스정류장이었다. 여자애와 내가 무작정 탄 버스는 도시의 경계를 넘어서도 한참을 달렸다. 종점에서 내린 승객은 둘뿐이었고 눈에 보이는 것은 검은 벌판과 헐벗은 산이 전부였다. 벌판 여기저기에 녹슨 선로가 길을 잘못 든 짐승의 발자국처럼 어지럽게 깔려 있었다. 그중 몇개는 헐벗은 산 밑자락의 굴로 이어졌다. 폐광의 풍경은 천둥벌거숭이조차 감히 발을 들이지 못할 만큼 을씨년스러웠다.

근처 커다란 느릅나무 아래, 간판의 글씨마저 희미해진 간이점방이 다리 풀린 복서처럼 기우뚱 서 있었다. 여자애와 나는 캔디바를 입에 물고 점방 앞 대나무 평상에 앉아 이어폰을 나눠 끼고 음악을 들었다. 검은 벌판을 낮게 쓸며 미지근한 바람이 불어왔다. 바람의 갈피에서 탄내가 났다. 여름이 몰려오는 냄새였다. 슬며시 여자애의 손을 잡았을 때 흘러나온 곡이 비지스의 「할러데이」였다.

기대만큼 오래가는 아름다움은 세상에 없다. 기대가 클수록 아름다운 것들은 서둘러 사라진다. 여자애와의 첫사랑도 마찬가지였다. 그해 여름 초입의 어느 일요일이었다. 책을 보다 전화벨 소리에 달려갔지만 수화기는 이미 아버지 손에 들려 있었다. 낮잠에서 깬 아버지의 눈은 가늘어지고 목소리는 커졌다. 이름과 주소를 꼬치꼬치 캐묻더니 수화기를 거칠게 내려놓은 뒤 옷을 챙겨입었다. 외출 채비를 마친 아버지가 말했다. 옷 입어라. 왜요? 내가 물었다. 같이 갈 데가 있다. 어디요? 가보면 안다. 아버지의 얼굴에 살얼음이 끼어서 더는 묻지 못했다.

큰길로 접어들자 아버지는 택시를 잡았다. 버스비도 아까워 벌벌 떠는 아버지가 택시라니. 나는 조수석에 앉은 아버지의 뒤통수를 불안한 마음으로 쳐다보았다. 아버지가 낯선 동네 낯선 골목의 낯선 집 초인종을 누를 때까지도 일이 어떻게 돌아가는지 짐작조차 할 수 없었다. 유쾌한 일이 아닌 것만은 분명했다. 생소한 이름의 문패가 달린 파란 철문을 나는 아버지의 등 뒤에 숨은 채 뚫어져라 쳐다보았다. 문 너머에 도사리고 있을 어두운 운명의 얼굴을 상상하면서. 문이 영원히 열리지 않기를 바라면서. 잠시 후 덜컹, 문이 열렸다.

누구세요? 운명의 신은 여신이 분명했다. 앳된 여자의 목소리였다. 귀에 익은 목소리. 영호 알지? 영호 애비다. 나는 고개를 내밀어 여자애를 바라보았다. 화단에 물을 뿌리고 있었는지 플라스틱 호스를 들고 있었다. 나를 발견한 여자애의 눈이 커지는가 싶더니 플라스틱 호스가 툭 떨어졌다. 순간 나도 얼어붙고 말았다. 딛고 선 땅이 꺼지는 기분이었다. 어른은 안 계시냐? 아버지가 안쪽을 향해 들으라는 듯 소리쳤다. 여자애의 휘둥그레진 눈이 물었다. 정말 아버지 맞아? 나는 고개를 가로저었다. 세차게 저었다.

빨랫감 가득한 대야를 들고 나타난 여자애의 모친에게 아버지는 일장연설을 토해냈다. 작년에는 실패했지만 올해는 하늘이 두 쪽 나도 법대에 가야 하는 아이다. 한가하게 연애놀음에 빠져 있을 때가 아니다. 남학생에게 전화질하지 않도록 딸자식 간수 잘해라. 나는 그 자리에서 꺼져버리고 싶었다. 죽고 싶었다. 아버지가 연 것은 지옥의 문이었다.

음악소리가 커지는가 싶더니 남색 정장 차림의 사내가 트렁크를 끌며 나타났다. 트렁크 위에 묶인 CD플레이어가 내는 소리였다. 사내는 볼륨을 줄인 뒤 주위를 둘러보며 말했다. 승객 여러분 안녕하십니까. 잠시 불편을 끼쳐드린 점 양해 부탁드리면서요, 놓치기 아까운 상품에 대한 소개 말씀 올리면서요, 추억의 팝송을 한데 모은 야심찬 기획상품이라는 것을 말씀드리면서요, 오리지날 가수의 음성으로 녹음한 제품이라는 것을 완전 보증하면서요, 엄선된 주옥같은 명곡 칠십개를 담은 씨디 일곱 장을 믿을 수 없는 가격 단돈 2만 5천원에 모시겠습니다. 사내는 다시 볼륨을 높이고 주위를 두리번거렸지만 관심을 보이는 사람은 없었다. 급기야 사내는 좌석에 앉은 승객들의 손에 카탈로그를 쥐여주며 말했다. 일단 구경이라도 하시면서요. 나는 카탈로그를 살펴보았다. 대부분 중고등학교 때 즐겨 듣던 곡이었다.

팝송은 절정으로 치닫고 있었다. 그 노래를 듣는 내내 잡고 있었던 손의 감촉이 아직도 생생했다. 통통하고 부드럽고 따스했던 손. 마치 작은 새 한 마리가 손안에 들어온 느낌이었다. 추억의 여운을 음미하는 사이 사내가 앞으로 다가왔다. 최고의 싸운드를 보증합니다. 후회하지 않으실 겁니다. 혹시 제품에 하자가 있으시면 저에게 언제든 연락주십시오. 즉시 교체해드리겠습니다. 내 얼굴에서 무슨 낌새라도 챘는지 사내는 명함까지 건네며 공을 들였다. 어지간해서는 물러서지 않을 기세였다. 전단 한 장도 내치지 못하는 나는 사내의 명함을 엉거주춤 받고 말았다. 감사하다는 말씀을 올리면서요, 특별 염가 2만 5천원에 모시겠습니다. 사내가 큰 소리로 말했다. 명함까지 받아든 마당에 모른 체할 수도 없었다. 더구나 승객들의 이목이 쏠리는 게 느껴졌다. 나는 서둘러 지갑을 꺼냈다.

그날 퇴근길 전동차에서 다시 한번 비지스의 「할러데이」를 들었다. 출근 때와 똑같았다. 감색 정장을 입은 사내가 아니라 검은 정장을 입은 여자라는 점과 가격만 빼고. 여자가 트렁크를 끌고 나타나 CD플레이어의 볼륨을 줄인 뒤 승객들을 둘러보며 말했다. 잠시 불편을 끼쳐드린 점 양해 부탁드리면서요, 놓치면 아까울 상품에 대한 소개 말씀을 올리면서요, 추억의 팝송을 한데 모은 야심찬 기획상품이라는 것을 말씀드리면서요, 오리지날 가수의 보이스로 녹음한 제품이라는 것을 완전 보증하면서요, 엄선된 주옥같은 명곡 칠십개를 담은 씨디 일곱 장을 믿을 수 없는 가격 단돈 2만 3천원에 모시겠습니다. 여자는 다시 볼륨을 높이고 주위를 둘러보았지만 관심을 보이는 사람은 없었다. 급기야 여자는 좌석에 앉은 승객들의 손에 카탈로그를 쥐여주며 일단 구경이라도 하시면서요,라고 권했지만 승객들은 여전히 시큰둥했다.

여자가 가까워질수록 침이 마르고 가슴이 뛰었다. 이번만큼은 안된다고 마음을 다잡았지만 결과를 장담할 수 없었다. 여자가 다가올수록 거절 못할 거라는 두려움이 점점 커졌다. 온몸의 땀구멍마다 식은땀이 방울방울 맺혔다. 다른 칸으로 달아나고 싶기도 했고 서 있는 승객들이 부럽기도 했다. 초조해서 가슴이 터질 것 같왔다. 마침내 여자가 앞으로 다가왔다. 나는 이를 악물며 카탈로그를 내밀었지만 여자는 카탈로그도 받지 않은 채 버티고 서 있었다. 나도 모르게 고개를 들고 말았다. 여자와 눈이 마주쳤다. 여자가 애원의 눈빛으로 나를 바라보았다. 눈이 유난히 컸다. 그 노래를 함께 들었던 여자애처럼. 이러지도 저러지도 못한 채 애꿎은 카탈로그만 만지작거리자 여자가 말했다. 감사하다는 말씀을 올리면서요, 특별 염가 2만 3천원에 모시겠습니다. 승객들의 시선이 쏠리는 게 느껴졌다. 나쁜 짓을 들킨 것처럼 몸이 굳었다. 어서 빨리 이 상황이 지나갔으면 하는 마음뿐이었다. 여자에게 돈을 건네고 나니 차라리 후련했다.

여자가 다음 칸으로 사라지고 승객들의 시선도 뿔뿔이 흩어진 뒤 카탈로그를 비교해보았다. 혹시나 했지만 같은 물건이었다. 혀를 깨물고 싶은 심정이었다. 전동차의 모든 승객들이, 아니 온 세상이 비웃는 것 같았다. 목을 죄는 자기혐오에 숨을 쉴 수 없었다. 나는 발작적으로 자리에서 벌떡 일어나 출입문 앞에 섰다. 창문 너머의 어둠이 까마득했다. 벼랑 끝에 선 기분이었다. 전동차가 멈췄을 때 한 사내의 얼굴이 눈에 들어왔다. 얼굴은 동안인데 머리는 백발이었다. 콘크리트 기둥에 걸린 책 광고 속에서 사내는 활짝 웃고 있었다. 사내의 얼굴 위에는 책 제목이 큼지막하게 적혀 있었다. 거절 잘하는 사람이 성공한다. 나를 위한 책이 분명했다.

막상 동기의 얼굴을 보자 전화를 받았을 때 품었던 긴장은 느슨해졌다. 솥뚜껑 위에서 삼겹살이 지글지글 익어가는 소리도 경계를 누그러뜨리는 데 한몫했다. 노릇노릇 익힌 삼겹살에 살짝 구운 묵은 김치와 학창시절의 추억을 곁들여 상추에 싸먹는 맛이 쏠쏠했다.

동기는 많은 것을 기억하고 있었다. 내가 대필해준 연애편지의 내용은 물론 시화전 때 대신 써준 시도 외고 있었다. 그때 시를 부탁한 것은 녀석만이 아니었다. 청탁의 이유는 가지가지였지만 십중팔구 여자친구가 보러 올 테니 체면 좀 세워달라는 것이었다. 정작 내 이름으로 쓴 시는 없었다.

국어가 역시 날카로웠지. 쓱 둘러보더니 이러더라고. 어째 한 놈이 다 쓴 것 같네. 가슴이 철렁했는데 뒷말이 완전 꽝이었지. 자식들, 준석이 흉내내려면 제대로 하든가. 동기는 국어선생의 말투를 흉내내며 낄낄거렸다. 준석은 반에서 1등을 도맡던 녀석이었다. 그것도 내가 써준 거야. 내가 말했다. 어쩐지. 하! 그 새끼 만날 1등 먹는다고 거들먹거리더니 뒤로 호박씨 깔 줄도 알았네. 동기는 소주를 한 모금 마시고 나서 말을 이었다. 1등 놓쳐서 코가 납작해지는 꼴을 봤어야 했는데. 그때 네가 자유투만 잘 던졌어도. 언제? 중간고사 때 말이야. 체육 실기점수 때문에 아깝게 1등 놓쳤잖아. 긴장해도 그렇지 어떻게 열 발 모두 빗나갈 수 있냐? 동기는 제 일처럼 아쉬워하며 입맛을 다셨다.

동기의 기억은 정확했지만 진실과는 거리가 멀었다. 진실은 이랬다. 긴장하긴 했다. 골이 될까봐. 일부러 빗나가도록 던졌다. 열 번 모두. 뜻밖에 내 시험점수가 잘 나온데다 한창 연애에 열을 올리던 준석이 시험을 그르쳐 생긴 해프닝이었다. 준석의 연애가 끝장났을 때 나는 안도했다.

그래도 국어 성적은 늘 네가 1등이었지. 너는 글 써서 먹고살 줄 알았는데 계산기나 두드리게 될 줄이야. 요새는 글 안 쓰냐? 동기가 내 잔에 소주를 채우며 말했다. 예기치 않게 옛사랑의 근황이라도 들은 것처럼 심장이 따끔했다. 시에 매혹된 것은 중학교 때 포우의 「애너벨 리」를 읽고서였다. '옛날 아주 오랜 옛날/바닷가 어느 왕국에 한 소녀가 살고 있었네/이름은 애너벨 리/그녀의 머릿속엔 오직 나와의 사랑뿐이었네 (…) 어른들의 사랑도/현자들의 사랑도/우리의 사랑에 비하면 아무것도 아니었네/천상의 천사도/바다 밑의 악마도/아름다운 애너벨 리의 영혼으로부터/내 영혼을 떼어낼 수는 없었네.'

그 시를 접한 순간의 충격을 떨칠 수 없었다. 순간에 만년을 살아버린 듯했다. 이제 막 자라나기 시작한 거웃을 자랑하며 으스대는 또래 녀석들은 원숭이들 같았다. 원숭이의 무리 속에서 고독은 날로 사나워졌다. 사나워지는 고독을 잠재우기 위해 밤마다 시를 대줬다. 릴케, 키츠, 프로스트, 랭보, 로르까…… 고독은 피둥피둥 살쪘고 나는 야위어만 갔다. 아버지는 흑염소를 달여왔다. 나는? 여동생의 입이 튀어나왔다. 오빠는 밤새 공부하잖아. 아버지가 말했다. 흥, 시집만 뒤적이는 게 무슨 공부야. 아버지의 얼굴이 찬바람 맞은 돼지기름처럼 굳어졌다. 그날 이후 아버지는 내가 얄팍한 책만 읽고 있으면 다짜고짜 형광등을 꺼버렸다. 형광등이 꺼질 때마다 하나의 세상이 죽었다.

제일 먼저 결혼할 줄 알았는데 마흔이 다 되도록 연애질만 할 줄이야. 국수는 언제 먹여줄 거냐? 나는 동기의 잔에 소주를 채우며 말했다. 내 정신 좀 봐. 동기는 가방을 뒤져 뭔가를 꺼냈다. 청첩장이었다. 드디어! 내 입에서 탄성이 터져나왔다. 장소는 고향이었다. 나는 고개를 갸웃거렸다. 신부의 이름이 낯설지 않았다. 우주, 황우주. 기억나? 동기는 싱글거리며 물었지만 가물가물했다. 설마? 내 입에서 외마디 탄식이 새어나왔다. 동기가 고개를 끄덕였다. 지난 추석 귀향길에 고속도로 휴게소에서 우연히 만났어. 걔도 여태 독신이더라고. 육년을 사귄 남자가 있었는데 사흘 전에 헤어졌대. 그 남자 편지를 태우다 나한테 받은 편지가 떠올라서 예정에 없던 귀향길에 나섰다는 거야. 편지를 고향집 어디에 두고 잊고 있었다나. 인연은 따로 있나봐. 우리 커플은 네가 맺어준 거나 다름없다. 그런데……

동기는 갑자기 목소리를 낮췄다. 기어이 올 것이 오고야 말았다. 그러고 보니 청첩장을 돌릴 거면 굳이 둘만 볼 필요는 없었다. 나는 침을 꼴깍 삼켰다. 내가 미쳤지. 조그만 아파트를 장만해뒀다고 거짓말을 했지 뭐야. 여기저기서 끌어모을 수 있는 돈만으로는…… 오천쯤 신용대출을 받아야 하는데 보증인이 필요해서…… 어떻게 안될까? 공기가 무겁고 텁텁해졌다. 당장 대답 안해도 돼. 동기가 기어들어가는 목소리로 말했다. 나는 고개를 떨어뜨렸다. 이마에는 식은땀이 송골송골 맺혔고 눈앞에는 아내의 성난 얼굴이 어른거렸다. 추억의 팝송 쎄트를 내던지던 아내의 얼굴, 생명보험 계약서를 구겨버리던 아내의 얼굴, 정수기 임대 계약서를 찢던 아내의 얼굴. 책에서 읽은 거절의 기술도 떠올랐다. 거절은 빠를수록 좋다. 부탁받은 자리에서 거절하라. 거절할 때는 상대의 시선을 피하지 마라. 진정성을 의심받는다. 나는 입술을 깨물며 동기를 똑바로 쳐다보았다. 동기는 그 옛날 연애편지를 부탁할 때와 똑같은 표정이었다. 지고의 행복을 눈앞에 두고 사소한 불운에 발목 잡힌, 세상에서 가장 불행한 자의 얼굴. 천국과 지옥이 타인의 한마디에 달려 있는 자의 절박한 표정. 그때 연애편지를 써달라는 부탁을 거절했다면 동기의 인생은 어떻게 되었을까. 다른 사람의 운명이 내 입에 달렸다는 사실이 무섭고 부끄러웠다.

어. 의지와 무관하게 새어나온 한마디. 나는 딴 데 정신이 팔려 있다 엉뚱한 답을 뱉어버린 학생처럼 머리를 긁적였다. 동기는 내 손을 덥석 붙들고 역시 너밖에 없다며 반색했다. 장황한 감사의 인사 끝에 이런 말도 덧붙였다. 사회 봐줄 거지? 그쯤은 문제도 아닐 거라는 투였다. 나는 덫에 걸린 짐승처럼 진땀을 흘렸다. 스스로 판 덫 말이다. 동기가 의아한 눈초리로 쳐다보며 물었다. 어디…… 불편해?

조수석에 앉은 아이는 귀향길 내내 뚱한 얼굴이었다. 할아버지 댁에 가는 게 싫어? 내가 물었다. 스타크래프트 결승전 봐야 된단 말이야. 아이가 볼멘소리를 했다. 할아버지 집에서 보면 되잖아. 케이블 채널이 안 나온단 말이야. 아이는 울고 싶은데 뺨이라도 맞은 것처럼 징징거렸다. 노인네도 참! 몇푼이나 아낀다고…… 아내가 혀를 찼다. 계획에 없던 가족 동반은 아내의 뜻이었다. 이번에 다녀오면 두 주 뒤로 다가온 설은 건너뛰어도 된다는 속내를 굳이 감추지 않았다. 물론 아이를 통해 들은 이야기였다.

아들! 아빠한테 예식장 가까운 극장에 내려달라고 해. 영화 보고 나면 전화할 테니 데리러 오라는 말도 잊지 말고. 고향 톨게이트를 빠져나올 때 아내가 말했다. 아빠도 들었지? 무슨 영화 볼 건데? 아이가 목을 빼 뒤를 돌아보며 물었다. 아들은 뭐가 보고 싶은데? 아내의 콧소리가 귀를 간질였다.

아버지는 종종 공짜 영화표를 들고 왔다. 분식집 벽에 광고 포스터를 붙이는 댓가로 받은 것이었다. 늘 두 장이었고 개봉한 지 제법 지나서였다. 벽에 광고 포스터가 새로 붙을 때마다 표를 가져오는 것 같지는 않았다. 미성년자 관람불가인 영화는 그렇다 쳐도 흥행작만 꼬박꼬박 빠지는 사정은 알 수 없었다. 여동생이 몇번 물었지만 시원한 답을 듣지는 못했다.

영화표의 주인은 가위바위보로 정했다. 이긴 쪽이 두 장 다 가졌다. 한 장씩 나누는 것에 반대한 쪽은 여동생이었고 가위바위보를 고집한 쪽은 나였다. 영화를 보려면 친구와 함께여야 한다는 게 여동생의 주장이었다. 취향에 따라 그때그때 임자를 정할 수도 없었다. 나로 말하자면 구미가 당기는 영화는 대개 멜로물이었으니까. 여동생에게 취향을 들키고 싶지 않았다.

두번째 대입학력고사를 치른 겨울에 개봉한 영화도 딱 내 취향이었다. 불의의 사고로 목숨을 잃은 남자주인공의 영혼이 사랑하는 여자의 곁을 맴돌며 그녀를 지켜준다는 러브스토리였다. 애절한 주제가가 거리마다 울려퍼질 정도로 반응은 폭발적이었다. 여동생도 아버지가 표를 내놓기만 목이 빠져라 기다리는 눈치였다.

표가 들어오면 당연히 제 몫이라고 미리 못을 박기도 했다. 그런 법이 어디 있느냐고, 예전처럼 가위바위보로 정해야 한다고 맞받았지만 기대는 안했다. 대박이 난 영화여서 아버지가 표를 들고 올 가능성이 희박했으니까. 여동생은 그새를 못 참고 아버지를 졸랐지만 예상대로 허사였다. 달라는 이가 있어 줘버렸다는 것이었다.

혼자 그 영화를 보러 갔을 때 극장 앞은 표를 구하려는 사람들이 장사진을 이루고 있었다. 매표창구 앞에 선 것은 줄을 선 지 반 시간이 훌쩍 지나서였다. 다음회 입장권을 만지작거리며 두 시간을 어떻게 죽일까 고민하던 나는 화들짝 놀랐다. 저만치 벙거지 모자를 눌러쓴 아버지가 젊은 남자와 몇마디 섞더니 표와 돈을 맞바꾸는 게 아닌가. 젊은 남자의 팔짱을 낀 여자가 표를 받아들고 폴짝폴짝 뛰었다. 아버지는 손가락에 침을 뱉어 지폐를 센 뒤 반으로 접어 바지주머니에 넣고 큰길 쪽으로 걸음을 옮겼다. 아버지가 다가오자 나는 급히 몸을 돌렸다. 한참 뒤 고개를 돌려보니 아버지는 소리쳐도 돌아보지 못할 만큼 멀리 가 있었다. 한쪽 다리를 저는 아버지의 뒷모습이 모퉁이로 사라질 때까지 나는 눈을 떼지 못했다. 집 짓는 목수였던 아버지는 사다리에서 떨어져 엉덩이뼈가 틀어진 뒤부터 다리를 절었다. 내가 세살 때 일이었다. 날이 추워지면 더 심하게 절었다. 어디선가 크리스마스 캐럴이 들려왔다.

아이의 전화를 받고 피로연장에서 빠져나와야 했다. 화장실에 가는 척하고 나와버렸다. 누군가 붙들면 뿌리칠 자신이 없었으니까. 저녁은 아버지 집 근처에서 먹었다. 아이는 회가 먹고 싶다고 했다. 제 어미가 부추겼을 터였다. 아버지는 메뉴판을 들여다보더니 비싸다며 기겁했지만 나오는 접시마다 깨끗이 비웠다. 음식을 씹을 때면 각목 부딪치는 소리가 났다. 얼마 전에 맞춘 틀니의 아귀가 맞지 않는 모양이었다. 이번에도 무면허 업자에게 맡긴 눈치였다. 아버지가 딱딱거릴 때마다 아이의 눈이 동그래졌다. 앞니가 다 드러나도록 입을 쫙 벌린 채 이를 부딪치며 흉내냈다. 못써. 아내가 아이를 흘기며 말했다.

아버지는 소주도 주문했다. 아버지가 소주를 글라스에 붓자 아내는 미간을 찌푸렸다. 아이는 사이다를 주문해 글라스에 반쯤 붓고 아버지와 건배했다. 아내가 다시 미간을 찌푸렸다. 아버지는 내 앞의 잔에도 소주를 부었지만 나는 손도 대지 않았다. 혼자서 소주 두 병을 해치운 아버지는 헛기침을 몇번 하더니 입을 열었다. 너도 알지? 분식집 바로 옆에서 과일 파는 박여사. 내일 점심이나 같이 먹으면 안되겠냐? 밥값은 내가 낼 테니. 일순 적막이 찾아왔다. 아내는 젓가락질을 멈춘 채 나를 빤히 쳐다보았다. 나는 귀를 의심했다. 아버지의 말이 난데없기도 했지만 무엇보다 말투 때문이었다. 늘 명령조였던 아버지는 뭔가를 부탁한 적이 없었다. 단 한 번도. 이제껏 속아온 기분이었다. 싫어요. 나는 악몽에 시달리다 잠꼬대라도 하는 것처럼 소리쳤다. 벽 쪽으로 물러나 무릎을 세운 채 닌텐도에 코를 박고 있던 아이가 놀란 얼굴로 쳐다보았다. 말없이 글라스만 만지작거리는 아버지의 귓불이 새빨갰다.

밥 먹고 곧장 올라갈 건 아니지? 다음날 아침을 먹으며 아버지가 물었다. 나는 선뜻 대답 못하고 우물쭈물했다. 이따 동물원에나 갈까? 아버지가 이번에는 아이를 보며 말했다. 시시해. 아이가 심드렁한 얼굴로 대답했다. 원숭이도 있고 호랑이도 있고 코끼리도 있어. 아버지가 진지한 표정으로 말했다. 다른 건 없어? 판다도 있어. 정말? 그럼, 있고말고. 아버지는 아이의 머리를 쓰다듬으며 대답했다. 아내가 나를 흘기며 고개를 가로저어 보였지만 나는 아내의 시선을 외면했다.

밥알이 모래알 같았다. 간밤에 잠을 설친 탓이었다. 문간방에서 자다가 쫓겨났다. 코 고는 소리에 당최 잠을 못 자겠다고 아내가 투덜거려 이불과 베개를 챙겨들고 거실로 나왔다. 쉭쉭 폭폭. 쉭쉭 폭폭. 아이가 내 코 고는 소리를 흉내냈다. 외풍 때문에 공기가 차가웠지만 안방에 들어가지는 않았다. 안방에는 아버지가 자고 있었다. 잔뜩 웅크리고 겨우 잠을 청했는데 문이 벌컥 열리는 소리에 깼다. 아버지였다. 화장실에 들어간 아버지는 문도 닫지 않고 볼일을 봤다. 어둠속에서 딱딱대는 소리가 들려왔다. 배탈이 났는지 아버지는 수시로 화장실을 들락거렸다. 방문 열리는 소리, 딱딱대는 소리, 물 내리는 소리, 방문 닫히는 소리가 밤새 잠자리를 어지렵혔다.

아버지가 담배 사러 간 사이 아내가 폭발했다. 집에서는 요리도 곧잘 하는 사람이 여기만 내려오면 부엌 근처에도 안 가는 이유가 뭐야? 좁아터지고 더러운 부엌에서 밥 짓느라 얼마나 애먹었는지 알아? 설거지는 당신이 해. 아내가 입을 열어 다행이었다. 좁아터지고 더러운 아버지의 부엌 덕이었다. 아버지는 내가 부엌에 얼씬거리지도 못하게 했다. 그 시간에 영어단어 하나라도 더 외우라고 호통이었다. 반면 여동생에게는 부엌일을 종종 시켰다. 그럴 때마다 여동생은 자기도 공부해야 한다며 방에 들어가 문을 걸어잠그곤 했다. 결국 부엌은 아버지만의 것이었다.

나는 차곡차곡 포갠 빈 그릇을 들고 부엌으로 향했다. 부엌은 한 사람이 겨우 드나들 정도의 너비였다. 본래는 다용도실이었다. 온 가족이 다 모여앉기에 비좁다며 부엌까지 거실로 만드는 공사를 한 게 재작년이었다. 여동생이 첫애를 낳은 직후였다. 그러나 거실을 넓힌 뒤 온 가족이 모인 적은 없었다. 갓난애를 시댁에 맡기면서까지 사법고시에 목매고 있는 여동생은 아버지 생신 때도, 어머니 제사 때도 얼굴을 내밀지 않았다. 고시 준비만 구년째였다.

부엌의 가재도구는 하나같이 주워온 것처럼 헐었다. 쇠 국자는 손잡이가 날아갔고 냄비는 바닥이 까맣게 눌어붙었다. 낡기도 낡았지만 지저분하기도 이를 데 없었다. 컵부터 솥까지 본래의 색을 짐작할 수 있는 게 없었다. 가스레인지 주변은 국물 말라붙은 자국이 꾸덕꾸덕했고 개수대는 물때에 찌들었고 서랍 손잡이마다 손때가 새까맸다. 예전 그대로였다. 애당초 아버지의 사전에 청결이라는 단어는 없었다. 걸레를 만진 손으로 밥을 지었고 그릇이나 숟가락에는 음식찌꺼기가 들러붙어 있기 일쑤였다. 아버지 눈을 피해 나는 건조대에 올려진 그릇을 다시 씻기도 했다. 아버지의 질색 때문이기도 했지만 아버지가 요리할 때는 가급적 부엌에 얼굴을 내밀지 않았다. 조리과정을 보고 싶지 않았으니까. 여전히 아버지의 부엌에는 나무로 된 가재도구가 없었다. 주걱도 쇠로 된 것이었고 도마는 플라스틱이었다.

나는 철 수세미에 세제를 듬뿍 묻혀 묵은 때를 박박 닦아냈다. 설거지를 마쳤을 때는 팔이 저릴 지경이었다. 남은 반찬은 랩을 씌워 냉장고에 넣었다. 냉장고에는 크고 작은 김치통 몇개만 보였다. 문 안쪽에는 소주병이 줄줄이 세워져 있었다. 야채칸을 열어보니 사과, 배, 감, 오렌지가 가득했다. 모두 싱싱해 보였다. 과일가게 박 여사의 얼굴을 떠올리려 했지만 허사였다.

아이는 판다를 보지 못했다. 동물원에서 아이가 본 짐승은 펭귄 몇마리, 졸고 있는 호랑이 한 마리, 무리에서 떨어져나온 원숭이 세 마리, 날개도 펴지 않는 공작 한 마리, 칠면조 다섯 마리가 전부였다. 쌀쌀한 날씨 탓에 실내에 웅크리고 있는 짐승이 부지기수였다. 아이는 판다가 어디 있느냐 보챘고 아버지는 지난번에는 있었는데,라며 말꼬리를 흐렸다. 판다를 찾다 지친 아버지는 수시로 벤치에 앉았고 길 위에 쭈그리고 앉아 숨을 몰아쉬기도 했다. 우리 안의 짐승이 구경 다니는 사람보다 더 많았다. 동물원을 빠져나올 때는 아무도 입을 열지 않았다. 매서운 찬바람에 얼굴이 얼어서만은 아니었다.

동물원 옆 미술관에 가보자고 한 건 아내였다. 평소 이런저런 전시회를 열성적으로 찾아다니는 아내였다. 그대로 돌아가는 게 억울한 모양이었다. 춥다며 툴툴거리는 아이를 저 안은 따뜻할 거라고 구슬리며 앞장섰다.

'공간'을 테마로 한 젊은 작가 초대전이었다. 대부분 설치미술 작품이었다. 어른 키보다 크지만 모래는 없는 모래시계부터 수많은 손거울을 이어붙인 방까지 독특한 작품들이 많았다.

전시장은 테마에 걸맞게 여러개의 모퉁이를 품고 있었다. 미술관의 본래 구조가 디귿자이기도 했지만 아기자기한 구조물로 관람객의 동선에 변화를 주었다. 틈틈이 쭈그려앉느라 아버지는 번번이 시야에서 사라졌다. 모퉁이를 돌 때마다 한참을 기다려야 했다. 시야에서 사라지기는 아이도 마찬가지였다. 아이는 똥 마려운 강아지처럼 종종거리며 앞으로 나아갔다. 아내가 몇번을 불러세웠지만 아이의 얼굴에 들어앉은 지루함을 어쩌지는 못했다. 아버님은 당신이 모시고 와. 아내는 아이가 사라진 모퉁이로 걸음을 재촉했다.

다음 모퉁이를 돌아서자마자 나는 걸음을 멈췄다. 거기 핑크빛 부엌이 있었다. 씽크대부터 식탁 위의 포크까지 모두 핑크빛 플라스틱이었다. 작품 제목은 이랬다. 미미의 부엌. 장난감 소꿉놀이 세트를 실물 크기로 확대한 것이었다. 식탁 한쪽 의자에는 실제 사람 크기의 미미 인형이 앉아 있었다. 미미의 부엌은 내가 여덟살 때 가장 갖고 싶던 것이었다.

초등학교에 입학한 후 처음 치르는 시험을 앞둔 어느날이었다. '용의 꼬리가 되느니 뱀의 머리가 되자'를 가훈으로 정한 아버지가 1등만 하면 뭐든 사주겠다고 호언했을 때 머릿속에 떠오른 것은 단연 미미의 부엌이었다. 졸음이 몰려올 때마다 미미의 부엌을 떠올리며 죽기 살기로 시험공부에 매달렸다. 마침내 미미의 부엌이 1등의 영광을 선사했다. 성적표를 받아든 아버지는 입을 다물 줄 몰랐다. 장한 내 아들 무엇이 갖고 싶으냐? 아버지가 상기된 목소리로 묻자 나는 주저 없이 대답했다. 미미의 부엌. 아버지는 고개를 갸웃거렸고 여동생은 웃음을 터뜨렸다. 누구의 부엌을 사달라고? 아버지가 어리둥절한 표정으로 물었다. 소꿉놀이 쎄트래요. 얼레리 꼴레리. 여동생이 종알댔다. 아버지의 얼굴이 어두워졌다. 다음날 술이 떡이 된 아버지의 손에 들린 것은 미미의 부엌이 아니라 장난감 기관총이었다.

문구점 앞을 지날 때마다 나는 걸음을 멈추었다. 미미의 부엌은 진열대 한복판에 놓여 있었다. 내 어깨를 같은 반 남자애가 툭 치며 말했다. 너도 갖고 싶냐? 나는 주위를 두리번거리며 은밀하게 물었다. 너도? 녀석이 고개를 끄덕이고 나서 턱짓을 하며 말했다. 타이거 탱크랑 무스탕 비행기는 있는데 저건 없어. 미미의 부엌 곁에 전시된 모형 항공모함 조립쎄트가 눈에 들어왔다. 새로 나온 기관총도 갖고 싶긴 한데…… 아이 씨, 대체 생일은 왜 일년에 한 번뿐인지 몰라. 녀석이 모형 항공모함 조립쎄트에서 눈을 떼지 않은 채 중얼거렸다. 너 혹시 모아둔 돈 있냐? 내가 녀석에게 물었다.

나는 장난감 기관총을 반값에 팔았다. 정확히 말하자면 녀석이 가진 돈의 전부를 받고 보니 반값이었다. 마음이 천근만근이었다. 새것이나 다름없는 물건을 헐값에 넘긴 아쉬움 때문은 아니었다. 미미의 부엌을 사기 위해 더 필요한 돈의 액수가 녹록지 않았기 때문이었다.

내가 여동생의 돼지저금통에 손을 뻗치기까지는 신이 세상을 창조하는 데 들인 것보다 하루가 모자란 시간이 필요했다. 남의 물건에 손대는 건 처음이었다. 칼로 동전투입구를 슬쩍 째는 손길이 떨렸고 방바닥에 동전이 떨어질 때마다 가슴이 철렁했다. 미미의 부엌을 건네면서 문구점 아저씨는 묘한 웃음을 흘렸다.

다락방 바닥에 펼쳐놓은 미미의 부엌은 보기에 좋았다. 놀기에도 좋았다. 거기 완벽한 세상이 있었다. 깔끔하고 근사한 핑크빛 천국. 그런 완벽한 부엌에서라면 동화에나 나올 법한 멋진 음식을 만들 수 있을 것 같았다. 손전등 불빛 속에서 핑크빛 부엌은 아름답고 근사했다. 학기 초에 받아든 학생 신상카드 장래희망란에 '세계 최고의 요리사'라고 적은 나였다.

천국의 나날은 오래가지 못했다. 돼지저금통이 가벼워졌다는 것을 여동생이 눈치챈 것이다. 여동생은 핼쑥해진 돼지저금통을 끌어안고 울음을 터뜨렸다. 나는 죄를 실토하지 않을 수 없었고 그 댓가는 혹독했다. 미미의 부엌은 쓰레기통에 처박혔고 나는 집 앞 전봇대에 묶였다. 미미의 부엌을 통째로 쓰레기통에 버릴 때 파란 불꽃이 일었던 아버지의 눈이 나를 전봇대에 묶을 때는 동굴처럼 컴컴해졌다.

간혹 지나가는 사람들은 나를 보며 킬킬거렸다. 창피해 얼굴이 화끈거렸다. 밧줄이나 노끈으로만 묶었어도 덜 창피했을 것이다. 아버지는 일부러 플라스틱 호스로 묶었는지도 몰랐다. 다행히 인적이 드문 골목이었다.

플라스틱 호스는 애당초 뭔가를 묶는 데 쓰는 물건은 아니었다. 시나브로 느슨해지더니 급기야 툭 떨어지고 말았다. 땅에 떨어지자마자 뱀처럼 둥글게 몸을 만 플라스틱 호스를 나는 물끄러미 바라보았다. 뒤늦게 농담의 뜻을 곰곰이 따지는 무딘 사람처럼. 좀이 쑤셨지만 오기가 솟았다. 아버지가 데리러 오기 전에는 꼼짝도 하지 않을 작정이었다.

구두약을 바른 듯 새까매진 하늘에 별이 하나둘 돋아났다. 집에 돌아가는 길을 잊지 않기 위해 뿌려놓은 흰 조약돌 같았다. 어디선가 생선 굽는 냄새가 흘러나왔다. 배에서 꼬르륵 소리가 나자 눈에 눈물이 고였다. 동생의 돼지저금통을 건드린 건 변명의 여지가 없는 잘못이었지만 억울하기도 했다. 애당초 약속을 저버린 것은 아버지였으니까. 내가 등진 것은 전봇대가 아니라 온 세상인 것만 같았다. 돼지 같은 세상. 지나가던 아저씨가 뭐 하고 있느냐고 물었지만 나는 대꾸하지 않았다. 너 분식집 김씨 아들 맞지? 아저씨가 나를 위아래로 훑어보며 재차 물었다. 아니에요. 나는 젖 먹던 힘까지 쥐어짜 소리쳤다. 저 멀리 하늘에 박힌 별들에게도 들릴 만큼. 그리하여 저주에서 풀려난 별들이 황금마차가 되어 나를 진짜 아버지에게 데려다주도록. 나는 쏟아지는 눈물을 멈추기 위해 이를 악물었다. 아버지에게 부탁 같은 건 하지 않으리라, 아버지의 기쁨을 위해 1등을 하는 일은 다시 없으리라 다짐하면서.

어둠이 깊어질수록 별은 늘어만 갔다. 수많은 별들이 여기저기 무리를 이루고 있었다. 어떤 무리는 씽크대처럼 보였고 어떤 무리는 식탁처럼 보였다. 쓰레기통에 버려진 줄 알았던 미미의 부엌은 하늘로 올라갔다. 거기에서는 손전등 없이도 밝게 빛났다. 나는 장래희망란에 더이상 세계 최고의 요리사라고 쓰지 않았다.

미술관 밖으로 나왔을 때 아내와 아이는 바로 앞 편의점에 가 있었다. 아내는 캔커피를 마시고 있었고 아이는 컵라면을 먹고 있었다. 아버님 모셔다드리고 바로 올라가자. 아내가 말했다. 나는 귀경길에 먹을 간식거리를 샀다. 아이가 라면을 다 먹도록 아버지는 모습을 보이지 않았다. 나는 편의점에서 나와 미술관으로 다시 들어갔다.

한참을 되짚어가서야 아버지를 찾을 수 있었다. 아버지는 미미의 부엌 식탁 의자에 앉아 있었다. 미미 인형을 마주한 채. 뜨문뜨문 지나가는 관람객 중에는 고개를 절레절레 흔드는 사람도 있었고 피식 웃음을 터뜨리는 사람도 있었다. 다가가보니 아버지는 졸고 있었다. 입맛을 다시면서. 조명 때문인지 얼굴이 유난히 쪼글쪼글했다. 아버지는 두 손을 무릎 사이에 끼운 채 앞쪽으로 고개를 꾸벅거렸다. 뭔가를 간청하는 사람처럼. 코도 골았다. 쉭쉭 폭폭, 쉭쉭 폭폭. 낡은 열차가 선로를 힘겹게 밀고 나가는 듯한 소리. 붉은 망에 담긴 귤과 삶은 계란과 생수를 비닐봉투에서 꺼내 식탁 위에 내려놓았다. 아버지를 위해 난생처음 차리는 식사였다. 나는 조심스러운 손길로 아버지의 어깨를 흔들었다.

| 해설 |

사랑은 언제나 증오하고

권희철

1. 심미주의 아웃사이더에서

코펜하겐의 우울한 남자 쇠렌 키르케고르는 약혼녀 레기네 올센과의 파혼 뒤 이렇게 썼다.

결혼을 하라. 그러면 그대는 후회할 것이다. 결혼을 하지 말라. 그래도 역시 그대는 후회할 것이다. 결혼을 하든 않든 간에, 그대는 후회할 것이다. (…) 어느 쪽을 택해도 그대는 후회할 것이다. (…) 이것이 모든 철학의 총화고 알맹이다.(키르케고르 『이것이냐 저것이냐』, 임춘갑 옮김, 다산글방 2008, 71~72면)

요점은 이것이냐 저것이냐의 선택을 끝까지 거절해야 한다는 것이다. 무엇인가를 선택하는 순간 시간의 톱니바퀴가 돌아가기 시작하고, 시간의 톱니바퀴에 우리의 옷자락이 걸리면 그것으로 모든 것은 끝이다. 선택에 뒤따르는 결과와 또 그 결과의 결과들, 결과들의 소용돌이, 후회의 소요사태와 야단법석으로 우리는 내던져지게 된다. 당신과 연애하고 있는 그 아름다운 여인과 결혼하라. 그녀의 가는 허리는 굵어지고 상냥하게 미소짓는 입술에서는 잔소리가 쏟아져나올 것이다. 그녀와의 시간이 따분해질 뿐 아니라 그녀의 가족들까지 나서서 당신의 모든 계획을 간섭하고 훼방할 것이다. 결국 당신은 성급하게 결정을 내린 자신을 책망하게 될 것이다. 그녀와의 결혼을 거부하라. 당신은 한 여인의 소중한 시간을 망치면서까지 자신의 정념만을 만족시킨 잔혹한 사내가 되고서도, 어쩌면 움켜쥘 수도 있었을 행복을 스스로 망쳐버렸다는 후회를 끝내 떨쳐버릴 수 없으며, 모든 사소한 불운에서도 그녀를 버린 데 대한 운명의 복수를 발견하게 될 것이다. 어느 쪽도 후회를 피할 길이 없다.

후회의 소요사태와 야단법석으로 내던져지지 않기 위해서는 시간의 톱니바퀴와 선택의 결단에 너무 가까이 가서는 안된다. 톱니바퀴가 작동하기 전에, 선택의 발밑에서 책임이 솟아나기 전에, 재빨리 삶의 아름답고 감미로운 순간들만을 취한 뒤 자리를 옮겨야 한다. “꽃 위에 사뿐 내려앉아서 그 향기로운 화밀(花蜜)을 빨아먹고 또 훌쩍 날아갈 수 있는 꿀벌”(존 D. 카푸토 『HOW TO READ 키르케고르』, 임규정 옮김, 웅진지식하우스 2008, 48면)의 기술을 익혀야 한다. 사랑에 관해서라면, 한 상대와 너무 진지한 관계를 맺어 그 사람의 삶에 관여해야 할 순간이 오기 전에 재빨리 상대를 바꿔가며 교제해야 한다. '윤작(輪作)의 처세술'만이 후회의 소요사태와 야단법석으로부터 우리를 지켜줄 것이다.

그러나 잠깐, 이것은 너무나 뻔뻔하고 파렴치한 쾌락주의가 아닌가. 이것은 그저 자신의 삶에 '덜' 참여하는 것으로 불쾌함을 교묘하게 회피하는 기술이지 않은가. 시간의 표피에 떠오르는 아름답고 감미롭지만 파편적인 순간들만을 찾아다니며 그것으로 삶의 전부를 대신하려는 이 심미주의자는 자신의 삶 자체를 방기하고 있을 뿐이다. 그의 현재에는 스스로의 삶에 온전히 참여하며 그 책임을 감당하려는 실존적 열정이 결여되어 있다.

김경욱의 단편소설들이 반복해온 제스처, 섬세한 사내들이 보이는 머뭇거림의 제스처에 의외로 심미주의자의 태도와 닮은 데가 있다는 점을 강조해보면 어떨까.

김경욱의 등단작 「아웃사이더」(1993)는 방황하는 청춘의 황폐한 내면을 섬세하게 펼쳐 보이지만, 한편으로 이 섬세함은 갈데없는 심미주의자의 그것이기도 하다. 청춘에 주어진 미래가 세속적 욕망과 운동권의 신념으로 양분될 이치가 없음에도 '이것이냐 저것이냐'로 선택지를 한정하고 그 앞에서 머뭇거리기, 그렇게 해서 자신의 삶에 온전히 참여하기를 최대한 뒤로 미룬 채 머뭇거림에서 오는 두근거림과 불안감 사이에서 동요하며 그 감정의 무늬들을 세밀하게 묘사하기, 다만 감정의 무늬들을 음미하는 데에만 고집스럽게 머물면서도 자신이 세상을 거부한 것이 아니라 세상이 자신을 외톨이로 만든 것이라고 전도된 설명을 제출하기, 이것이 '심미주의 아웃사이더'의 자세이다.

김경욱 초기 단편의 등장인물들에게서 이런 특징을 확인하는 것은 어렵지 않은 일이다. 보기에 따라서는 이 심미주의자들을 값싼 센티멘털리티로의 도피자들로 평가할 수도 있겠다. 그들은 자신의 삶에 진지하게 참여하는 것을 대신해서 머뭇거림의 야릇한 불안감과 두근거림만을 음미하면서도 자신들이 음미하는 감정의 무거움 때문에 자신이 삶을 심각하게 받아들이고 있다는 '느낌'을 만드는 데 성공하고 있기 때문이다.

아마도 이 점에서 김경욱의 네번째 단편집 『장국영이 죽었다고?』(문학과지성사 2005)에 실린 「성난 얼굴로 돌아보라」와 「타인의 취향」은 특별히 기억되어야 할 것이다. 이들 작품에 등장하는 심미주의자들의 포즈에는 갈 데까지 가고야 말겠다는 어떤 위악적 의지가 담겨 있어서, 그들은 이것이냐 저것이냐의 선택 앞에서 퇴폐적인 향락을 즐기는 데 멈추지 않기 때문이다. 아내와 정부(情婦)와 옛 애인 사이에서 꿀벌처럼 날아다니는 이 사내들은 심미주의적 제스처 때문에 주인을 잃어버린 자신들의 삶이 자멸해가고 있음을 똑똑히 지켜보면서 또 그렇게 추락해가는 스스로를 조롱하고 있다. 그들은 위악적으로 익살꾼을 연기해 보이며 스스로의 삶에 온전히 참여할 수 없는 자들의 비극을 상연한다.(이 자리에서 길게 이야기할 수는 없겠지만 「성난 얼굴로 돌아보라」와 「타인의 취향」에는 우리말로 씌어진 희극적 비극의 최고 걸작인 이상의 「봉별기」 「종생기」 「실화」를 떠올리게 하는 구석이 있다. 두 여자/남자 사이에서의 머뭇거림, 연애와 결투의 의도적 혼동, 자신이 가르치는 학생에 대한 성적 긴장감 속에서 옛사랑을 떠올리는 회상-서술의 형식 등 많은 요소들이 이들 작품에서 공통적으로 나타나기 때문이다. 김경욱과 이상 사이의 이 문학사적 대화를 음미해볼 만하다.) 이들 작품과 함께 김경욱의 소설은 심미주의에 머물면서 값싼 센티멘털리티로 도피하는 것이 아니라, 심미주의의 진리인 희극적 비극을 상연하고 있다고 말해야 한다. 어쩌면 이렇게까지 말할 수 있을지도 모르겠다. 『장국영이 죽었다고?』 전후의 김경욱 소설은 이 희극적 비극을 통해 어떤 익살꾼들의 운명을 작품화하고 있다고. 스스로의 삶에 온전히 참여할 수 없는 시대, 소외의 구조화가 문화적 코드들의 복잡화와 구별되지 않는 시대를 살아가는 익살꾼들의 운명을, 곧 우리들 자신의 운명을 작품화하고 있다고.

2. 사랑의 기사(騎士)로

김경욱의 여섯번째 소설집 『신에게는 손자가 없다』를 심미주의 이후의 이야기들로 읽어보면 어떨까. 『장국영이 죽었다고?』에 실린 몇몇 작품들을 보면 김경욱 소설이 띠고 있던 심미주의적 제스처들은 심미주의 자신의 견딜 수 없는 희극적 비극의 분비물에 의해 스스로 붕괴되고 있는 것처럼 보인다. 그리고 『신에게는 손자가 없다』에 이르면 이 절망에 빠진 심미주의자들이 조금씩 어떤 행위, 어떤 결단으로 나아가고 있는 것을 볼 수 있다.

「연애의 여왕」에는 심미주의자가 더이상 심미주의자가 아니게 되는 순간들이 있다. 예컨대 이런 식이다. 한 사진작가가 '연애의 여왕'이라 불리는 베스트셀러 소설가의 서재를 촬영하기 위해 소설가의 집으로 찾아간다. 하지만 그가 보기에 연애의 여왕이 쓴 소설들은 그저 낭만적 느낌으로 질척거리는 빤한 연애소설일 뿐이다. 사진작가는 어떤 기대나 설렘도 없이 연애의 여왕을 찾아가 서재를 촬영하고 그녀의 집을 나온다.

여기에 작은 반전 두 가지가 준비되어 있다. 사진작가가 촬영을 마치고 서울로 돌아가기 위해 차에 올라탔을 때, 그의 여자친구가 이런 문자를 보내온다. "나, 혼인신고할까?"(180면) 이게 무슨 말인가. 심미주의자인 사진작가는 아마도 자신의 삶에 뿌리내리고 그것을 움켜쥐고 싶지 않았을 것이고, 그래서 자신의 불투명한 미래 운운하며 여자친구에게 어떤 약속도 하지 않았을 것이다. 여자는 남자의 태도가 보다 확실해지기를 바라면서 물었을 것이다. "선보러 나가도 돼?" 심미주의자는 답한다. "좋을 대로 해." 그래서 여자는 다른 남자를 만났고 그는 건실한 청년이었던 듯하다. "나, 결혼할까?" 여자가 두번째 묻자 심미주의자는 "그걸 왜 나한테 물어?"라고 되묻는다. 그래서 그의 여자친구는 다른 남자와 결혼했고, 요즘의 많은 커플들이 그런 것처럼 혼인신고만은 조금 미뤄둔 것 같다. 여자는 이제 세번째 묻는다. 이제 혼인신고까지 하고 나면 적어도 법적으로 우리의 관계는 완전히 끝장인데, 끝까지 너는 아무것도 선택하지 않을 것인가? 너는 끝까지 꿀벌의 삶을 살겠다는 것인가? 여기에 그가 "미안해"(191면)라고 답한 것은, "좋을 대로 해"나

"그걸 왜 나한테 물어?"와 완전히 같은 의미이다. '나는 이 이상으로 너의 삶에 개입하지 않을 것이다. 그렇게 해서 내가 나의 삶에 빨려들어가기를 나는 바라지 않는다.'

여기에 두번째 반전이 덧붙어 상황이 뒤집힌다. 사진작가의 자동차가 시동이 걸리지 않아, 그는 정비사를 기다리는 동안 연애의 여왕의 집에 머문다. 만찬에 이어진 술자리에서 연애의 여왕은 아무것이나 생각나는 사자성어를 말하게 한 뒤 해석을 덧붙인다. 사진작가는 '주마간산'이라고 대답했고, 연애의 여왕은 이렇게 풀이했다. "사진사 양반은 두려운 게 많지? 누군가를 사랑하는 것은 두렵고 누군가 사랑해주는 것은 더 두렵지? 상처받는 것은 두렵고 상처 주는 것은 더 두려우니 말에서 내릴 엄두가 안 나겠지."(185면) 연애의 여왕답게 그녀는 심미주의자의 내면을 정확히 간파한다. 정곡을 찔린 그는 그 밤 내내 "말 위에서 만년의 밤과 낮 동안 두려움에 짓눌린 노인"(186면)의 환영에 시달렸을 것이다. 다음날 새벽 도망치듯 연애의 여왕의 집을 빠져나온 사진작가는 서울에 다 와서 갑자기 차를 돌린다. 연애의 여왕의 극성팬인 여자친구를 위해 싸인을 부탁하려고. 연애의 여왕이 여자친구의 이름을 묻자, 사진작가가 떨리는 목소리로 그 이름을 부른다. 이 떨림 속에는 아주 작지만 결정적인 변화가 숨어 있다. 요점은 그가 여자친구를 붙잡았는가 그렇지 않은가에 있지 않다. 그가 심미주의의 깊은 절망 속에서 허우적거리다 마침내 심미주의의 밖으로 빠져나와 이 순간 그녀의 삶에, 동시에 결국 그 자신의 삶에 개입하기로 자기도 모르게 마음먹는 것처럼 보인다는 것이 우리의 요점이다. 이 순간이 결정적이다. 김경욱이 "꼭 돌아가야 할 필요는 없었지만 차를 돌렸다"고 쓴 뒤에 "그러고 싶었다"(193면)고 이어쓴 문장을 읽을 때, 이 심미주의자가 자신의 삶에 대한 잃어버린 식욕을 되찾은 듯한 느낌을 받게 되지 않는가. 삶의 식탁 앞에 앉으려고 "재귀대명사처럼 내성적인"(『이것이냐 저것이냐』 42면) 사내가 마침내 심미주의의 닫힌 방문을 열고 나온 듯한 느낌을 받게 되지 않는가.

여기서 이 식탁의 메타포와 함께 「아버지의 부엌」의 마지막 장면을 떠올려볼 수도 있겠다. 사이가 좋지 않은 아들과 함께 찾은 미술관에서 늙고 지친 아버지는 한 설치미술작품에 기대어 앉아 잠들어 있다. 이들 부자는 왜 사이가 좋지 않은가. 과거에 초등학생 아들이 1등 성적표를 받아오자 아버지는 어떤 선물을 사줄까 물었고 아들은 '미미의 부엌'을 요구했다. 아버지는 계집애들이나 좋아할 법한 것을 원하는 초등학생 아들의 꿈을 용납할 수 없었고, 아들은 그런 아버지의 기쁨을 훼방하기 위해 우등생 따위는 되지 않기로 결심했다. 미래의 두 사내의 삶에서 무엇을 기대할 수 있겠는가? 두 사내의 삶은 각자의 방식으로 시들어갔다. 아들은 어린시절 세계 최고의 요리사가 되기를 욕망했던 자신의 꿈을 빼앗겨버렸기 때문에 이후의 삶에 대한 모든 책임이 자신에게 없다는 듯이, 스스로가 무엇인가를 선택하기를 거부하며 남들의 욕망에 이끌려 자신의 삶을 방기해버리며 시간을 탕진해왔다. 그의 삶 자체가 스스로 박해받는 선한 희생양의 역할을 떠맡으며 모든 것은 자신의 삶에 개입해들어오는 타인의 책임이라고 항변하는 것처럼 보이기까지 한다. 그런 그가 장성해서 비좁고 더러운 '아버지의 부엌'에 섰을 때, 자신을 공부방으로 몰아내고 혼자서 식탁을 차렸던, 혼자서 자신을 키워낸 아버지를 떠올렸을 때, 그는 이미 저 위선적인 심미주의로부터 돌아서서 자신의 삶의 식탁 앞에 앉은 셈이다. 「아버지의 부엌」의 마지막 장면이 이를 재상연하고 있다. 아버지가 잠들어 있는 이 설치미술작품은 무엇인가. 어린시절 아들이 원했던 장난감 '미미의 부엌'을 실물 크기로 확대해놓은 것. 거기서 "뭔가를 간청하는 사람처럼" "두 손을 무릎 사이에 끼운 채 앞쪽으로 고개를 꾸벅"(278면)이며 잠든 아버지를 발견했을 때, 아들은 자신의 삶을 회피하는 듯한 태도로부터 돌아서서 식탁으로 다가와 "붉은 망에 담긴 귤과 삶은 계란과 생수를 비닐봉투에서 꺼내 식탁 위에 내려놓았다. 아버지를 위해 난생처음 차리는 식사였다."(같은 곳) 이 핑크빛으로 장식된 동화적인 식탁에는 자신의 삶과 그 안에 함축된 타인들과의 관계에 대한 회복된 식욕이 함께 놓여 있지 않은가.

다시 「연애의 여왕」으로 돌아가보자. 이 소설의 마지막 두 문장, "나는 여자친구의 이름을 댔다. 목소리가 떨렸다"(194면)까지 읽고 나면 연애의 여왕에 대한 그의 평가, 낭만적인 느낌으로 질척거리는 뻔한 연애소설이라는 그의 평가는 조금 수정되는 것처럼 보인다. 심미주의자의 눈에 다만 질척거리는 감상으로 보이는 것, 사건들을 "어김없이 갈 데까지"(172면) 가도록 만드는 것, 바로 그 과도함이야말로 심미주의자 독자 자신에게 결여된 심오한 윤리적 자세라면 어찌하겠는가. 그 과도함만이 심미주의자들이 자신의 삶에 참여하는 길이며 또 거기에 '진짜 삶'이 있는 것이라면 어찌하겠는가. 그러고 보면 새로 나올 연애의 여왕의 책 제목도 '사랑한다면 미치도록'(183면)이다. 「허리케인 조의 파란만장한 삶」에서 왕년의 복싱 유망주 조민구, 일명 허리케인 조가 자신을 패배시켰던 챔피언 무쇠주먹의 유골함을 훔치고 또 그 유골을 먹었으리라고 암시하는 대목 또한 이 과도함과 관련되어 있다. 그것은 그저 기괴함의 흥미를 이끌어내려는 전략이 아니다. 챔피언의 유골을 먹어서라도 제 잃어버린 삶을 되찾으려는 허리케인 조의 과도함 그 자체야말로 그의 파란만장한 삶을 구성한다는, 어쩌면 그것이 진짜 삶이라는 암시 또한 포함되어 있다. 이 때문에 어떤 불안과 무기력에 시달리며 '진짜 이야기'를 갈망하는 대필작가가 허리케인 조에게 강하게 이끌리고 있는 것이다. 아마도 이 이끌림은 『신에게는 손자가 없다』의 작가 또한 느끼는 것이리라.

『신에게는 손자가 없다』에는 자신의 삶에 연루되는 모든 계기를 회피하기 위해 평생을 말을 타고 도망치는 늙은 사내의 이미지가 전도되는 순간들이 있다. 그는 어떤 과도함 속에서 심미주의의 골방에서 빠져나와 사랑을 찾아 맹렬히 돌진하는 사랑의 기사(騎士)가 되었다. 머뭇거림을 사랑하던 심미주의자들이 「혁명기념일」에서 급작스럽게 사랑 고백을 결심하거나 뒤늦게 자신의 사랑을 깨닫는 순간들이 여기에 해당한다. 그런데 그 '사랑의 기사'의 로맨스에는 스스로의 삶을 적극적으로 떠안고 동시에 타인의 삶에 개입하며 무엇인가를 바꿔놓는 것이라는 점에서 혁명과 혼동할 만한 무엇인가가 있다. 혁명이야말로 '스스로 불타버린 심장'(「하인리히의 심장」)으로 비유될 만한 과도함의 분출이자 사회적 현실의 결정적 변경이지 않은가.

「혁명기념일」의 영신이 사랑을 고백하는 순간이 혁명기념일이어야 하는 데에는 나름의 근거가 있는 셈이다. 그러므로 『신에게는 손자가 없다』에 사랑의 기사의 로맨스와 나란히 현실과 폭력의 문제를 다루는 소설들이 있는 것은 전혀 놀랄 일이 아니다. 그리고 이 점에서 「러닝 맨」과 「99%」, 그리고 「신에게는 손자가 없다」가 특히 두드러진다.

3. 네 이웃의 빰을……

「러닝 맨」에서 독자들을 사로잡는 것은 한강변 데이트를 방해하는 막연한 불안과 긴장감이지만, 이 위태로운 감각들을 조금만 더 깊이 들여다보면 그 아래 사회적 근거들 또한 표시되어 있음을 확인할 수 있다. 그것은 이를테면 다음과 같은 풍경이다.

> 강 건너에는 찍어낸 듯 엇비슷한 아파트가 **성벽**처럼 죽 늘어서 있었다. 그것은 **난공의 요새**처럼 보였다. 그렇다면 강은 성벽으로의 접근을 차단하는 **해자**일 테지. 저 깊고 넓은 해자 건너, 저 단단하고 높은 성벽 너머에 은재의 집이 있다. 은재가 다니는 학교가 있고 은재가 순례하는 학원들이 있고 은재가 즐겨 찾는 백화점과 레스또랑이 있다.(52면, 강조는 인용자)

강 건너 보이는 압구정동과 청담동 일대의 아파트숲은 그 자체로 완강한 접근금지명령을 포함하고 있다. 이것은 결코 과장이 아니다. 도시 안에 건설된 성벽을 새삼스럽게 알아보는 청년이 과외 수업을 위해 은재의 아파트를 방문했을 때 "몇호에 가는지, 뭐 하러 가는지, 누구를 가르치는지 시시콜콜 따졌"던 아파트 경비의 "의심의 눈초리"(같은 곳)가 접근금지명령을 충실히 이행하고 있지 않은가. 아파트 경비의 의심은 곧 모든 외부인은 범죄자일 수 있다는 것, 다시 말해서 모든 외부인은 사유재산의 부정 혹은 침범을 도모하는 자일 수도 있다는 것이다. 아파트 경비의 이 의심은 아파트에 거주하는 부유한 자들의 의심을 대리한다. 여기서 우리의 이야기를 조금 더 진행시킬 수도 있다. 적대감이 포함된 이 부르주아들의 의심은 사유재산이라는 범죄, 즉 재화와 생산수단을 폭력적으로 독점하고 다른 사람들이 이에 접근하지 못하도록 강제하는 자신들의 범죄에 대한 불안에서 돋아나는 것이 아닌가. 그러므로 저 난공의 요새는 동시에 이미 범죄적 요새이기도 하지 않은가. 범죄적 요새의 주인들은 자신들의 범죄를 질서로 전도시키고 그 범죄적 질서에 대한 도전을 두려워한 나머지 요새 밖의 모두를 의심하고 감시한다. 「러닝 맨」의 위태로운 도시 풍경은 이렇게 완성된다.

취업 사수생 과외교사와 조기유학에 실패하고 돌아온 압구정동 고등학생 은재 커플의 데이트는 이 범죄도시의 밑그림 위에 있기 때문에 위태롭고 불안할 수밖에 없다. 요새 바깥에 도둑과 깡패, 사기꾼이 실제로 어슬렁거리고 있기 때문이 아니라 요새 밖에서 마주치는 모든 사람을 '범죄를 저지를 것 같은 주체'(슬라보예 지젝, 『폭력이란 무엇인가』)로 보는 환영적 시선이 이들 커플의 시선 위에 덧씌워져 있기 때문이다. "강남 일대의 고급 주택가와 아파트단지에서 잇달아 발생한 부녀자 납치강도 사건의 용의자"(39면)에 대한 불안이 지속적으로 환기되는 가운데, 누렁개를 쇠줄에 묶어 끌고 가는 잔인한 오토바이가 그들의 자전거를 앞지르며(오토바이에 탄 사내는 잠실대교 아래서 그 개를 잡아먹는다), 자전거 뒤쪽으로는 은재의 허벅지를 흘끔거리던 뱀 문신을 한 사내가 쫓아온다. 그들이 자전거에서 내릴라치면 아무 데나 돌팔매질을 하던 아이들까지 적의를 드러낸다.

그렇다고 해서 아파트 경비에게 쫓겨날 뻔했던 취업 사수생이 '범죄를 저지를 것 같은 주체'가 아닌 것은 아니다. 그가 강남 부르주아들의 거주지를 선망의 눈빛으로 바라볼 때, 난공의 요새 또한 의심의 눈초리로 침입자를 바라본다. 그가 스스로를 어떤 방식으로 상상하든 그는 결국 요새 바깥을 어슬렁거리는 러닝 맨 가운데 하나로 남게 될 것이다. 난공의 요새의 환영적 시선은 '범죄를 저지를 것 같은 주체'를 그에게서 포착하는 데 끝내 성공할 것이기 때문이다. 실제로 그는 엉망으로 끝난 데이트의 결과 순진한 강남의 고등학생을 한강으로 꼬여내 내다버린 납치범이자 자전거와 오리배를 훔친 절도범이나 마찬가지가 된다. 그러므로 그가 뱀 문신을 한 사내에게 쫓긴다는 망상에 시달리며 오리배를 타고 강남으로 향했을 때, 그는 완전히 방향을 잘못 잡은 것이다. 그는 결코 한강을 건널 수 없을 것이다. "강 건너는 아직 아득하기만 했다."(60면) 그에게는 언제나 아득하기만 할 것이다.

「러닝 맨」이 범죄적 외설성을 밑그림으로 하는 도시풍경을 은밀히 노출하고 있다면, 「99%」에는 속물적 욕망을 내면화한 우리들 자신의 거울상을 노출하는 반전이 숨겨져 있다.

미국 유학파 스티브 킴은 한 광고회사에 스카우트돼 순식간에 모든 회의를 주도하며 회사에서 가장 중요한 인물로 떠오른다. 그런데 문제는 스티브 킴에게 경쟁의식과 열등감을 느끼는 최대리가 그를 자신의 고등학교 동창 김태만이라고 생각한다는 것이다. 그는 스티브 킴의 과거가 뭔가 미심쩍다는 의심을 버리지 못하고 스티브 킴과 김태만의 공통점 찾기에 골몰한다. 스티브 킴도 김태만처럼 왼손잡이이며 왼발이 오른발보다 크고, 그의 본명 김현빈은 김태만이 연애편지에 쓰던 가명과 같다. 고교시절 최대리에 밀려 만년 2등에 머물렀던 김태만, 어느 섬마을 출신이며 아버지가 누구인지 알 수 없고 어머니는 술장사를 했던 김태만이 자신의 미천한 과거를 지우고 스티브 킴이 되어 나타난 것일까?

이 모든 에피소드들이 '과연 스티브 킴은 김태만인가 아닌가'를 둘러싸고 있다고 읽는다면 우리는 「99%」를 다소 엉뚱한 미스터리물로 취급하는 셈이다. 「99%」의 초점은 다른 데 있다. 최대리의 기억이 모두 사실이고 또 스티브 킴이 실제로 김태만이라고 하더라도 최대리의 의심에는 병리적인 데가 있으며, 그 병리성이야말로 「99%」의 핵심이다. 최대리는 김태만과 스티브 킴이 전혀 다르게 생겼다는 사실을 인정하면서도 김태만이 성형수술을 했을지도 모른다는 의심을 지우지 못한다. 설사 김태만의 몸에 있었을 것이라고 추정되는 '닻' 문신이 스티브 킴에게는 없다는 사실이 드러난다고 하더라도 최대리의 의심은 끝나지 않을 것이다. 문신 역시 지워버렸을 수도 있다고 의심하면서 다른 증거를 찾아나설 테니까. 이 끈질긴 의심은 '스티브 킴=김태만'이라는 환상을 보호하고 현실로부터 도피할 수 있게 해준다는 점에서 병리적이다. 최대리는 김태만보다 우월한 지위를 차지하고 있던 고교시절을 환기하면서 나르씨시즘적 환상이 현실을 대체하기를 바란다. 그의 환상이 말하는 것은 자신이야말로 정당한 1등이며 지금 1등의 자리를 차지하고 있는 스티브 킴=김태만은 사실 2등일 뿐이라는 것이다. 최대리는 "늘 나를 따라다녔던 동경과 흠모의 시선"(76면)이 사라진 현실로부터 도피하는 동시에 자신이 스티브 킴에 대한 질투와 선망에 삼켜진 현실로부터도 도망친다. 그가 스티브 킴을 질투하는 것이 아니라 스티브 킴이 1위 자리를 강탈한 것이라고 강변하면서.

그런데 최대리의 병리적 의심의 진리인 이 질투와 선망이야말로 질투와 선망의 대상이 차지하는 그 우월한 지위를 보장하는 것이라면 어찌할 것인가. 질투와 선망은 불평등한 지배구조를 파괴하는 데는 아무런 기여도 할 수 없으며 다만 불평등한 지배구조의 꼭대기에 '네가 아니라 내가' 올라설 수 있기를 바라면서 지배의 피라미드 자체를 은연중에 인정해버린다. "1퍼센트를 질시하면서도 거기 끼고 싶어 안달인 99퍼센트"의 "이율배반적인 욕망"(95면)이 지배의 피라미드에 기여하는 것이다. 그것이 이 소설의 제목 '99%'가 가리키는 바일 것이다. 영국의 귀족들(1%)이 즐긴다는 "카카오 함량이 99퍼센트라는 초콜릿의 씁쓸함"(100면), 이율배반적인 욕망에 의해 지탱되는 1:99의 기묘한 비율이 가져오는 씁쓸함. 최대리가 지적하고 있듯이 영화 「태양은 가득히」에서 필립의 시체가 딸려나와 리플리를 파멸하게끔 한 것은 요트의 닻이 아니라 스크루였다. 그렇다. 조심해야 할 것은 닻(미천한 태생)이 아니라 스크루(질투와 선망으로 비틀린 욕망)이다.

표제작 「신에게는 손자가 없다」의 사내는 이런 비틀린 욕망들을 파괴하는 어떤 의지의 박력을 보여준다. 뒤에서 보겠지만 그가 보여주는 것은 결국 '사랑'이다. 겉으로는 그것이 광신도의 복수처럼 보일지라도.

초등학교에 다니는 손녀가 같은 반 친구들에게 성폭행을 당했다는 사실을 알게 되었을 때, 그러나 만 열세살이 안된 아이에게는 형사책임을 물을 수 없다는 사실 또한 알게 되었을 때, 늙은 사내에게는 종교적·도덕적 통념이 하나의 '유혹'이 될 수 있다. 사건을 무마하려는 교장의 제안이 종교적 유혹이다. "형제님, 원수를 사랑하라는 거룩한 말씀을 기억하십시오. 어린애들이 무슨 짓을 저지르는지 모르고 행한 일 아닙니까? 예수님께서 십자가에 못 박혀 돌아가실 때 뭐라 하셨습니까? 주여, 용서하소서. 저들은 저희가 무슨 짓을 저지르는지도 모르나이다. 형제님, 부디 모든 것을 용서하시어 주님의 금과 같은 뜻이 이 땅에 찬란히 빛나도록 하십시오. 할렐루야."(22~23면) 그가 '용서'할 때, 그는 예수의 가르침을 실천하는 것이다. 독실한 크리스천인 사내에게 이는 얼마나 큰 유혹인가. 교장이 인용한 바로 그 가르침은 실로 성경의 말씀인 것이다. 그뿐 아니라, 그에게는 위로금조의 육백만원이 생긴다. 그 육백만원은 이미 가스가 끊기고 조만간 전기와 수도가 끊길 재개발지역에서 아픈 손녀를 구출해 새 보금자리를 구할 수 있게 해줄 돈이다. 영혼에 상처를 입은 손녀를 위해서라도 가해자들을 용서하고 위로금을 받아들여야 한다. 그것이 사회가 권장하는 도덕이며 심지어 예수님의 말씀이다. 도덕과 말씀 안에서 사내는 스스로의 의무를 수행했으며 또한 정의로웠다고 결론지을 수도 있었다. 도덕과 말씀 안에서 그는 책임을 면제받을 수 있었다. '용서하는 것이 나의 의무였다. 용서하라는 것이 바로 말씀과 도덕의 명령이다.'(만에 하나 나의 행동에 결함이 발견된다면 그것은 말씀과 도덕의 책임이지 나의 책임은 아니다.) 그러나 사내는 그렇게 하지 않았다.

—아버지, 제가 어떻게 하길 바라십니까? (…) 두 개의 주사위를 던져서 행운의 숫자가 나오면 이 돈은 제 것입니다.

사내는 주머니에서 주사위를 꺼냈다. 모서리가 반질반질한 두 개의 주사위. 하나는 눈이 모두 육이고 다른 하나는 눈이 모두 일이었다. (…)

사내는 주사위를 높이 던졌다. (…) 주사위를 내려다보는 사내의 미간이 좁아졌다. 한 개는 눈이 여섯이었지만 다른 하나는 눈이 닳아서 지워졌다. (…)

—아버지, 마귀의 유혹에 귀가 솔깃했던 어린 양을 용서하십시오. 아버지의 뜻에 따르겠습니다.(21~22면)

주사위의 눈 하나가 닳아버린 우연에 의지하기는 했지만(그는 이 우연을 무시할 수도 있었다!) 그는 결국 말씀과 도덕의 명령에 따라 용서하고 싶은 유혹을 단호하게 거절했다. 그는 자신의 종교적, 도덕적 지분을 포기하면서까지 어떤 보편법칙의 권위도 정지되는 진공상태, (절대자이지만 결코 아무런 직접적인 계시도 주지 않는) 하느님과의 일대일 관계의 고독 속으로 들어가 '용서해서는 안된다'는 해석을 끄집어낸다. 그것이 그의 해석이고 그의 의지이며 그가 책임져야 할 행위이다. 이것이 '신에게는 손자가 없다'라는 수수께끼와 같은 이 소설의 제목이 의미하는 바이다. 신과 인간 사이에는 어떤 매개자도 있을 수 없다. 예컨대 하느님과 우리 사이에 우리가 흔히 아버지라고 부르는 사제들이 끼어들 수는 없는 것이다. 사제들이 우리의 아버지라면 우리는 신의 손자인가? 우리는 아버지-사제의 가르침에 따라 살아온 순진한 어린 양이므로 할아버지-신의 심판에서 우리 책임의 일부를 면제받는 것인가? 그렇지 않다. 기독교가 가르치듯 우리가 예수를 닮아야 한다면 우리는 신의 손자가 아니라 신의 자녀가 되어야 한다. 사제들의 가르침에 의지하며 아버지의 품으로 도망쳐서는 안된다. 절대적 고독 속에서, 우리 안에 있는 우리 자신보다 더 큰 의지를, 신의 분노를 느껴야 한다. 그렇게 해서 위로금은 반환되고 사내의 복수극이 시작된다.

신의 분노를? 그러니까 결국 「신에게는 손자가 없다」는 통쾌한 사적 복수의 서사인가? 그렇지 않다. 이 분노의 표출이야말로 단순한 복수가 아니라 율법을 완성시킬 기독교적 사랑의 참다운 면모라면 어찌할 것인가? 우리의 애인이 기독교 신앙의 참다운 가르침을 이해하지 못한다면 우리는 사랑 안에서 애인을 증오해야 한다. 애인에게서 몰이해의 부분을 찾아내고 분열시키고 절단내야 한다. 그렇기 때문에, 기독교적 사랑은 인간적으로 말해서 미친 짓이다.(키르케고르 『사랑의 역사』, 임춘갑 옮김, 다산글방 2005, 192~94면) 그러나 예수 자신이 이렇게 말했다. "내가 세상에 화평을 주려고 온 줄로 아느냐 내가 너희에게 이르노니 아니라 도리어 분쟁하게 하려 함이로라"(누가복음 12:51) 그러므로 원수를 사랑하라는 예수의 가르침의 참다운 뜻이 무엇인지 곱씹어 생각해야 한다. 그것은 그가 무슨 짓을 하든 내버려두고 용서하라는 뜻이 아니다. 원수가 기독교 신앙의 참다운 가르침을 이해하지 못하기 때문에 원수라고 불린다면, 원수의 왼빰을 때린 뒤에는 오른빰까지 마저 후려쳐 그가 율법의 완성에 이르기를 돕는 것이 그를 사랑하는 유일한 길이다. 매우 역설적으로 들리겠지만, 그러므로 「신에게는 손자가 없다」는 결국 사랑의 서사인 것이다.

「신에게는 손자가 없다」의 도입부에서 네 번에 걸쳐 반복되는 구절 가운데 세 번 등장하는 '구멍 뚫기'("잠금장치가 풀려 있었다."(8면), "자물쇠가 뜯긴 교실 문"(10면), "열쇠구멍이 휑했다."(11면)), 이것이야말로 신앙의 기사다운 행위다. 작품의 후반부에 가서 이 구멍 뚫기의 의미가 모두 밝혀졌을 때, 우리는 그저 그가 복수를 위한 자료를 수집하느라 아파트 관리실 등을 침입한 것이라는 정보를 얻는 데 그치지 않는다. 거기에서 우리는 복수극의 통쾌함을 넘어서는 어떤 전율을 느낀다. 그것은 신앙의 기사가 심미주의적 골방과 비틀린 욕망에 의해 지지되는 난공의 요새, 그리고 말씀과 도덕의 안전장치 안에서 보호받고 있는 우리 내면의 은신처에 구멍을 뚫는 데서 오는 전율이다. 이 구멍 뚫기는 절도를 위한 폭력이자 침입이 아니라 자신 안에 갇혀 있는 자들을 위해 신앙의 기사가 탈출의 통로를 파내려가는 행위이다. 그는 이웃 사랑을 실천하기 위해 지금 원수의 뺨을 후려치는 중이다.

그의 손길은 어쩌면 우리의 뺨 또한 겨냥하고 있는지도 모른다. 『신에게는 손자가 없다』에 이르러 나약한 심미주의자들은 사랑의 기사가 되어 스스로의 삶에 참여하면서 현실을 이루는 구조적 문제들을 투시하고, 또 신앙의 기사가 되어 신과의 대면 속에서 자신의 모든 것을 스스로 짊어지고 혁명에 육박하는 사랑을 실천하려고 한다. 이 놀라운 변신과 의지의 박력을 따라 읽으며, 우리 또한 사랑과 신앙의 기사 쪽으로 마음이 기운다. 그리고 어느새 우리의 뺨이 얼얼해진다. 『신에게는 손자가 없다』가 독자에게 전하는 불편한 쾌감의 정체가 바로 이것이다.

權熙哲 | 문학평론가

| 작가의 말 |

"보다 치열하지 못한 것이 부끄러웠고 문장은 정직하다는 것이 새삼 두려웠다. 부끄러움과 두려움! 비로소 출발선에 선 느낌이다. 여전히 글을 쓸 수 있다는 사실이 나는 못내 기쁘다."

여섯번째 책에 썼던 '작가의 말'입니다. 열한번째 '작가의 말'을 쓰는 지금도 같은 기분입니다. 다시 출발선에 섰습니다. 어쩌면 책을 새로 낼 때마다, 아니 새 작품을 발표할 때마다 매번 출발선으로 돌아가는지도 모르겠습니다. 그래도 글을 계속 쓸 수 있다는 사실이 고맙습니다. 부끄러움과 두려움에도 불구하고 다시 출발선에 설 수 있는 것은 모두 독자 여러분 덕분입니다. 감사의 마음을 전합니다.

2011년 9월

김경욱

| 수록작품 발표지면 |

신에게는 손자가 없다 … 『창작과비평』 2009년 봄호

러닝 맨 … 『문학동네』 2008년 봄호

99% … 『현대문학』 2007년 10월호

허리케인 조의 파란만장한 삶 … 『문학사상』 2009년 10월호

하인리히의 심장 … 『세계의문학』 2008년 가을호('동화처럼'으로 발표)

연애의 여왕 … 『작가세계』 2009년 봄호

태양이 뜨지 않는 나라 … 『현대문학』 2008년 5월호

혁명기념일 … 『문학수첩』 2007년 겨울호

아버지의 부엌 … 『21세기문학』 2010년 봄호